幻獸志異
8 陰陽法王
龍人策劃 雨魔◎著

如同**魔獸世界**一般，馭獸齋擁有許多不同寵獸的角色，有的凶猛殘暴，有的純真可愛，有的忠心護主，有的見利忘友。擁有不同功能的寵獸，就像量身打造的個性裝備，寵獸們將與主人共同冒險犯難、打擊罪惡，探索未知的世界。

故事背景

三十世紀，地球上所有的國家和民族都統一在聯邦政府的大旗下，

幾個世紀後，人類成功在地球以外的方舟、夢幻、后羿三個星球定居下來。

由於地球經過三十個世紀的開採，資源遠遠少於其他三個星球，

聯邦政府也移居到后羿星。

人類對外界物質的研究彷彿到了盡頭，轉而致力於開發人類自身的潛能。

人類的身體非常脆弱，

雖然通過一些古老的功夫修煉，來達到強身的目的，但是並非每一個人都適合修煉，

要想達到一定的程度，動輒就是幾十年，實在是太久遠了。

於是，科學家們想利用一種簡單有效的方法，來取代按部就班的修煉，

幾十年過去了，終於讓他們研究出來利用其他生物來彌補自身缺陷的不足，

而且瞬間合體後DNA的組合，可以讓人類擁有該生物所獨有的本領，強化肉體。

在以後的幾個世紀裏，培養寵獸蔚然成風，

不只是聯邦政府每年投資大量資金在該研究上，

四大星球的各大財團也每年投入大量的人力物力，
就連有興趣的個人也會在家弄個實驗室來研究。
身體素質的提高將能更好的和寵獸合體，發揮出更強的實力，
因此武術武道武館再一次的興起。
然而好景不常，自身本領的極大提高，使人類的好勝心再一次顯現，
聯邦政府在巨大的衝擊下宣佈垮台，四大星球各自獨立分為四個星球聯邦政府。
據傳說，聯邦政府在垮台前，把每年研究寵獸的失敗品封鎖到一個秘密的地方，
而更在垮台後，將尚未成功的高等獸的實驗品統統封鎖在那個秘密地方，
後世之人將這個秘密的地方稱為──力量之源。
據說，只要能夠達到那裏，你就掌握了全世界，
因為只要從這裏隨便得到一隻高等獸，你就可以縱橫四大星球，唯你獨尊了。
聯邦政府有鑒於高等獸和人類合體後所發揮出來的駭人力量，
在垮台前將所有關於寵獸的寶貴資料付之一炬，
從而直接導致人類在這方面的研究倒退到最原始的地步，研究也停滯不前。
在大戰中倖存下來為數不多的幾隻七級護體獸，也就成了現今人類所知的最高級寵獸。
而威力強大的神獸，只有在夢中尋找，主人公的傳奇也就在夢中開始了……

四大星球

地球：人類的母星，是人類最早居住的地方。雖然地球的經濟與政治地位均低於其他星球，但是總有一些擁有強大力量的修煉武道之人隱於地球。更何況，地球有兩座聞名四大星球的高級武道學府：北斗武道、紫城書院，武道人才充沛促使地球可與其他星球分庭抗禮。

后羿星：地球外最先被發現適合人居的星球，地質地貌與地球無二，同樣是個蔚藍的星球。由於聯邦政府將總部從地球移到后羿星，后羿星一躍成為四大星球的政治中心，並發展迅速。四大星球中最有名的崑崙武道就在后羿星。而四大星球首屈一指的產藥集團「洗武堂」也設有頗具一定規模的附屬學校，培養了大量的醫藥人才。

夢幻星：夢幻星地勢平坦，多平原、丘陵，物產豐富，能源充沛，為各財團所看重，經過數十年的治理，很快成為四大星球經濟最發達的。此時習武成風，冷兵器與熱兵器同樣重要，夢幻星的「煉器坊」便是以此聞名，煉器坊的附屬學校每年為各個星球輸送了大量冷熱兵器方面的人才。

方舟星：最後一個被發現的星球，有著大面積的海洋湖泊，是一個以水為主的星球，少陸地。但是資源豐富，經濟發達。由於開發得不夠，這個星球比其他星球都充斥著未知的秘密和危險。

寵獸等級

寵獸分為一到九級，而每一級又分為上、中、下三品。

一到三級稱之為寵獸，較為常見，寵獸店能夠輕易地買到，但攻擊力不強，主要用來作一些輔助的用途，又被人稱之為奴隸獸。

四級到七級稱之為護體獸，四級和五級的護體獸較常見，寵獸店的搶手貨，不過越是高級的寵獸越脆弱，在未長大之前很容易死亡，四級以上的護體獸能夠大幅度增強主人的攻擊力，級別越高增強的幅度越大。

六級的護體獸就比較罕見了，千金難求，在寵獸店也很難見到，但仍可以在某些大型寵獸店買到，一般六級護體獸都會作為一個寵獸店的鎮店之寶。

七級的護體獸非常罕見，可以說是無價之寶，從百年前到現在四大星系數百億的人口中，據說能擁有七級護體獸的不超過十個，而在上個世紀大戰中倖存下來為數不多的七級護體獸，也不知散落在四大星球的哪個角落裏。

七級以上的稱之為神獸，力量之強大無與倫比，合體後力量更是非人力所能達，這種超強的力量一直為人所津津樂道，也因此有人把七級以上的神獸稱為高等獸，而七級以下的稱為低等獸。

七級獸處在中間，關係就比較曖昧，七級獸是最有可能升級躋身到神獸行列的寵獸。

但是由於到現在還沒有七級以上神獸出世的傳說，所以擁有一隻七級護體獸就成為了天下習武之人的夢想！

聯邦政府在毀滅前將所有資料付之一炬，仍有流落在民間的寶貴資料被保存下來，一些有心人在暗中默默地繼續研究。

那些在大戰中逃散的各級寵獸，有很多沒有被戰後的人類捕捉到，就和普通獸類在另一個世界中悄悄衍生自己的後代，也因此，人類世界不再寂寞，更有千奇百怪的獸類充斥在星球中人類痕跡不及的地方。

馭獸齋傳說

卷八 妖獸爭霸

CONTENTS

目錄

第一章　伏天洞

蟠桃見到我突然出現在自己眼前，一下子撲過來抱著我道：「大哥哥，你怎麼逃出來的？蟠桃好擔心你。」望著蟠桃有些紅腫的大眼睛，我揉了揉她的腦袋道：「那些狼精都被樹帝給收拾了，我才逃出來。」

蟠桃忽然奇怪地道：「你頭上怎麼長出一蓬草來？」

這是我與小樹人合體身體特徵的變化，頭髮已被綠油油的嫩草給替代，身體則覆蓋著一木質的皮膚。從哪一塊看，都與樹人族相差無幾，所以這幾個樹人族的傢伙才因爲我的強大修爲誤以爲是樹帝。

幾個樹人看見蟠桃對我的親熱態度，已經猜出我是誰，其中一人疑惑地道：「這位兄弟，請問樹帝現在在哪？」

我望了他一眼，和氣地道：「樹帝救出我後，現在正被一個狼蛛給纏住，他讓我來告訴大家，令我們先走，他解決了狼蛛後自會趕上來。」

另一人哼道：「狼蛛算是什麼東西，不過是狼精族一種低等雜交種，樹帝一個手指頭就能把牠按成粉末。」

我望著他淡淡笑道：「這位兄弟說得不錯，狼蛛確實是種低等生物，不過這隻與普通的有點不大一樣，而且牠被樹帝殺死後，產生了變異，好像力量不小，十分難纏，不過卻絕對不是樹帝的對手。」

眾人見我敘說詳細，都有些半信半疑。我自然知道想說服他們並不是一件容易的事，樹帝在這裏出現，並非是要救我的命，而是要我的命，而蟠桃自然是他登上聖王寶座的一張牌。

我的意外出現令幾個樹人感到十分詫異，更令他們不解的是，我竟然會是樹人族的人，我漫不經心地將木查盒拉到一邊，低聲道：「現在計畫有變，樹帝令我先走，探清通往聖地的路，你們在此候命。」

木查盒將信將疑的望著我道：「我怎麼不認識你？來時，樹帝並不是這麼說的。」

我沉聲肅穆道：「難道樹帝他老人家做什麼事都要向你請示嗎？」

「木查盒不敢。」木查盒馬上不卑不亢地道。

雖然表面看起來他並沒有被我嚇到，但是眼神仍是不經意地波動了一下，我接著道：

「我是樹帝秘密派在公主身邊的人，你應該知道樹帝來此並非是爲了公主，而是爲了公主身後的……」

說到這，我驀然打住，木查盒驚道：「你怎麼會知道？」

我微微笑道：「我早說過了，我是樹帝秘密派在公主身邊的人，我們同爲樹人族的人，難道我還會幫助別人嗎？」

木查盒眼中精光閃動盯著我，見我毫不退讓的微笑與他對視，半晌道：「好，我相信你，你帶公主先走，我們在此恭候樹帝。」

我向幾人告辭，帶著摸不著頭腦的蟠桃和仍無法動彈的七小和「似鳳」向前飛去，蟠桃被我抱在懷中，仰頭向我問道：「大哥哥，我們不等樹伯伯了嗎？」

蟠桃還被蒙在鼓中，不曉得她口中的樹伯伯其實也是一個不安好心的人！我嘆了口氣道：「等他來殺我們嗎？」

蟠桃瞪大了眼睛道：「樹伯伯對我可好了，怎麼會加害我們！我從赤霞山逃出去的時候，是樹伯伯幫我藏起來，沒有讓妖后給抓住，還傳給我可以操控樹木的能力，否則我早就被人給抓走了！」

看著她爲樹帝抱不平的嬌憨神態，我哭笑不得，真是個糊塗丫頭，別人是要加害她，她還以爲是對她好呢。我耐心的給她解釋道：「我剛才在林子中，差點就被他殺死。還好那個狼蛛救了我一命。」

我被樹帝和狼蛛吸走了近四成的力量。狼蛛吸走了大概有一成多，而樹帝吸走了差不多有兩成。

我又接著道：「當初樹帝救你，只因爲時機未到，所以多方才保護你，又傳你本領，爲的是不讓你被別人給抓走。現在龍宮寶藏出世，妖精族和人族都亂成一團，時機成熟，正好是推翻聖后取而代之的最佳時機，我的傻丫頭，你被人騙了知不知道。現在海人族、狼人族都出動了，再加上一個樹人族有什麼稀奇，你知道聖王、妖精王這個稱號對他們有多大吸引力嗎，雖然這只是個虛名而已。」我心中暗嘆，這種追求虛名的事情我看過太多了。

這些人被虛名蒙蔽了雙眼，卻沒有看到如果沒有強大的實力與之相應，下場會是很悲慘的！

蟠桃冰雪聰明，一點即透，默不作聲。我本來並不想把這些實情告訴她，只是現在看來情況只會越來越危急，如果不讓她知道，只會害了她。蟠桃小臉上露出一抹黯然。

我痛惜地道：「小丫頭，咱們現在要儘快從聖后手上救出你哥哥。讓你哥哥以聖王之名號召猴族推翻聖后的統治。才能從根本上解決你們目前的危險境況。」

蟠桃囁嚅道：「聖后的道行太高了，在妖精族中，除了父親可以克制她，其他幾族的首領包括四帝，都不是聖后的對手。」

我笑了笑，從妖精族中「一后四帝」的排名上就可以看出來，聖后有多強的力量，而且從剛才樹帝所展現出的實力和海人族的大帥虞淵的修爲上也可以推測出來一二。

我淡淡地道：「有大哥哥在，保證可以救出你哥哥。絕對不會讓聖后欺負你們兄妹。」我心中明白，聖后的修爲絕對是驚世駭俗的，不過我卻自信可以穩穩地壓住她！見識過死神這種級別的超強的高手，幾乎是超越生死的存在，我還會懼怕一個妖精嗎，我的力量也前所未有的提高，如果再召喚出神龍合體，我真的很難想像，還會有誰能威脅到我！

全力施展飛行術，帶著蟠桃在空中風馳電掣，宛若流星。

直到天邊放亮，我才停了下來，覓了一較爲隱蔽的地方，降落下來，經過數個時辰，七小和「似鳳」都已漸漸恢復了正常，活動自如。

有了七小和「似鳳」爲我警戒，我放心地盤膝而坐，運起「九曲十八彎」功法，以求儘快恢復丹田中一夜消耗的內息，一夜狂奔疾馳，再加上被樹帝和狼蛛盜走的功力，已經差不多耗去了一半。

深山之中，人跡罕至，倒也靈氣充沛，九九八十一圈過後，丹田中已經填滿內息，神采奕奕，渾身舒坦。

長舒一口氣睜開雙眼，正看到蟠桃正托著香腮蹲在我面前，一雙鳳眼擔心地望著我，我悠然一笑道：「不要擔心，大哥哥沒事，只是跑了一夜太累，現在休息一下，已經好了。小丫頭累不累？休息一會兒，咱們繼續趕路，早點趕到福天洞救出你哥哥。」

「人家不累。只要大哥哥沒事就好了。」蟠桃嬌聲道。

我憐惜地拍了拍她的臉頰，以妖精的年齡來論她還只是個孩子，卻要經受這種生死驚嚇，每日裏擔驚受怕，能熬到現在實不容易啊。我輕輕嘆了口氣，將她攬在懷裏，柔聲道：「乖，在大哥哥懷裏睡一覺吧，你醒了，咱們就出發好嗎？」

「人家不累……」說著說著，眼皮卻已合上，發出了細細的鼾聲。

我笑著搖了搖頭，真是個懂事的小姑娘。

疾飛了一夜，我想樹帝沒有這麼快能找到我，而且我飛行時都用純陽能量護罩將我們幾個罩在當中，不虞有體味洩露，偌大一個赤霞山用走的怕要走一年，用飛的也要一個月，我隱身在赤霞山就如同一個小小的芥子，被發現的機率實在太小了。

「似鳳」在我面前不遠處，心情不爽地走來蹦去，想必昨天一不小心中了迷煙使牠十分在意，更何況後來還脆弱得任人拿來丟去，這可能大大傷了牠身為鳳凰神獸的自尊！

不小的火苗不時從牠身上冒出來射到一邊，不是我看著牠，這片樹林都被牠給點著了！

七小懶洋洋地趴在四周，隨意地讓斑駁的陽光落在身上，看起來十分愜意、享受，彷彿昨天晚上什麼事都沒發生過一樣。

牠們不時呼扇一下的耳朵，令我感到牠們在十分小心地聆聽著附近的聲音，如果出現異聲，牠們會第一時間向我反應。

蟠桃在我懷中安詳地睡著，時而露出甜甜的笑容，在人類中像她這麼大的小姑娘正膩在父母懷中撒嬌呢，她卻要忍受懼怕早早地獨立起來。撫摩著她的頭髮，蟠桃換了個更舒服的睡姿接著睡下去。

我嘆了口氣，閉目假寐，時間一眨眼過去，太陽不知何時已落了下去，月亮早早升上樹梢，向大地灑下一片涼暈。

今晚的夜特別清晰，天上星斗羅列，各自閃爍著星光。我望著月亮，心中在想，爲什麼自己所到的星球都會有月亮，頗令人奇怪，也許這些月亮並非同一個月亮，只是發揮著和月亮相同作用的一個普通的星斗吧，世事總是在不經意的時候顯示著驚人的相似。

癡癡地望著星羅棋佈的燦爛夜空，那一顆顆美麗的星斗忽然都好像是藍薇美麗的雙眸在向我微笑，一時間我看得有些呆了。

「看什麼呢？」蟠桃不知什麼時候醒來，抬頭望了我一眼，隨即低下頭，揉著眼角。

望著她嬌憨的神態，我心中一笑，道：「醒來了嗎？」

蟠桃望著星光流麗的夜幕，發出驚嘆的聲音，忽然「啊」發出驚訝的聲音，不好意思地道：「天都黑了，那我不是都睡了一天嗎？」

她羞赧地瞥了我一眼，見我沒有責怪的意思，又開心地指著天上的星斗嚷道：「人家好久沒看到這麼美麗的星星了，今晚的星空好美啊。」

我道：「餓了嗎？」

蟠桃點了點頭，喃喃地道：「好像有點餓了。」

我剛要說話，就看一直沒精打采的「似鳳」倏地飛了過來，落在肩上，斜睨著我，賊眼溜秋，我笑罵道：「什麼時候這麼精神了，我只有乾果，沒有你喜歡吃的靈丹。這偌大的赤霞山難道還找不到一些靈果仙草，懶傢伙，想吃自己尋去。」

「似鳳」討好地將腦袋在我臉上蹭來蹭去，還好我有提氣護體，否則牠身上不時冒出的火焰足以把我給毀容了，即便這樣，我依舊能感到牠體內散發出來的灼熱力量。

我揪著牠的翅膀把牠給扔出去道：「想吃自己去找，我遲早得被你給吃窮了，你已經是鳳凰了，只要你願意，可以任意彙聚方圓百里內的靈氣，何必捨本逐末呢，真是懶傢伙，自己找吃的去。」

「唧唧！」「似鳳」要賴地在地上打滾。

我沒好氣地罵道：「你這傢伙越來越無法無天了，不給你，竟然還威脅我，別以爲變回鳳凰本體，就能把敵人給引來……」

我望著「似鳳」越變越大的身體，火光無法掩飾地逐漸照亮更大的範圍，我無法再繼續罵下去，無奈地道：「無賴，我怕了你了，拿去，老規矩，一天一粒，不准多要。」

屈指一彈，一縷指風帶著一枚黑獸丸向「似鳳」飛去，「似鳳」張口吞了下去，看牠得意洋洋的表情，彷彿一點也沒感受到我那道指風的力量，這傢伙每天都在不斷自我完善，力量與身體逐漸趨於完美。

可能由於在我身邊一直都是以小鳥的形體存在，沒法子像鳳凰一樣吸引四周的靈氣來補充自己，所以才向我要靈丹來吃。

就像當初我甫從第一曲度過兩劫進入第二曲時，每天都需要大量的食物和靈果之類的東西來補充身體，修復因爲力量提升而引起身體變化帶來的內傷。「似鳳」的情況可能與我當時相似吧。

月朗星繁，這時，樹精族的那些人不知道在幹什麼，可能在寂寂群山中尋找我們的身影吧，在這麼大的地方尋找像我這般懂得藏匿行跡的人，實在是無異大海撈針啊！

啞然一笑，正好趁著月色明亮，可以從容在群山中穿梭。

「吃飽了嗎？」我問道。

蟠桃向我嫣然一笑，一捧肚子，滿足地道：「嗯，好飽啊，咱們走吧。」

我招呼了一聲，七小也從地上爬了起來，抖了抖若絲綢般的皮毛，向我們走來。剛才蟠桃在吃東西的時候沒少餵牠們，想必牠們也是飽飽的。蟠桃翻身騎在七小的背上，摟著七小的脖子，向我道：「走吧！」

寂靜的夜中，我們幾人彷彿在黑夜中出沒的野獸，靈活快速地向前方奔跑，七小本就熟悉山路，雖然在夜中卻依舊敏捷地向前奔跑著，坐在其背上的蟠桃，根本沒有感到任何顛簸，不時地指出正確的方向。

天濛濛亮時，我們在一片林子中停下。

蟲鳴鳥叫競相從林中傳出，各種動物的叫聲也隨處可聞。

不時有稀奇古怪的動物從深處突然跑出來，對於我們這些陌生的訪客絲毫不放在心上，更有兇狠的食肉動物從我們身邊大搖大擺地經過，看來應是昨晚已經塡飽了肚子。

蟠桃驚喜地道：「這裏我來過，再往前就是福天洞了，差不多還需要兩天的時間。」

我舒了口氣道：「既然已經接近福天洞了，咱們也不必著急地趕去，先休息一下，有了足夠的力氣再趕去。你知道你哥哥被關在哪裏嗎？」

蟠桃道：「大概在『鎖龍谷』，凡是猴族的重犯一般都是鎖在這裏的。」

我略一沉吟道：「『鎖龍谷』會有多少守衛？」

蟠桃道：「『鎖龍谷』中的守衛多如牛毛，而且『鎖龍谷』中最厲害的是『鎖龍鏈』，重逾百斤，堅若金鋼，據說這是當年，聖祖爺爺以星鐵打造專門用來鎖仙界的人用的。除非有相應解鎖的鑰匙，否則別想可以強行打開。」

「怎麼辦大哥哥？哥哥他要是真的被鎖龍鏈給鎖住就糟糕了！」蟠桃焦急地道，「鑰匙一定在聖后手中！」

這真有點棘手，如果所謂的鎖龍鏈真有蟠桃說的那麼厲害，我就必須得想辦法把鑰匙給弄到手。

我安慰蟠桃道：「不用擔心，咱們不是還不知道你哥哥是不是真的被鎖在鎖龍谷被鎖龍鏈給鎖住，就算真是被鎖龍鏈給鎖住，大哥哥也一定會想辦法把鑰匙給弄到手的。」

蟠桃出奇地相信我，重重地點了點頭，又開始向我敘述鎖龍谷的地理環境和守衛的人數與安排。

我心中苦笑，這個小丫頭真相信我，竟然一點不懷疑我的能力是否真的可以把鑰匙弄到手。如果鑰匙真的在聖后手中，以她的修爲，我是萬萬不可能神不知鬼不覺偷走鑰匙的，強搶顯然並非是個很好的選擇。

我嘆了口氣，要是「大地之厚實」仍沒有斷那該多好，以神劍之威，再用我無上的內息催發出劍氣，再厲害的鎖龍鏈都會應刃而斷！

如此晝伏夜出，一連兩天，終於在第三天的深夜，我們抵達了「福天洞」，一道飛瀑從千丈懸崖上直泄而下，猶如銀河，下面一方深潭，亂石激蕩，水花迸射，順著山勢，山水潺潺而下。

四周群山磅礴，一道銀河在月光的映射下，波光粼粼。

我們立在銀河一側，蟠桃高興地道：「這裏已經是『福天洞』了。」

我四下掃了一眼，狐疑道：「『福天洞』在哪？」四周除了嵯峨嶙峋的懸崖峭壁、青松古柏和一汪清潭，便再沒有其他任何像是洞的地方。

蟠桃俏生生地往前一指道：「『福天洞』就在那裏！」

順著她的手勢我眺望過去，蟠桃手指的卻是那令人心中生寒、氣勢萬千的飛瀑，我愕然道：「哪裏有『福天洞』？」隨即想到一個荒唐的念頭，遲疑著道：「你是說在飛瀑的後面就是『福天洞』！」

蟠桃點了點頭，眼睛眨也不眨地盯著彷彿從天而降的飛瀑。

莽莽蒼蒼的萬千群山之中，誰又會想到「福天洞」就隱藏在一道飛瀑之後哩，我暗暗讚嘆創造「福天洞」的人的智慧。

「咱們過去吧。」我一馬當先，一步步走上空中，就要橫越銀河的當兒，忽然一個沉厚的聲音響起：「這位兄弟請慢走一步！」

一道雄渾的氣勁緊跟在音線之後向我襲來。電光火石間，腦中湧出成百上千的念頭，心忖難道自己被跟蹤了？這絕對不可能，先別說能不能避過我與七小靈敏無比的六識，就是在萬千群山之中想要正確找到一個人的行蹤，幾乎就是不可能的事。

他必然是搶先我們一步埋伏在洞前，可又有誰知道我們要來「福天洞」呢？令我百思不得其解。思考中，來人已經侵近我身前，兇猛的氣勁若惡浪一般向我狠狠地撲來。

我陡然提掌印了上去，一道冰冷的氣勁洶湧地向我手心鑽來。剛好我的純陽內勁足以克制它，氣勢洶洶的氣勁轉瞬間煙消雲散。

來人被我的餘勁震得倒退一步始穩住身形。我也暗暗驚訝來人的修爲高深，換作以前的我，萬萬沒有將他擊退的本領。

我向他望去，瘦削的身材，臉盤嚴謹、肅穆，貌似四十許的中年人，四肢修長。一對深沉的雙眸正精光四射地打量著我。臉色顯出無法掩飾的驚訝。也許對於我展示出的實力，他有些難以置信。

我淡淡笑道：「樹帝！」

樹帝的神情已經恢復了正常，開言朗聲道：「兄弟道行高深，果然足夠保護公主，本王也就放心了。只是不知道本王可否知道兄弟高姓大名，是哪一族的高手！四族的高手，本王瞭若指掌，卻不曉得兄弟這等英雄人物！」

我心中暗罵一聲果然是老狐狸，一句話就把所有的責任推得乾乾淨淨。以我猜測，他定是在得知我騙過他的手下逃走後，又尋不到我的蹤跡，乾脆先我們一步來到「福天洞」守株待兔。

如今發現我並非他想像中的那麼易與，從我手中搶走蟠桃已成爲泡影，於是先一步表明來意，申明自己只是擔心公主的安危，不是要對公主不利，我豈會這麼簡單被他欺瞞。

這老傢伙的修爲十分高深，應該修行有一定的年頭了。修煉的是陰冷內息與我純陽內息相生相剋，不過我的純陽內息精純無比，比他的內息要精純很多，他如硬要動手只會自找沒趣。

我不動聲色悠然道：「樹帝乃一方霸主，兄弟依天久仰大名，今日幸會，只是在下的身分，暫時不便透漏。聖后蕭仙貞密謀叛亂，囚禁聖王乃是路人皆知的事情，兄弟的主人知道後十分不開心，派我先來保護公主。」

樹帝猛然一震，不經意地道：「依天兄弟道行高深，連本王也自嘆弗如，究竟是何等樣人，竟然還可以號令你這樣的人物。」

我淡淡地望著他呵呵一笑。樹帝笑道：「我知道，這等機密，現在關鍵時刻是不便透漏出去的，我瞭解兄弟苦衷。」

我一邊與他談笑風生，一邊卻施展出重重壓力，緊緊地將其鎖住，只要他一有異變，我會以最快的速度向他發動猛烈攻擊。

樹帝打了個哈哈，道：「本王早就對那個妖后蕭仙貞的做法深惡痛絕，本想糾集一些正義之士討伐妖后，奈何各族利益紛爭，沒人回應，本王也是孤掌難鳴，今日得遇兄弟，才知道什麼叫英雄豪傑。公主與聖王有兄弟襄助，一定可以重登王位，本王也就不用擔心了，只要有本王襄助的地方，本王一定義不容辭。」

我心中罵了一句：「老狐狸！」又說了幾句不鹹不淡的話，樹帝帶著他那幾個手下向著與我們相反的方向離開了。

我望著他們，直到他們在我視線中消失了，我才轉過身來飛往瀑布之前。隆隆水聲，濕氣生寒，我翻手一掌，在我的內息作用下，瀑布被我撕開一個豁口，透過缺口望到裏面確實有一個洞。

七小載著蟠桃魚貫而入，我也隨後飛進洞中。

在另一邊，眾樹人族望著我們飛進瀑布之後，一個樹人道：「大帝，剛剛怎麼不動手，只要我們抓住小公主，大帝就有問鼎聖王的王牌。」

樹帝瞥了他一眼，冷然道：「笨蛋，你沒看道那人道行深不可測，又難以分清是哪一族的高手，你沒看到小公主身邊那幾隻白狼嗎？如果我沒看錯，那幾隻白狼比你們的道行還高！剛才動手把握太小，還不如讓他帶著小公主回到聖地把聖地鬧個天翻地覆，我們就有更大的機會了。」

一個樹人道：「大帝，那小子會是聖后的對手嗎？」

樹帝冷冷一笑道：「差不多！」

洞內漆黑一片，只有外面轟隆水聲作響。與我想像中的「福天洞」相差迥異，在我想像中，妖精王居住的地方一定是奇花異草，群芳爭豔，巧石林立，山青水秀。

卻沒想到只是一個烏漆麻黑的普通山洞而已。

蟠桃從七小的背上下來，帶領著我們向前行去，邊走邊道：「這裏是『福天洞』的外洞，要經過內洞，通過『福天門』才是我們猴族真正居住的地方。」

我嘆了口氣，原來這裏並非是猴族的真正所在，裏面別有洞天。

身後的瀑布水聲漸漸離我們遠去，只有洞中石鐘乳落下的水滴聲叮咚作響，清脆若夜鶯啼鳴令人心境平和。

再走不遠，終於來到了「福天洞」的內洞，盡頭屹立著一面石門。

石門高大堅硬，與周圍的山勢融合在一塊，石門最高處寫著「福天門」幾個大字，石門之上也寫著幾個大字「擅入者死！」字體飛揚，囂張、霸道之氣迎面撲出，令人膽寒。

蟠桃見我一直望著那幾個字，於是道：「那幾個字是聖祖爺爺與仙界開戰時寫下的。」我腦海中頓時浮現出一個威武凜凜的朦朧身影。

「啊，石門被鎖了！」蟠桃驚訝道。

我訝然道：「你能打開嗎？」眼前的石門雖然看不出哪裏被鎖住了，不過既然蟠桃說出口，一定是鎖住了。

蟠桃道：「這道石門是聖祖爺爺親自下的法術，必須得有相應的法術才能解開，而這種法術從來都只有少數人才有，我的道行不夠，一直沒有修煉過這個法術。」

我道：「你上次是怎麼從裏面逃出來的，誰幫你把石門打開的？」

蟠桃道：「這道石門已經有數百年沒有關上了，所以我才輕易逃出來，現在一定是被聖后給封上的，嘻嘻，不過她不知道，這道門還有另外開啓的方法。」

望著她天真的小臉上滿是得意之色，我啞然失笑道：「蕭仙貞恐怕怎麼也想不到我們會重新回到這裏，正好我們可利用這種敵明我暗的大好機會，救出你哥哥，給她一個措手不及。」

蟠桃腳下升起點點星星的金光，向上飛去，停在石門頂壁，突然咬破手指，將血塗在「福天洞」幾個字上。

浸染了血跡的三個字突然湧出數道金光，仔細望去，原先的三個大字已經變爲「伏天洞」三個字！

蟠桃落到地面，桃腮緋紅，喘了幾口氣道：「大哥哥，你快些把石門推開，我的道行太淺，注入的力量維持不了太長的時間，石門不久就會再關上的。」

我恍然大悟，怪不得她看起來很累的樣子，原來是把力量連著精血一塊輸入到那幾個字上了，我雙手貼在石門上，沉重的石門應聲而開。

強烈刺眼的光芒倏地湧了出來，突然而來的強光令我難以睜開雙眼，漸漸適應了以後，我才發現眼前的世界才是我想像中的聖地。

一片柔順的草地延生向遠方，輕逸的晨舞繚繞，襯著入目的翠綠嫣紅，在草地的盡頭，一條銀帶蜿蜒穿過，江水迎著霞光，泛起萬點銀鱗。

桃林處處，多是盛果累累，並有桃花嫣然綻放，處處鳥語花香，數十種不知名的豔麗彩蝶漫天紛飛，十來隻麋鹿在陽光下安詳地吃著嫩草。

一群不知何種的猴子在桃林中歡快地蹦跳著，追逐彩蝶，吃著枝端的香果。整個聖地籠罩在一片神秘和深幽的靈氣之中，予人一種來自心靈深處的震撼。

我禁不住讚嘆道：「真不愧是聖地之名，果然如人間仙境。」

說話時，身後的石門轟然再合在山壁上，與山壁天衣無縫的合爲一體，如果不是剛從外面走進來，我簡直不敢相信這是一面大門！

蟠桃道：「在離這裏一百里的地方就是我們族人聚居的地方，從這向東走五百里就是鎖龍谷，哥哥被囚禁的地方，咱們先去鎖龍谷嗎？」

望著蟠桃希冀的目光，我淡淡一笑道：「也好，先確認一下，你哥哥是不是關在鎖龍谷中，鎖龍鏈又是一個什麼厲害的東西！」

我們站在高處，在鬱鬱葱葱的樹木草葉的遮蔽下，不虞會讓人發現我們。透過樹林我們俯視下方不遠處的山谷。

山谷在群山盤繞下，彷彿一條沉睡的巨龍首尾相依。蟠桃眼睛一紅，指著山谷道：「這裏就是鎖龍谷，一般被囚禁在這裏都是重要的人，據說這裏曾經是聖祖爺爺用來囚禁仙人的。」

我安撫她道：「乖丫頭，好好在這裏躲著，千萬不要被人發現，我讓七小保護你，大哥哥先去探察一下。」

我喚出「變色龍」，合體後，我頓時隱身在林中，身體彷彿天然的保護色與四周的草色渾然一色，就算有人從我身邊經過，不仔細也發現不了。我貼著森林向下飛掠而去。

「變色龍寵」雖然沒有攻擊力，卻一而再，再而三地幫助我渡過一些難關。牠對我的作用一點也不比其他寵獸差！我　邊想著一邊向著山谷中飛去。

一進山谷中，頓時感到冷風颼颼，陰風呼嘯，與谷外的陽光明媚，迥然相異。我微微提氣，護住身體，不敢過分使用太多的力量怕引起守衛們的注意力。

我落身在地面，腳一落下頓時感到地面有異，這才發現，這裏不只是陰冷，而且地面寸草不生，彷彿沒有任何生命跡象。

按照蟠桃以記憶中的情形給我繪出來的鎖龍谷地圖，我按圖索驥向著囚牢的方向走去，冷風刮得面部生疼，我謹慎地一步步向著牢獄走去，據蟠桃說，鎖龍谷中總共有四個互相不通的牢獄，分列在東南西北四個方向。

由於不能確定蟠桃的哥哥被關在哪一部分監牢中，我決定一個個找起，每一部分監牢都有四個守衛守在門前。我就近進入寫有「南」字的監牢中，甫一進監牢中，寒冷的陰風頓時被隔在門外。令人錯覺地以爲門外和門內是兩個不同的世界。

接著門的是一條三人並行的道路，在道路的盡頭有一道彎，轉向右邊。我悄無聲息地潛了進去，這裏的守衛並不如蟠桃說得那麼多，也許是因爲蕭仙貞登上聖王之座後，減少了這裏的守衛吧。

我轉過彎，向右看時頓時愣住，右邊沒走幾步就是盡頭，只有兩個火把掛在牆壁上，除此之外空無一物。

我飄飛過去，觀察著四周，這裏必有其他的機關通向牢房。忽然「卡卡」聲響起，腳下的地面忽然從中裂開，一個守衛手中拿著東西走了上來，他手中的東西應該是盛飯菜的器具。

原來是給犯人送吃的東西，趁著他上來的一剎那，我一閃身掠了下去。剛一進入囚牢中，耳內頓時充斥洞內喧天徹地的呼號聲，陰慘淒厲，飄忽遊蕩，彷彿萬鬼齊哭，群魔齊嘯。

我心神激蕩，差點守不住靈台的清明。幾道凌厲的目光向我隱身的位置掃來，我大吃一驚，竭力收起氣息，片刻後，幾道目光才漸漸地收了回來。

慘哭鬼泣仍然不絕於耳。突然一個守衛的聲音響起：「鬼嚎什麼？每天這個時候就不老實，聖后對你們太好了，每天還讓我們給你們送好吃好喝的，要我說，早該餓死你們這群老混蛋！」

「那個蕩婦把老子關在這裏又安什麼好心了，還不是想從老子這裏撈些好處，老子偏不告訴她，小子回去告訴那個蕩婦，下頓如果再沒有酒，老子就一頭撞死！」

聽見此老的威脅，我頓感啼笑皆非，天下間竟還有用自己的生命來威脅敵人的人，我向著豪放的聲音望去，正看到一老，衣衫鮮亮，偏是好多地方被撕扯爛開，頭髮彷彿一蓬亂草。

身材瘦小，一臉玩笑不恭的神態，此時正蹺著二郎腿，坐在一張桌子上，肆無忌憚、口沫四濺地辱罵著聖后。旁邊的囚牢之中也有數個漢子高聲嬉笑附和著。想來這些人都是聖后的對頭。

一個守衛一把抽住一支鐵棍，大聲喝罵著向裏面的老頭砸去，眼看鐵棍即將砸在老頭身上時，老頭出手若電地抓個正著，老頭一手抓著棍子的一端，另一手在脖子裏撓著。

任那個守衛使出吃奶的力氣也不能將鐵棍抽回半分。老頭若無其事地將一個在脖子中抓出來的蝨子放在嘴中咬了幾下吞進肚子裏。

守衛喝罵道：「老混蛋，你是不是還想嘗嘗那個滋味，快放手。」

老頭不經意地瞥了他一眼，眼中一道厲色閃過。悠然捏著另一隻蝨子，放到眼前道：「老子都沒酒喝，你竟然把老子的血當酒喝。」

說到這，守衛眼前一花，老頭子突然出現在那個守衛面前，「送給你了！」老頭一拍鐵棍，一道勁力直衝守衛而去，守衛吃疼張大了嘴巴，老頭手中的蝨子化作一道白光落到他嘴中。

我發現老頭在守衛一米遠的位置陡然停了下來，才看見老頭四肢皆被一道拇指粗細的鏈子鎖了起來，那個位置已經到了鏈子的盡頭，難再進一步，我心中疑惑，以老頭的修爲，怎麼可能被區區一個拇指粗細的鐵鏈給鎖住。

老頭奚落地望著守衛恐懼的表情，忽地笑呵呵地鬆開手，守衛一屁股摔在地上，驚惶怒罵著，將嘴裏的蝨子向外吐。守衛惡狠狠地咒罵著從腰間掏出一個古怪的東西，嘴中念叨著幾句話，一道電蛇從手中射出，落在鎖著老頭的鐵鏈上。

四道鐵鏈同時發出刺眼的白光，四條電蛇倏地鑽進老頭體內，老頭全身都震顫起來，瘦骨嶙峋的身體像是一具骷髏。老頭痛苦地喊叫著。兩邊的被關囚犯高聲怒罵著，顯然是都嘗過這種苦頭。

直到老頭身上升起陣陣煙，守衛才停下，冷哼道：「下次再不老實，有你們好看。」說完話和另一個守衛向上方走回去。

老頭的頭髮放出發焦的氣味，躺在地面，氣喘吁吁地嘿嘿笑道：「乖兒子，老子還沒享受夠呢，你怎麼就停下來了，記得明天讓那個蕩婦送酒來，否則老子就撞死在這，把秘密帶到地下，哈哈！」

我目瞪口呆地望著老頭，不禁對此老身在牢獄之中仍能如此灑脫不羈的態度佩服萬分。

「孫老你何必如此呢，和那種宵小鬥氣，咱們現在被鎖龍鏈鎖住，他們又有『殺龍令』在手，硬來吃虧的是咱們啊！」在老頭對面的一個大漢勸道。大漢生的國字臉，濃眉大眼，一看便知是講義氣的人！

被稱作孫老的老人，重重地嘆了口氣，幽幽道：「都怪聖王為情所困，小公子雖然才識與資質都很好，可惜太小，讓那個妖婦有了可趁之機！」

言語中唏噓感嘆，神色間少了幾分灑脫多了幾分悲戚、憂愁。

囚牢內一時間都靜了下來，半晌忽然有人徐徐道：「不知道小公主有沒有逃過那個妖婦的魔爪。」

另一間囚牢中忽然一個聲音傳出：「雷哥請放心，是我親自護送小公主逃出『福天門』，我和十個兄弟把所有跟在後面的傢伙纏住了兩個時辰，這些時間應該足夠小公主逃出很遠了。」

先前那人「哦」了一聲，心中有幾分欣慰。忽然孫老冷冷道：「逃出去又有什麼用！一后四帝早都垂涎聖王的位置，現在妖后搶先發難，其他四帝都是狼子野心之人，又怎甘聖王的位置落在他手中。小公主遲早被他們四人中的一個抓到，不過暫時沒有性命之憂！」

突然一個聲如驚雷的聲音怒道：「難道聖王要從我們這一代斷絕嗎？」

孫老幽幽地道：「恐怕如此了！」生澀的語音透漏出英雄遲暮的無奈。

孫老對面的大漢道：「孫老不要這麼沮喪，只要我們不死，就有機會逃出去，重振聖王的聲威！」

又一人道：「孫老，難道這個鎖龍鏈真的除了取到鑰匙以外，沒有其他打開的方法嗎？」

其他發問的幾人都靜了下來，等候孫老的回答。看幾人對孫老的態度，可見孫老在猴族中乃是極重要的大人物，其他的囚犯恐怕也都是擁護聖王而被聖后抓起來的猴族支柱。

孫老嘆了口氣道：「各位兄弟想必都試過這鎖龍鏈的硬度了，如果真有其他方法可用，我們還會束手無策地待在這等死嗎？」

停了片刻，孫老忽然又道：「除非……除非當年聖王使用的兵器在此，亦可強行斬斷此鏈。」

「定海神針。」幾人同時驚呼！

孫老淡淡地嘆道：「就是此物！聖王當年征戰仙界，無往不利的法寶！有奪天地之威的力量，小小的鎖龍鏈自不在話下。」

本來充滿希望的眾人又垂頭喪氣，孫老對面的大漢嘆道：「聖祖的定海神針消失了千年之久了，我們怎麼可能找到！更何況我們要是有定海神針，又何懼怕那個妖后！」

孫老一語石破驚天，喃喃道：「我知道定海神針在哪！」

眾人一驚追問道：「定海神針在哪？爲何當初不拿出來抗拒妖婦，如有定海神針，就算在多兩個妖婦也不是對手！」

孫老頹然道：「定海神針並不在聖地之中！」

孫老對面姓雷的大漢追問道：「定海神針既然不在聖地，又流落到哪了呢？定海神針若在族內，又怎會讓那妖后如此張狂！」

孫老道：「此事關係非同小可，恐隔牆有耳，老哥哥就不說出來了。其實若不是妖婦想要找到定海神針，我們幾人早就被她給處死了。」

嘆了嘆，孫老又道：「遲早我們也難逃一死！鎖龍鏈可是聖祖親自打造，非一般力量可以解開的啊。我死不足道，只是定海神針的秘密從此與我共存地下了，遺憾啊！」

一番話，我從頭聽到尾，也深深感到眾人對聖后的深惡痛絕，我覺得眾人可以相信，並且也許可從他們那得知聖王被關押的地方。

眾目睽睽下我現出身形，眾人頓時一陣騷亂，我向眾人微微一笑道：「各位兄弟好，在下依天，保護公主至此！」

孫老精芒四射，不怒自威，冷冷地道：「你這樣說我們就會相信你了嗎？你鬼鬼祟祟躲在這裏，偷聽我們談話，是不是妖后派你來打探定海神針下落的？不用枉費心機，老子就是死也不會告訴她的！」

我淡淡笑道：「你們誤會了，我並非是妖后派來的，乃是小公主托我來鎖龍谷查看聖王是否被囚禁在此，並且在機會適當的情況下，將聖王給救出來。」

孫老陰沉著臉盯著我，見我在他的注視下面不改色地將話說完，冷哼道：「這是你一人之言，我們爲什麼要相信你？」

我呵呵笑道：「你們不一定要相信我，只要告訴我聖王被聖后囚禁在哪便可，等我救出他來，你們自然就會願意相信我的。」

孫老盯著我道：「若你是其他族或者人類派來行刺聖王的宵小，我又怎麼能告訴你聖王在哪？」

我終於領教到老頭子固執的一面，苦笑道：「這是你們最後的機會，若你不想把定海神針的秘密帶到地下，若你不想聖后蕭仙貞狼子野心得逞，若你不想妖精族因此而大亂予人間界有可趁之機，就把聖王囚禁地告訴我！」

每說一句，孫老臉色都多動容一分，孫老望著我，神色陰晴不定，我每句話都正中他的心思。我見他仍猶豫不決，幾步走到他的牢房前，伸手握住鐵欄杆，微一發力，鐵欄杆便被我扯得走形，露出一個大空足夠我走進去。眾人見我突然走進牢房內，都吃了一驚，但卻並不擔心孫老的危險，因爲孫老是他們中道行最高的！

除了一后四帝，還沒有幾人是此老的對手！

孫老嘿嘿笑道：「好小子竟有膽量進來，你不知道我是誰嗎？」

我悠然道：「他們不是都稱你孫老嗎？」

孫老神色一變，突然一掌向我胸前印來，同時怪叫道：「就怕你知道我的身分就會後悔進來了！」滔滔熱浪迎面撲來。熱浪凝而不散，氣焰窒人！掌到一半，突然一個掌形火焰向我加速向胸前衝來！

用火我可不怕！念到氣至，純陽內息飛快湧出來。我也伸出一隻手掌，迎上他的火掌，口中淡淡地道：「好功夫！」他的火掌完全對上我的單掌，突然氣焰猛地一漲，立即如泥牛入海消散得無影無蹤。

眾人驚駭無比的望著我，我油然道：「來而不往非禮也，孫老也接我一招！」我緩緩縮回手掌，曲手彈指，一道火焰向他飛過去。整個動作緩慢無比，卻不令人感到一點遲緩，因爲我帶動了我四周的空間，整個空間的空氣都隨著我的輕輕一彈向孫老壓去！

孫老是那種爲普通俗禮所約束的人，只有向他展現了相應的實力，才能贏得他的尊重。

孫老如臨大敵，神態變得無比肅穆，四道鎖龍鏈一陣顫抖，孫老雙掌一錯迎上我彈出的那點火星，火星在他面前不足一公分處陡然停了下來，孫老卻也憋紅了臉，全力抵擋空間對他的壓力。

旁觀的眾人都非是普通的高手，自然感覺到孫老和我之間實力差距！眾人簡直不敢相信自己的眼睛，族中除了聖王之外的第一高手，在一個陌生人手中竟連一招都擋得這麼辛苦。

孫老青筋暴現，一腳猛地向前一步，口中艱難地喝道：「爆！」體內湧出更強的力量，那點明亮的火星終於在半空中熄滅，四周的空間壓力也同時散去。

孫老鬆了一口氣，見我正笑吟吟地望著他，老臉一紅道：「這位兄弟道行高深，是我平生僅見，這等修爲除了先王，再沒有第二人可比得上！多謝兄弟手下留情，只是聖王的事，除非你能拿出證據讓我相信你，否則你就是拿走我這條老命，我也不會告訴你的！」

我搖頭苦笑，此老忠心可嘉，奈何過於頑固。我抓住鎖龍鏈仔細地查看著，蟠桃告訴我說，這鎖龍鏈以星鐵打造而成，星鐵我倒是沒見過，不過估計是某種罕見的金屬。

鎖龍鏈呈銀色，環環相扣，並且鎖龍鏈有種奇怪的力量貯存裏面，非常奇怪。我想了想，握著鎖龍鏈的手霍地冒出一道青色火苗，以我的經驗來看，天下沒有任何東西可以不被三昧真火熔化的東西。這個東西雖然很奇怪，我想三昧真火也許可以將其煉化！

孫老見我的動作，立刻知道了我的意圖，喪氣地道：「依天兄弟，不要徒勞了，你的方法我們早已試過了，如果可行，我們就不至於被困至今，眼睜睜地看著妖婦的勢力逐漸鞏固。」

我悠然道：「我的火可能和你的不大一樣。」

孫老無所謂地看著我，在他看來，我的想法遲早會和他一樣的。當他看到一滴星鐵水滴落下來的時候，眼睛都睜大了，神色都是不可置信。眾人目睹這一幕，都激動起來。

我收起三昧真火，仔細觀察鎖龍鏈，鎖龍鏈幾乎沒有任何變化，只是被燒得發紅罷了。那滴星鐵簡直是九牛一毛，對鎖龍鏈造成不了任何影響，要想把四條鎖龍鏈給熔化了，恐怕得幾個月以後了！

我微微嘆了口氣，看來這個法子行不通，孫老和眾人也意識到這一點，神色中充滿了失望。

迫不得已，只能再換另一個方法了。我聚起大量內息，一道劍氣狠狠地向鎖龍鏈斬去，「叮！」鎖龍鏈發出一聲極脆的吟聲，鎖龍鏈猛地來回振盪起來。受到束縛的孫老也備受其害，痛得齜牙咧嘴。

我尷尬地望著孫老，我也沒想到會出現這種情形！

孫老痛得皺著眉頭向我擺了擺手，示意他沒事。

突然我一眼盯到鎖龍鏈的盡頭，是連在牢房的牆壁上，腦中靈光一閃，我又想到一個主意，鎖龍鏈固然堅硬無比，刀砍不斷，火燒不熔。但是牢房的牆壁未必會有這麼堅硬吧！

我從烏金戒指中取出「盤龍棍」，在我的力量貫注下，閃爍著熠熠金光。孫老盯著我的「盤龍棍」，彷彿忘記了疼痛，神色專注的失聲驚呼道：「定海神針！」

「盤龍棍」亦屬神器，雖然不如「大地之厚實」來得鋒利，卻比一般凡兵利刃強太多了，我重重的一擊砸在鎖龍鏈與牆壁相連的地方。牢房一陣地動山搖，牆壁卻紋絲不動！

我垂頭喪氣地望著牢房的牆壁，搞不清爲什麼連牆壁也如此牢不可摧！孫老神態無比恭敬地來到我身邊，小心地撫摩著「盤龍棍」，動作宛如虔誠的佛子在燒香拜佛一樣地認真！

半晌後，孫老忽然失望的嘆了口氣道：「不是！」

孫老神色有些古怪地道：「不用費力了，我相信你是真正來幫助我們的，聖王被妖后囚禁在寢宮，不離左右！」

我欣然道：「您老終於相信我了！您老爲什麼突然相信我了呢？」

孫老瞥了一眼我手中的「盤龍棍」，徐徐道：「你與我聖族有緣，日後自然會知道原因。你先去救聖王吧！若是聖王得救，我們兄弟就算不能生離此地也能瞑目了，總算對得起聖祖爺爺了！」

我淡淡地道：「孫老，事在人爲，聖王是一定要救出來，我會另想辦法救各位兄弟的，也許我可從聖后蕭仙貞手中盜出鑰匙，一切皆有可能，各位兄弟要保重，暫時與蕭仙貞虛與委蛇，不要枉自丟了性命！」

孫老感慨地道：「聖王在時，我們是何等風光，而今淪落到階下囚的境地，依天兄弟，雖然我感覺不出你是哪一族的人，但是救聖王的重任就交給你了！」

我頓了頓，望了一眼牆壁，道：「孫老，這牢房的牆壁爲何物打造，爲何與你身上的鎖龍鏈同樣堅硬？」

孫老神色看起來好了許多，道：「依天兄弟，你知道這個谷的名字嗎？」

我好奇地道：「不是叫鎖龍谷嗎？」

孫老呵呵笑道：「你知道這名字的由來嗎？」

我搖了搖頭，看孫老的模樣，好像這鎖龍谷的名字大有來頭啊！

孫老面色稍霽，道：「當年仙界與我妖精界開戰，仙界有龍族襄助，一直占上風，聖祖手持定海神針獨戰四海龍王，共擊斃大小龍九九八十一條，用龍骨、龍筋混以天星鐵製成這囚室，專囚禁仙界修爲高強之人，故此地曰鎖龍谷！」

第二章　大地之熊再生

孫老正欲說下去，突然入口處傳來一陣急速的腳步聲，十數個守衛手持武器從上面衝了下來，領頭者巡視了一圈，厲聲斥道：「你們這群混蛋想把天都給捅破嗎！不要妄想可以逃出去，告訴你們，唯一可以打開你們身上『鎖龍鏈』的鑰匙在聖后她老人家手中！沒有鑰匙，就算你道行通天也無法打開『鎖龍鏈』！你們不要找我的麻煩，惹惱了我，你們就沒有好日子過了！」

望著兇神惡煞似的守衛們，我猜一定是我用「盤龍棍」重擊牆壁時發出的動靜將他們給驚動了！這裏面關著的都是要犯，萬一跑了或者死了，他們難脫干係，所以特意下來看看！

孫老冷冷哼了一聲，轉身走回到自己的床上，一屁股躺了下來，懶洋洋地道：「小猴崽子不要跟老子神氣，老子和聖土闖天下時，你這個猴崽子還沒出世呢，如果不是那個妖婦造反，你連見老子一面的資格都沒有，快滾，老子要休息了！」

領頭者素知此老難纏，這時也假裝沒聽見，眼光往四周掃了一遍，沒發現什麼異常，遂轉身離開。

眼見通向上面的樓梯開啓，我也達到了此行的目的，知道了聖王的下落，現在正好可以跟在守衛者後面離開。我傳音給孫老道：「孫老我先離開了，公主還在外面等著我的消息，此去我會盡力救出聖王，同時儘量想出打開『鎖龍鏈』的方法，你們要好好保重，聖王重登王位還需要各位的鼎立襄助！」

爲了不引起守衛者懷疑，孫老漫不經心地點了點頭。

隱身於暗中，尾隨在守衛者的最後，走出了「南」字監牢。谷中依然冷風淒然，震撼人心，奪人心魄！這種違反大自然的情形大概是當初聖王囚禁仙界眾人而下的禁制吧。

我回頭再望一眼鎖龍谷，嘆了口氣，鎖龍鏈的厲害出乎我意料的厲害，孫老他們只能暫時再多委屈一些日子了。好在此行獲益匪淺，既得知了聖王的下落，又結識了這群忠肝義膽對聖王忠心耿耿的好漢子。

只要尋到鎖龍鏈的打開方法，下面的事情就順利多了。

這一路所接觸到各族的妖精都有一個特點，都是對聖祖欽佩仰慕。

而聖后的所作直接威脅到聖祖的血脈，這種事情，估計她必定不會明刀明槍的來，而是用一些藉口掩飾她的狼子野心。

只要聖王登高一呼，揭露她的真面目，被她蒙蔽的臣子們定會質問她，舉族譁然，於此時，讓孫老聯絡一些在族中被蒙蔽的忠貞之士，內外夾擊，於恰當時機，比如在她加冕聖王頭銜之時，突然出現，當眾公佈她的罪行，由我保護聖王，到時任奸詐若狐也得含恨飲敗！

我騰身向來路飛回，看來形勢並非太糟糕，現在關鍵是如何才能盜到「鎖龍鏈」的鑰匙，救出聖王和被陷害關在鎖龍谷的孫老等人！

不過聖后修爲很高，想要偷鑰匙而不被她發現恐怕非常困難，要是硬搶則更不切實際！

現在的優勢就是她猜不到我在暗中實施救聖王的計畫，一旦打草驚蛇，就算偷到鑰匙，她只要將聖王藏起來，再重兵把守鎖龍谷，我便無計可施！這種簡單的道理，聖后當然明白！

雖然困難，卻仍然要試上一試的，何況聖王還在她手中，我得想辦法見上一面。

飛回到樹林中，蟠桃正睜大了眼睛焦急的在向下面鎖龍谷的方向望著，我突然出現把她嚇了一跳。我將在鎖龍谷的事情大概給她敘述了一遍，蟠桃哀愁地道：「那可怎麼好，哥哥在聖后身邊，會不會受她虐待啊！我們怎麼救他啊！」

我呵呵笑著拍了拍她的臉頰道：「傻丫頭，聖后不是還想得到聖祖流傳給你們的『火眼金睛』功法嗎，你哥哥暫時不會有事，只要聖后一天沒有登上聖王的寶座，你哥哥都會沒事的，不過一旦聖后登上王位，你哥哥是第一個被殺的對象！」

蟠桃完全慌了手腳急道：「那怎麼辦，快把哥哥給救出來啊！」

我道：「暫時不礙事，我們眼下最重要的是確定你哥哥究竟被關在哪兒，『鎖龍鏈』的鑰匙被聖后藏在什麼地方，有沒有可能盜出來！」

頓了頓，我問道：「蟠桃，你知道聖后可能居住的地方嗎？」

蟠桃道：「可能是在聖殿！」

我對七小道：「你們在這裏保護蟠桃的安全，『似鳳』你也留下來吧，一旦有危險，你們一定要保護蟠桃離開！」七小上天入地下海都可以，力量強大，速度又快，再加上一個超級神獸鳳凰，保護蟠桃逃跑應該是綽綽有餘了。

我叮囑道：「蟠桃你留在這裏，我去聖殿探察一下聖后的行蹤，尋找你哥哥被囚禁的位置，我會找機會救他出來，你在這裏待著，千萬不要亂走，有牠們保護你，沒有人可以威脅到你的安全！」

我又囑咐了幾句，趁著昏暗的傍晚又出發了！

飛行了數百里後，一個巨大的城堡矗立在我的視線中，城堡巍峨聳立。晚霞此時已經消失，代之的是把天地轉暗的暮色，一輪皎月在雲隙之中出現，天地罩上一層淡淡的黃紗。放眼望去，一排高大的城牆沿著一道數百丈高的山脈蜿蜒起伏，屹立在一片寬沃的平原邊際。

山脈並不低，但地勢較為不緩，這令城牆很容易的將方圓數百里的地方都劃了進來。在這中間一座高大的城堡聳入雲霄，氣勢威嚴，這大概就是聖殿了吧！

我輕易避過城牆上守衛的耳目，掠進了聖殿的範圍。一邊小心地向著聖殿的方向飛去，一邊心生讚嘆！感嘆設計聖殿之人的獨具匠心，與建造聖殿之人的巧奪天工。

雖然大量的建築湧進大自然中，卻沒有減損一絲一毫的自然氣息，而是完美的融入了自然之中。建築之中亦有青山碧水、茂密樹木，綠草如茵，山泉清澈。

我如一陣晚風在聖殿中尋找著，幾經周折，終於讓我找到了聖王居住的地方。這是一個聖殿靠東的位置，後面有一花園、萬籟無聲，花園中一小小的人工湖泊。

湖水清澈見底，湖底鋪滿了一些七彩斑斕的怪石，石頭光可鑒人，月光照去反射著淡淡的彩光，在粼粼的水波中搖曳，煞是美麗。

在湖的四周橫亙著一些假山，姿態各異，在一面恍若屏風的假山之後，有一個更小的湖泊，說是湖泊倒是牽強了，因爲大小僅可容兩人同時坐進去，上方有嫋嫋熱氣蒸騰，在半空中化爲縷縷輕煙細霧，轉眼消失在空氣中。

水面飄著一些奼紫嫣紅的花瓣，濃郁的花香瀰漫在四周。幾個侍女婷婷立在四周，纖纖手上勾著一個別致的花籃，另外有人端著一個長頸玉瓶，玉呈乳白色，圓潤至極，當非一般玉。

我隱身在暗中，匍匐在假山之間的罅隙中，不敢發出一點動靜，謹慎地觀看著四周的地理環境。剛才我曾聽到有兩個丫鬟說聖后今夜會在此沐浴，所以特意提前趕來這裏。

這個大膽叛變，謀奪王位的女人究竟是什麼樣的人呢？聖王究竟是否還活著，被他關在哪裏？

正想著，忽然一陣環佩摩擦撞擊發出的玲瓏叮噹的清脆響聲將我驚醒，我立即提起十二分精神，屏住呼吸。聖后修爲高強，我一不小心就有可能被她發現，所以不得不小心從事。

片刻後，視線中徐徐出現一隊綠衣女郎，手中打著燈籠，緊隨其後，在一群紅衣女郎的簇擁下，一個風華絕代的翠裳美人出現在我視線中。美目流盼，赤足如雪，邁著優雅的步子走了過來，說不出的雍容、妖媚。

我深深地舒了口氣，確定她就是今天的正主聖后蕭仙貞，如此顛倒眾生的氣質容貌，不愧被稱爲一后！聖后盈盈走近小湖泊，早有人拿來一把折椅，聖后坐在舒服的折椅上。

旁邊有人手腳利索地將湖泊上面的花瓣給取了上來，另有小婢將新鮮的花瓣均勻的撒落在水面。陸續的又有人將各種香料香精灑下去。

聖后滿意地微微點頭，拍拍手道：「都倒進去吧！」

聲音入耳，帶著無比的磁性，有種令人消魂噬骨的感覺。

陡然一個男聲在女人中傳了出來：「這等玉液瓊漿父王在時，也只是每天飲幾滴而已，你卻用來洗澡，實在是奢侈。」

隨著聲音，一個男人從侍女群中走了出來，面如白玉，氣宇軒昂，雙目不怒自威，修長的身體看起來有些單薄，龍行虎步，步履堅定，雙手之間鎖有一道銀色鏈子。

我一見來人頓時大喜，果然得來全不費工夫，從他的語氣與王者風範來看，十有八九就是我要尋找的聖王，何況他手上的「鎖龍鏈」更將來者的身分顯露無遺！

蕭仙貞猶若春水的雙眸懶洋洋地掃了他一眼，笑吟吟地道：「老鬼實在吝嗇，存了這許多的玉液瓊漿，卻每年只分給我一玉瓶，連洗腳都不夠！」

那驚心動魄的一眼，連我看來都怦然心動，況與其面對面的聖王，果然念頭未畢，他臉上的威嚴頓時全被苦笑所代替，這玉液瓊漿何等寶貴，每一年也不過是產兩玉瓶而已，卻被她用來洗腳！

父親在時，只不過偶爾喝一滴兩滴，其餘皆分給各族妖精的首領們，這聖后得了一半猶嫌不滿意。如果聖祖爺爺知道伐髓洗筋的玉液瓊漿被她用來洗腳，怕也要被氣死。

聖后嬌媚萬分地橫了他一眼，道：「你和老鬼總喜歡擺著一張假裝威嚴的臭臉，哪有現在這般自然親切。」

聖王苦笑無語，爲人王者必須神態威嚴，假若與眾人嬉笑打鬧，又如何駕馭屬下，統領不計其數的妖精一族！

我瞠目結舌地望著兩人，我懷疑聖王是否真的被囚禁了。除了他雙手縛著「鎖龍鏈」，實在看不出他哪裏像是一個囚犯，衣著光鮮，儀容乾淨，連頭髮都梳理得沒有一絲亂髮，若不是我知道他真的是被聖后給囚禁，誰又會相信他是個隨時都會被處死的犯人呢！

聖王嘆道：「玉液瓊漿伐髓洗筋，對我們從動物進化而來的修行者來說不知多麼重要，你用來沐浴的這些玉液瓊漿不知可使多少動物進化成人，實在是太浪費了。」

「哼，」蕭仙貞冷哼道，「你是覺得太浪費了嗎?來人，把他剝光了推下去。」我目瞪口呆地看著聖王幾下被幾個侍女給脫得不剩一層紗，赤裸裸地在風中尷尬地苦笑。

原來聖王並沒有外表看起來那麼單薄，流線型的肌肉覆蓋全身，不經意賁起的肌肉使我感覺到裏面充滿了不可小覷的力量！

兩個紅衣女郎輕輕一推，聖王跌落在小湖泊中，水波濺起從空中灑落。幾片花瓣緊緊貼在他的皮膚上。接著蕭仙貞做了一個令我不敢置信的動作，素手輕揮，身上的一層翠衫從身上滑落，再摘去所剩無幾的內衣內褲，　具光白如玉的完美身軀出現在視線中，令人血脈沸騰！

一雙欺霜賽雪的玉足輕輕探進小中，直到身軀完全沒入湖水中，我才喘了一口氣。

兩人赤裸相對，聖王滿臉尷尬，聖后卻若無其事地抄起溫泉水輕輕擦洗手臂，露在水面的部分肌膚光潔若白瓷潤玉，令我聯想這是否歸功於兩人口中的「玉液瓊漿」的效果。

蕭仙貞微微笑著道：「現在你浸在這玉液瓊漿之中，感受到玉液瓊漿滋潤肌膚經脈的效果，你還會說我是浪費嗎？」

聖王也漸漸神色恢復正常，淡淡地道：「事實並不因任何人而改變。」

我目睹兩人猶若情侶般洗著鴛鴦浴，一時不知該幹些什麼好了！只是聖后一會兒端莊，一會兒嫵媚，另一會兒又猶如少女的蠻橫無禮，氣質千變萬化，無一不令人心動，確實人間尤物，即便連最善狐媚的狐狸精也遠遠不及吧。

聖后忽然神色莊嚴地道：「你知道我為什麼要搶你聖王的位子嗎？」

聖王見她主動提及此事，不認真地回道：「我也想知道你為何要奪聖王寶座，你被父王在五百年前封爲聖后，受各族妖精的尊敬，就連實力強橫的四帝位置也排在你下面，地位何等尊崇，爲何要搶奪聖王之位呢？這對你並沒有任何好處！」

聖后沉聲道：「你知道什麼對女人最重要嗎？美麗是女人最重要的事，那個老鬼每年只給我一點點的玉液瓊漿，哪夠我用，只有我做了聖王，想用多少就用多少！」

聖王驚訝地望著蕭仙貞，沒想到她搶奪聖王之位的原因竟是嫌每年分得的玉液瓊漿太少，這個理由未免也太荒謬了吧！

蕭仙貞望著他的呆樣，忽然放聲大笑，前仰後合，花枝亂顫。聖王這才明白，對方只不過是在戲耍自己。

我苦笑著搖了搖頭，這呆頭鵝一樣的聖王根本不是蕭仙貞的對手，被她輕鬆地玩弄於股掌之間。

笑著笑著，忽然停了下來，幽幽的聲音一圈圈地傳出來：「自從那個賤人死後，你父親就整天愁眉不展，無論我爲他做了什麼事，他都不會看我一眼。五百年前，人妖一場大戰，狼帝野心勃勃，內憂外亂，如果不是我力挽狂瀾，鎮住四帝令妖精族齊心對抗人類，妖精族早就四分五裂了。我本以爲，立下大功，他總該看看我了吧，結果卻只是把我封爲聖后，依舊拿眼角瞥我一下。五百年來，我替他管理妖精界，他只是把每年的一半玉液瓊漿賞給我。卻吝嗇給我那麼一點點的愛意！我要玉液瓊漿何用！老鬼三年前一句話不說，突然留下書信一封，破開時空說是去尋找聖祖了！書信中竟連一句話都沒有提到我！我恨！」

說到此處，音線陡然提高，神色淒厲。雙眸閃現著寒光，盯著聖王道：「所以我要奪了你的聖位！將你兄妹囚禁起來，我要讓那個薄情漢後悔！我要讓他跪在我面前苦苦哀求我放了你們！」

說到最後一字聲若厲鬼，神情可怖！陡然從小湖泊中拔身而出，隨手一招，將早已預備好的紅衣裹住玲瓏胴體，決絕而去，只留下聖王一人呆若木雞。

望著蕭仙貞窈窕身姿消失在假山之中，我不禁感慨萬分，傷心人別有懷抱，這看似狠辣的聖后竟也是傷心人。聽她所說的那些事情，倒真的是對妖精界有很大的功勞。

如果不是上位聖王心早有所屬，應該也是一段圓滿無瑕的婚姻，可惜現實中卻是蕭仙貞苦戀上位聖王，而聖王卻對自己亡妻癡心不改，念念不忘，結果引發出現在因愛生恨的事情。著實令人扼腕嘆息！

四周忽然靜了下來，偌大的一個花園，只剩下聖王木然坐在小湖泊中。

「這是個絕好的機會！」我壓制住心中的狂喜，展開神識全力搜索四周，發覺確實所有人都不在了，我才從隱身處掠出。

聖王見到我突然出現在他面前，陡然從水中站起，向我喝道：「你是誰？」

我來到他面前蹲下來道：「不用怕，聖王，我是你的朋友，不是你的敵人，受你妹妹蟠桃相托來救你的！」

聖王本來緊張盯著我的臉，在我說完，出乎我意料地露出些許微笑，長嘆了口氣道：「原來妹妹已經逃出去了，那就好，我原以爲是落在這個狠心的女人手中了。難怪我問她時，她總是避而不答。」

我訝道：「咦，你這麼簡單就相信了我嗎？」

聖王好笑地望著我，忽然啞然失笑地道：「難道非要將你嚴刑拷打過後，才可以相信你嗎？」

我倆四目相望，忽然哈哈笑出來，聖王道：「蟠桃是妹妹的小名，除了父王和我以外沒有別人知道，她肯告訴你小名，一定是非常相信你。另外，聖后並沒有打算從我這得到什麼，只是爲了報復父王，虐待我洩憤罷了！所以你不可能是她的人！如果是其他妖精各族派來的殺手，也不會出來見我了。」

聖王形象頓時在我心中大爲改觀，也不禁讚嘆他心思縝密。並非只是個呆頭呆腦的傢伙，在那種女人面前，是男人都會吃虧的。

我嘆了口氣，然後將蟠桃的事敘述了一遍，又將之前在鎖龍谷遇到孫老等人的事告訴他。

聖王嘆氣道：「你也看到我身上的『鎖龍鏈』了，只要一天這個東西沒有從我身上除掉，我就一天脫離不了聖后的掌握。」

我疑惑地道：「我見你一身功力並未被鎖住啊，為什麼不能逃走？」

聖王自嘲地笑了笑：「當年聖祖爺爺為了使被抓的仙界中人無法逃跑，特別在製造鎖龍鏈時加進了一些特殊的力量，只要發動這種力量，立刻令你生不如死，且在發動的時候，會先一步封住你體內的力量！卻沒想到今天這些東西卻用在了自己的子孫身上。除非解開『鎖龍鏈』，否則我就算跑到天邊，也逃脫不了這種折磨！」

我沉重地道：「看來只有盜取鑰匙一途了，你知道蕭仙貞將鎖龍鏈的鑰匙藏在哪了嗎？」

聖王嘆道：「這麼重要的東西，她是不會放心交給別人保管的，她每天都將鑰匙隨身攜帶。」

我後悔嘆息道：「剛才太好機會，我沒有把握住！應該趁你們在此沐浴時，把她的衣服盜走。」

聖王嘆道：「你太天真了，她怎麼會把鑰匙放在衣兜中。你方才有看到她的那串晶瑩的耳環嗎，聖祖製造的器具深具法力，可以任意變幻，她將鑰匙變幻成耳環，掛在雙耳上，就算你是法力通天，也無法神不知鬼不覺地把鑰匙盜走。」

056

我洩氣道：「難道就沒有別的方法可求了嗎？」

聖王悠然道：「大不了一死，只當是替父王還情債了。鎖龍鏈乃是用天下至堅之物星鐵糅以龍骨龍筋煉製而成，堅韌無比，非常物可斷，只有當年聖祖用定海神針斬斷過的先例。」

說到這，宮女的腳步聲傳來，想來應是盛怒過後的聖后想起了聖王，這才派人來把他帶回去。我急忙隱身躲了起來。

從聖殿處回來，已過了兩天。我始終在思考破解「鎖龍鏈」之法，可是一想到掛在聖后耳墜上的兩串晶瑩的耳環，我便泄了氣。以這個女人的精明，我是不可能在她不知道的情況下偷到的。

所幸的是，聖王和孫老他們暫時沒有生命危險。聖后是個爲了愛情而瘋狂的女人，她並非是爲了貪圖名利而奪取聖王之位，乃是爲了報復上任聖王對她的寡情薄義。只是聖王在她手中畢竟不會有什麼好事，一個不小心觸怒了她，後果仍然很嚴重。

我帶著蟠桃隱在一座山脈的一個不顯眼的山洞裏，外面覆蓋著花草藤蔓，倒也不虞被人發覺了！

我在洞內冥思苦想另外的開鎖之法，既然盜不得鑰匙，就只有強行將「鎖龍鏈」斬斷一途可行，只是「鎖龍鏈」堅逾金剛，別說普通刀劍難傷它分毫，就是連神器級別的兵刃都難以對付的了。

我無奈地望了一眼，擺在身前的兩截斷刃，「大地之厚實」失去了原有的光澤，暗淡如普通的金屬。我再一次想起最強悍的生物「死神」。如果有他那柄死神鐮刀，就可以解開眼前的燃眉之急了！

可惜當初我太傷心，根本沒有注意到他那柄鐮刀，想必現在流落在精靈的時空中了。我有點遺憾，死神鐮刀的級別猶在神器之上，否則也不會輕易斬斷我的神劍。

突然我心中一動，一個念頭迅速在心中閃過！如果我能擁有一柄死神鐮刀級別的兵器，一切事情不就都可迎刃而解了嗎？我幾乎可以肯定，妖精族傳說中具有毀天滅地、幫助聖祖平定四海龍王的定海神針定是這種級別的神器。

想到這我不禁興奮起來，這條線索對苦苦思索的我來說不啻是一盞指路明燈啊！我迅速從烏金戒指中翻出三叔贈予我的記錄了所有煉器心得的晶片。這枚晶片和記錄二叔「百草經」的晶片已經很長時間沒有拿出來看過了，恐怕都要生銹了。

輸入內息，煉器內容迅速在我腦海中浮現出來，略過前面所有內容，直接跳到最後一章神器的部分。我曾經在很久以前看過這一章的內容，只是那時知識太貧瘠，囫圇吞棗而已。

按照上面的敘述，我還誤打誤撞地煉出現在煉器用的神器——靈龜鼎。

現在我有了足夠的知識和經驗，只要晶片中有關於「死神鐮刀」這種超級神器的記載，我就有信心將其煉出來。

不敢有所怠慢，仔細地閱讀著神器那一章的每一個文字，仔細揣摩其中的含義，可惜在第二天的傍晚，我不得不頹然放棄。雖然字字珠璣，講解詳細，卻僅止於神器的範圍，再沒有多餘的敘述。

當我要從晶片中將意識退出時，忽然兩個字引起了我的注意。在神器一章的結束處，另啓新的一頁開頭寫著「小天」二字！

我心中暗暗驚訝，難道這是三叔寫給我的信嗎，四位叔伯一向都叫我「小天」的，這段字以前怎麼沒注意到。

我抱著好奇的心態向下看去，想看看三叔都說了些什麼。

「當你看到這段文字，表明你的精神力和肉體的修爲上已經達到了無上的修爲，至少和叔叔已經相差不多。這段文字我用了極強的力量給封印了，必須達到與我相同的程度才能啓動。」

哦，我說以前自己怎麼沒看到，原來是被三叔用大力量封印了。三叔還真敢做，要是我一輩子達不到他的程度，不是永遠也看不到嗎？

我笑著搖了搖頭，突然看到這段文字，讓我倍感親切，彷彿三叔又站在面前，向我諄諄教誨，接著向下看：

「你能看到這裏，表明你在鍛煉一道上，已經得我真傳，足可傲視群雄了。不過鍛煉一道猶如武道，並非僅止於此，這只是簡單的開始而已，後面仍有無限的空間等我輩後人來填補。存在於世的兵器中，更有遠強於神器的兵刃已足以證明此點──神器並非最強的！」

看到這，我大喜，心臟霍霍地跳動起來。看來有門！我放鬆了一下緊張的情緒，接著向下讀去。

「小天，三叔資質太差，技僅止於此，再難有大的突破，這次隨大哥一塊歸隱，希望可以打破瓶頸再進一步。而你則不同，大智若愚很有慧根，根基極好，打小又有龍丹改善你的筋骨、經脈。可以說你天生就是爲了武道而出生的。你的天分無人可比，進步空間尙有很大，你萬不可因此而固步自封，武道若蒼穹沒有盡頭，三叔因爲資質的關係只能將煉器停留在神器的階段，突破神器的任務就交給你了。在很久以前，當我的師父在傳我煉器之術的時候，曾跟我說過，超越神器的鍛煉之法存在於世，只是三叔愚鈍未能領略其中奧妙之處！鍛造神器已是非常困難之事，非得在機緣巧合下，鑄造之人又有很高的技藝，且武道修爲也很高，手中有珍貴的神材地寶，並且要有深具智慧的生物充當劍靈，這樣才有可能形成神器！而超越神器則更加困難，成功的機率連一成都沒有。」

我穩了一下心情，使自己平靜下來，我想下面三叔就要說出鍛煉超越神器的奧秘了吧。三叔癡迷於煉器之術，必然早已嘗試過鍛煉超越神器的作品，不過從他的語氣看，效果並不理想或者說沒成功，否則他不會有那種無奈的感嘆。

「若說神器需要精湛的技藝，非凡的修爲，罕見難得的煉器材料，那麼超越神器的作品則更需要的是天分和運氣！這起到至關重要的作用，當然你必須具備鍛造神器所需的全部要求。而且鍛造超越神器的作品具有極大的生命危險。」

我在心中打了個突兀，三叔爲什麼說這種驚人之語，煉造一柄兵器還會要了鍛造師的命不成，我急切地向下看去。

「傳說在萬年前，有一位極有天賦的鑄劍師名歐冶子曾經鍛造過一柄驚天動地的神劍——純鈞，此劍一出日月無光，天地變色。

「據說爲鑄這把劍，千年赤堇山山破而出錫，萬載若耶江江水乾涸而出銅。鑄劍之時，雷公打鐵，雨娘淋水，蛟龍捧爐，天帝裝炭。鑄劍大師歐冶子承天之命嘔心瀝血與眾神鑄磨十載此劍方成。劍成之後，眾神歸天，赤堇山閉合如初，若耶江波濤再起，歐冶子也力盡神竭而亡。這柄劍一定是超越神器的超級神器！」

我收回意識嘆了口氣，沒想到煉一柄劍竟然煉了十年，而且劍成後，鑄劍師也神竭而亡。這未免有點太嚇人了吧！

平定一下驚訝的情緒，繼續往下看：

「傳說每多不實、誇大之處，但亦可從此窺見一斑，超級神器雖然存在，卻是極難煉。欲要鍛造超級神器，必須有極爲通靈之物，在劍成之時引爲劍靈，否則會產生兩個結果。其一，劍無法成爲超級神器，淪爲一般的神器；其二，奪走鑄劍師之靈以之爲劍靈，萬物之中以人爲萬物之靈，自然是劍靈的首選。小天，一切以安全爲主，三叔雖然希望你煉出超級神器，完成三叔一生的宿願，但是卻不願看到你喪失靈智，成爲劍靈，甚之！」

完全從晶片中退出意識，心中不禁大生感嘆。煉造超級神器竟然會有性命之憂，雖然聽起來匪夷所思，三叔的解釋卻是極爲精準。

超級神器既然這麼危險，我還要再煉下去嗎？我捫心自問，如果在兩年前問我，我定是毫不猶豫地開爐煉劍，只是現在我已經深切體會到，我的一切包括我的生命，並非只屬於我自己！

如果真的有了萬一，我成了劍靈，那意味著我再無法破開時空回去了！我實在不敢想像藍薇該怎麼辦！我幽幽一嘆，這實在是我最大的心結。

我長身站起，灰塵陡然從身上「簌簌」落下，我邊拍去身上的塵土，邊忖度自己究竟坐了幾天，竟然連身上都落了這許多灰塵。

我踱步向洞外走去，掀開洞前掩飾物，走了出來，一股清新空氣令我禁不住深深地吸了一大口。

「大哥哥，你醒來了，肚子餓了吧，給！」蟠桃驚喜地看著我從洞中走出，遞上洗得乾淨紅嫩的桃子，散發著誘人的清香，我不禁胃口大開，接過桃子大口吃起來。

我掃視了一眼，七小忠實的跟在蟠桃左右，「似鳳」也停在枝頭。

我邊吃邊道：「蟠桃，我坐了幾天了？」

蟠桃認真地扳著指頭算起來，「都有五天了！大哥哥，你想到救哥哥的方法了嗎？」

我尷尬地搖了搖頭，這是我罕有的又一次撒謊，這件事關係甚大，我還要仔細想想，我不想留下遺憾！即便馬上決定開爐煉超級神器，也得先想好防範措施以防萬一。

蟠桃小臉上難以掩飾地露出一抹失望的神色，旋即望著我道：「哥哥本事這麼大，我相信大哥哥一定可以想到辦法的。」

我在心中嘆了口氣，這件事又豈是你想得那麼簡單啊！心中產生難以說明的情緒，只覺得胸悶，隨意向前走去。

走了半天，心中始終難以下決定，我既不想讓蟠桃失望，又怕自己真的成了劍靈，那就再也無法與藍薇相見了。

漫不經心地走著，忽然被汩汩水聲驚醒，眼前出現一個水池，正有泉水不斷地向上湧出，沸騰的熱氣將四周渲染的雲蒸霞蔚。

我在溫泉邊一處乾淨的石頭上坐下，心中苦笑，看來只有找一個折中的方法了。取出斷成兩截的神劍，望著手中的斷劍，想著用什麼方法才可將兩截斷劍重歸合一！心中祈禱神劍可以如願以償地斬斷「鎖龍鏈」，想來神劍的鋒利再加上我渾厚無匹的內息，應該可以有所作用！

只是重鑄神劍需有劍靈，否則難以成事！我取出神鐵木劍，裏面封印著大地之熊，大地之熊沒有實體，如若不是當初被我及時封印到神鐵木劍中，只怕已經隨著斷劍煙消雲散了。

想要將大地之熊再封印到神劍成爲劍靈，沒有實體是萬萬不行的，光是靈體，無法承受與神劍形神相融的巨大壓力。

大地之熊無法成爲劍靈，只能再選擇另個寵獸來替代牠佔據神劍的劍靈之位。寵獸我有很多，只是得選擇一個合適的，原來這柄劍是土屬性，可以汲取大地的力量，重新鑄造後，會否改變屬性呢？

這也是個令人頭疼的問題，神器的屬性一般受到材料和劍靈的屬性制約，不過這柄神劍是擁有自己的屬性的，會否在重鑄的時候發生變化，這誰也不知道，連三叔的晶片中也沒有提過。

七小兄弟連心，選誰做劍靈都不好，豬豬寵還負責破開時空的責任，不可能選作劍靈的，變色龍寵級別太低，做不了劍靈。要不用「似鳳」做劍靈？這個念頭在腦海中剛出現，就被我推翻了，以牠的個性，是萬萬不會答應做劍靈的。

除此之外，我再沒有別的寵獸了。看來需要再孵化寵蛋了，取出僅剩的兩枚寵蛋，一枚火屬性的猴寵蛋，一枚土屬性的熊寵蛋。

兩枚相若的寵獸蛋擺放在我面前，無論從何種角度來看，都是孵化熊寵蛋比較好，同樣是熊寵，同樣是土屬性，應該較爲容易被神劍接受吧，我抓起神鐵木劍割破手指滴向熊寵蛋上。

突然赭色的黃光從神鐵木劍上閃出，我吃驚地呆望著神鐵木劍，我可以保證剛才並沒有向神鐵木劍中灌輸一點內息，神鐵木劍怎麼可能發出異光。

淡淡的黃暈從神鐵木劍中冒了出來，接著點點明亮的黃色光點在神鐵木劍上方凝結，聚沙成塔，黃光在我眼前凝結出大地之熊的模樣，看著那對極傳神的熊眼，我張了張嘴，想說什麼，這顯然是大地之熊的靈體，牠在我沒有召喚的情況下竟然自己從神鐵木劍中出來了！

大地之熊憨厚的臉盤對著我，彷彿在向我點頭，我剛要說什麼，突然積成大地之熊的光體忽然化作一縷黃光向著我手中的熊寵蛋撲去。

熊寵蛋在黃光的襯托下，從我手中浮起，黃光與月光交相輝映，在我眼前泛起一片迷離的彩光。

「啪嗒！」蛋殼終於從中間裂開，一個毛茸茸赭色的小熊從蛋殼中爬了出來，濕乎乎的絨毛在山風中拂蕩著，小熊驀地從蛋殼上方跌了下來，落在地面，我愕然地望著小熊滿不在乎地從地面爬起來，腦海中盤桓著一個念頭：大地之熊借著熊寵蛋重生了！

純真的雙眼有些恐懼地打量著陌生的環境，突然「嗷」地叫了一聲，向我跑來，厚厚卻柔嫩的熊爪抓著我的褲腳，竟然發揮爬樹的本領，順著我的褲腿向上爬來。

我好笑地望著動作笨拙，好幾次都差點跌下來，卻仍堅持著向上攀的小熊，就在小熊逐漸爬上來時，突然我感到身上有東西在動，一個金色的影子驀地一閃，小熊重重地跌了下來。

小熊跌坐在地面，兩隻肉掌放在身前，委屈地望著我。忽地，小熊人立而起，憤怒「嗷嗷」地對著我叫了起來。

突然一個奇怪的聲音在我肩頭響起，我大訝轉頭望去，一個金色毛毛的小猴子正齜牙咧嘴地向著地面上的小熊發出尖聲。見我轉頭看牠，對我齜牙一笑，手腳並用爬到我腦袋上，攥著一隻手向小熊示威。

小猴子最獨特的是那雙眼睛，炯炯有神，透著機靈，金色的毛髮比絲綢還柔順，長長的尾巴勾在我的脖子上。

我陡然覺得牠的眼睛好像在哪裏見過，給我非常熟悉的感覺。想著想著我忽然想起牠的眼睛和「似鳳」有驚人的相似，都是賊溜溜的。

小熊落下前掌，「呼哧呼哧」地喘著，好像是累壞了。

小猴子得勝了似的，不安分地在我頭上跳著，不時發出尖銳的叫聲，彷彿在嘲笑小熊，我憐惜地將小熊抱起來，端詳著牠那對褐色的眼珠，直到現在我還是不確定牠是不是大地之熊，抑或只是大地之熊將自己的力量給了牠，自己徹底從世界上消失。

想到和我生死與共的大地之熊可能不存在了，我心中就有些難受，臉貼在小熊的毛茸茸的腦袋上，小熊開心地舔著我。

小猴子見我和小熊這麼親近，大爲惱怒地在我腦袋上尖聲跳著抗議。

我一手將頭上的小傢伙抄下來一起抱在懷中，小傢伙其實蠻可愛的，當然這是在不看牠的那對賊溜溜的眼睛的情況下。

兩隻小傢伙遇到一塊，立即有些爭寵地騷動起來，不過這次明顯是小熊在貼身肉搏戰上占了上風，我忍俊不禁地看著小熊一隻肉掌壓在小猴桃形的臉上。

我笑著將兩個小傢伙分開，開始思索小猴子是從哪裏出來的。

當我視線落在分爲兩半的另一個寵蛋殼上，頓時知道小猴子的來歷了，可是我記得自己明明沒有滴血在猴寵蛋上，爲何這個小傢伙會從寵蛋中孵化呢？

這枚猴寵蛋是當年第五行星猴山的猴王贈予我的猴寵蛋，想起猴王那大有深意的一瞥，我下意識地望了一眼躺在地面的猴寵蛋，難道是在往熊寵蛋上滴血時，沒注意濺了一滴血在猴寵蛋上？

不管怎麼樣，這隻級別不低的火屬性，充滿靈性的小猴子是從猴寵蛋中孵化出來的。

當我回到石洞中時，蟠桃驚訝地看著我手中的兩個小傢伙，她驚喜地將我手中的小熊給抱了去，邊問我從哪裏找來這麼一隻可愛的小熊，但是對我手中的小猴子卻沒多看幾眼。

看來蟠桃對小熊比較偏愛一點，也許是同類相斥，或者看太多隻猴子，已經無法對猴子產生任何驚喜的情緒，反正小猴子在她那裏立即失寵了。蟠桃準備的那麼多美味的水果不停地往小熊嘴裏塞，小猴子卻乾瞪眼，吃不到。

時間一晃就又過了一個月之久，其中我又去了兩次聖殿和鎖龍谷，聖后沒有什麼過激的行動，聖王和孫老那些被囚禁的人們都仍安然無恙。

只是隨著龍宮寶藏出世的日子越來越近，人類與妖精已經開始了更爲頻繁和劇烈的摩擦，妖精族中也並不安定，從聖王那裏得來消息，孔雀族已經加入了聖后一邊。

而狼人族和海人族組成了聯盟，只有樹人族保持中立。以樹帝的個性是不可能放棄聖王的位子，保持中立只是做給外人看罷了，等著坐收漁翁之利呢。

形勢逐漸明朗，也變得更加嚴峻起來，龍宮寶藏出世的那一天就是人類與妖精族戰亂正式爆發的時刻。

我對此無能為力，唯一能做的只是想辦法在龍宮寶藏出世前將聖王救出來。聖后不可能放過龍宮寶藏的，龍宮寶藏出世的時候，她一定會伺機出動，帶領猴精族參加搶奪龍宮寶藏的行列。

到那時候，她必定分不出人手來看守聖王，聖王成為她的累贅，而且萬一被敵對的妖精族中的人得到聖王，她就會陷入被討伐的劣勢，所以最好於在龍宮寶藏出世時殺死聖王，一了百了，省了心！

時間逐漸變得緊張，我必須在龍宮寶藏出世前救出聖王，否則他便危險了。

一個月前孵化的大地之熊和火猴已經長大了很多，足以用來做劍靈了。當我從聖殿回來時，一猴一熊又已經打了起來，七小和「似鳳」、蟠桃圍坐在四周大聲叫喊著為牠們加油。

蟠桃為大地之熊加油，「似鳳」則在大聲聒噪著為火猴加油。

火猴從孵化到一個星期前始終仗著輕靈矯健欺負大地之熊，但是隨著大地之熊逐漸長大，已經可以簡單地利用一些大地的力量，火猴很難再占到牠的便宜了。

我深深知道，想站在大地上戰勝大地之熊是一件多麼困難的事情。

第三章　再鑄神劍

「吱！」火猴尖聲叫著，如一陣風似的從大地之熊的頭上掠過，幾根熊毛隨之被牠攫在手中，火猴得意地圍著大地之熊奔跑跳躍著，燦爛的火花如活物一樣在火猴的身上時隱時現。

「似鳳」見火猴占了上風，頓時一陣興奮的尖叫，翅膀拍打在空中亂舞，蟠桃嬌哼了一聲，大聲替大地之熊助威道：「乖熊熊加油，再加一把油，我們就能贏到兩節石竹，用絕招啦！」

大地之熊得到蟠桃的加油，「嗷嗷」地叫著鼓足力氣向火猴撲了過去，火猴「吱吱」叫著閃了過去，接著故計重施又向大地之熊撲掠過去。就在我以爲大地之熊又要吃虧的當兒，異變陡生。

一陣熟悉的力量倏地從地面源源不斷地湧出，厚實的黃光彷彿水銀一樣在大地之熊的兩隻肉掌中流動。我一陣激動，心中驚道：「大地的力量！」這種力量正是我再熟悉也不過的大地力量！

高高躍在空中的火猴無法躲閃地被突然從地面升起的一根石筍頂在腦袋上，痛呼一聲跌落下來。

蟠桃歡呼一聲，衝過去將小熊給抱在懷中，火猴則垂頭喪氣的走到一邊。蟠桃走到「似鳳」面前，伸出小手，笑嘻嘻地道：「拿來！」

「似鳳」唧唧喳喳地對著蟠桃一陣叫，然後指著大地之熊，比劃著石筍的模樣。蟠桃嬌哼道：「小熊才沒有耍賴，只怪小猴太笨。快把兩個石竹拿來，你要是賴賭，以後不和你賭了。」

說完，蟠桃作勢轉身，「似鳳」不甘心地將兩根石竹扔給蟠桃。

我大訝，望著蟠桃手中拿著的兩根石竹，大概有半米長，帶著瑩潤的綠色，嬌嫩欲滴，擁有豐富的靈氣，比之我煉的靈丹絲毫不差，這大概是「似鳳」從這豐富的山脈中找到的。

蟠桃眼珠一轉，忽然取出一個鮮豔的桃子，拋給火猴，火猴靈巧地將桃子接到手中，「吱吱」地向蟠桃謝了謝，抱起桃子大力地咬了一口，香甜的汁液頓時浸了滿嘴，那股令人舒服的香味在空中飄蕩。

我嗅到這顆桃子散發出與眾不同的氣味，馬上察覺到這顆桃子並非是一般的桃子，其中亦含有豐富的靈氣。

火猴吧唧吧唧地嚼著塞滿整嘴的桃子，神采飛揚，眉開眼笑，著實沒想到自己打輸了，竟然還有自己喜愛的桃子吃。

本要要放開肚皮吃下去，忽然感覺到兩道威脅的目光在看著自己，轉頭四顧，發現「似鳳」正賊溜溜地望著自己，彷彿要分一杯羹的樣子，猛地將剛咬了一口的桃子緊緊抱在懷中，驀地三肢落地手腳並用向相反的方向跑去。

「似鳳」跟在後面緊追不捨，火猴雖然機靈，終究不是以速度爲專長的「似鳳」的對手，火猴轉身向洞外跑去，卻一頭撞在我身上。隨即驚喜的「吱吱」叫著向我身上攀上來。

以小火猴有限的智商中，清晰地記得，在牠所知道的動物中，只有主人可以令那個可惡的賊鳥低頭。

望著流星一樣衝來的「似鳳」，我隨手在空中一揮，一道綿薄的彈性氣牆擋在「似鳳」面前。就在牠快要撞上來時，突然一道火焰從牠身上噴出，氣牆連零點一秒的時間也沒撐到就被火焰洞穿。

我略略驚異了一下，想不到，好吃懶做的賊鳥已經可以將身體中龐大的力量控制得如此的熟練、自如了。

我頓時起了興趣，強大的力量轉化爲壓力隨著我的手勢驀地向四周的空間壓去，我想看看「似鳳」這個傢伙力量究竟到什麼程度了。

「似鳳」驀地一沉，隨即又恢復了正常，只是身上逐漸閃亮出滾滾的火光，而且隨著我的力量加大而逐漸變得更爲明亮。

「不錯。」我心中暗贊，基本上牠已經可以靈活自如地任意使用身體的力量了，我倏地除去所有壓力，右手驀地向前探去，輕鬆地抓著加速飛過來的「似鳳」。「似鳳」一雙賊眼噴出淡淡的火花，瞪著我，「唧喳」叫著，顯然對我庇護小火猴十分不滿。

小火猴此時已經佔據了平常「似鳳」在我身上的位置，見窮兇極惡的「似鳳」被主人給逮住，大大地鬆了口氣，對「似鳳」扮了鬼臉，一屁股坐下來，肆無忌憚地在「似鳳」面前大口大口地吃著。

兩對賊眼不時在空中相遇，淡淡的火星在空中閃出。

我好笑地將手中的「似鳳」給放了出去，笑罵道：「你是神獸鳳凰，竟然還搶一般寵獸的食物，鳳凰一族的臉都被你丟盡了。」

「似鳳」不甘地在我四周盤旋著。七小、蟠桃和大地之熊也都向我跑過來，蟠桃向我迎來道：「見到哥哥了嗎，他還好嗎？」

我點了點頭，微微笑著道：「嗯，你哥哥很好，沒什麼事。哎，這是什麼東西？」我接過她遞過來的一根石竹問道。

蟠桃笑嘻嘻地道：「是贏『似鳳』的賭注。」

我搖頭嘆了口氣，心中苦笑不已，這倒好，蟠桃和「似鳳」竟然在我身邊搞起了賭博，想起剛才看到的那一幕，她們賭的應是小熊和小火猴的勝負，兩人的賭注就是小火猴不捨得放手的桃子和我手中的石竹，望了一眼抓著我褲腳的憨厚小熊，我俯身將牠抱在懷中。基於對大地之熊的思念，這令我格外疼愛這個小傢伙。

小火猴只顧手中味道鮮美的桃子，顧不上和小熊爭寵。

我將手中的石竹放在口中咬了一口，一股苦澀的汁液頓時流出，我忍著這股苦澀的味道，細細地咀嚼著咬下的那截石竹，過了一會兒竟不覺得剛才的那分苦澀了，一股清涼的氣從喉間流下，令我渾身一顫，頭腦也變得格外清楚，彷彿酷夏置身於清冷的河水中那麼舒坦。

我驚訝不已，好強的靈氣，果然不愧是聖地，竟然長有這種蘊涵大量靈力的好東西。也虧著「似鳳」，這種好寶貝恐怕也只有這個賊鳥才能尋得到，怪不得我剛才感到牠靈力充沛，控制力量得心應手，想來最近牠從這座山中得到不少好處。

等我將神劍重鑄好，一定要讓牠多找些這種靈物、靈果煉一爐靈丹來。

現在時間緊迫就暫時放過牠。

一會兒的工夫，小火猴已經將偌大一顆桃子給吃得乾乾淨淨，只剩下一個小小的桃核攥在手中不忍放手。

小火猴意猶未盡地咂了咂嘴巴，兩隻機靈的眼睛，東瞄西瞧，彷彿在找是否哪裏還會再有一個這麼美味的桃子。

突然望見「似鳳」正惡狠狠地望著牠，好似在怪牠獨吞，小火猴自然知道牠的厲害，驀地從我一邊肩頭跳到了另外一邊，吐出舌頭向牠做了個鬼臉。

我心中暗暗好笑，這群小傢伙真是有活力啊，我也要加油了，趕緊鑄造神劍救出聖王，我就可以回家和藍薇團圓了。

這段時間，我基本上已經想好了再鑄神劍的方法，現在既然大地之熊已經能夠毫不費力的使用大地的力量，說明牠已經有足夠的能力擔當劍靈的重任，因為牠有實體，即便不存在劍中仍可獨立存在。

利用大地之熊和火猴成長的這段時間，在「似鳳」的幫助下，我業已尋到了一些足夠可用的材料，當然是這個時空比較獨特的礦石。這種礦石宛如寶石，卻較寶石堅韌。

隱隱泛紅，色如胭脂，入手冰冷，質地很不錯，再加上在夢幻星時從「煉器坊」得來的一些珍貴的材料，基本上已經足夠了。

雖然不一定也沒準備煉出傳說中的超級神器，但是我仍打算盡最大努力，煉出超越一般神器的頂極神器，否則恐怕仍不能奈何「鎖龍鏈」。在此之前，我要在山中的溫泉沐浴三日。

爲的是洗盡身上的塵垢，使靈氣佈滿全身，這樣就會避免在煉劍時，神劍爲塵垢所染而降低了靈性、失去了靈氣淪爲普通的神劍。

一切準備好，只等我沐浴過後，開爐鍛劍！

溫泉中，我全身浴在其中，水溫適宜，我放鬆身心，愜意地浸在水中，打開周身毛孔，向外排出體內的不清之氣，小火猴與小熊也嬉鬧的跳到溫泉中。

我沉在溫泉中，同溫泉中的靈氣交換著，氣泡不停地從我皮膚表面冒出，我望著小猴和小熊在水中亂撲騰的小爪子，心中溢滿了喜悅之情。

想著方舟山自己的小窩中。那滿山的猴子，想著藍薇，心中驀地感動起來，熱血在經脈中激蕩，突然間，我彷彿變回以前的熱血少年，不論多麼艱難的事，在自己眼中都彷彿不值一提。

我倏地從溫泉中躍起，抄起岸邊的衣物，圍在胯下，就這麼赤著膀子站在溫泉邊上，嫋嫋升浮的熱氣在背後飄舞。兩個在水中正玩得開心的傢伙被嚇了一跳，呆呆地向我望著。

一個護罩隨著我的手勢瞬間將我蓋在當中。我隨即召喚出霞光四射的靈龜鼎，取出所需要的全部材料扔在一邊。再召喚出「似鳳」。

在兩個小傢伙驚訝震撼的目光下，「似鳳」顯露出鳳凰真身，鳳吟聲中，萬道彩光綻放，這才是鳳凰的王者風采！

鳳凰在「靈龜鼎」邊昂首挺立，鳳眼如電地望著我，我淡淡地道：「起火！」鳳凰微張長喙，一道火箭倏地向著靈龜鼎底部湧去。

火焰平均的布在「靈龜鼎」的低部，而且越來越旺，卻並沒有熊熊大火之勢，只是火的顏色越來越純亮起來。我會心的一笑，自己之前猜的果然不錯。

「似鳳」一旦恢復了鳳凰真身，方圓百里的充沛真氣紛紛的向這裏湧過來，況且聖地這裏本來就比別的地方的靈氣要充沛得多，可以想像現在我的四周已經佈滿了靈氣，普通空氣完全被排擠出去。

現在鳳凰噴出的靈火是用寶貴的靈氣在燃燒，我笑著嘆道：「真是奢侈的浪費啊。」不再多想，聚集丹田的真氣，六朵純陽真氣凝聚而成的三昧真火飄然飛到靈龜鼎下。

火勢驀地一漲，隨即又縮了回去。「靈龜鼎」在靈氣的滋潤下，愈發顯得光彩奪目，如果不是有我的護罩護著，恐怕鳳凰與「靈龜鼎」的彩光早就衝出雲霄，將一些有心人引過來了。

我只用分出一些力量控制火勢，自會有人量的靈氣充當燃料。材料陸續的投進鼎中，鼎中煙霧繚繞，六隻小龜歡快的在氤氳中進進出出，看著差不多已是時候，我將兩截斷劍投入進去。

神劍一進入鼎中，即沒進材料融化後混在一起的液體中，靈龜鼎自動將雜質過濾到底部，因此液體十分純淨。當我用內息形成的無形的手要固定住神劍的外形時，竟然發現神劍已經完全熔化在液體中。

我頓時怔住，自己錯估了以靈氣爲燃料的鼎內溫度，沒想到連神劍這種材質也在一瞬間熔化了。本來我還想保持神劍的外形，現在不得不重新鍛造一柄新的寶劍了。

溶液呈現淡淡的胭脂的粉紅，咕嘟的不斷冒出熱泡，溶液越來越黏稠，鳳凰的靈火加上我頂級的三昧真火，再輔以豐富的靈氣，發揮出難以想像的威力，本來已經十分精純的溶液更是變得越來越精純。

溶液愈發的少，當我意識到不能讓僅剩的溶液繼續精煉下去時，所剩無幾的溶液已經不夠一柄劍的分量了。

鍛煉神劍，重在一鼓作氣，一次煉成功，現在雖然缺少材料，卻萬萬不能停下來，望著溶液，我在腦海中迅速繪出一副副兵器的圖騰，無論煉何種兵器，這些材質都不夠用。

難道煉一柄小巧的匕首嗎？

突然腦海中閃過一個念頭，這些溶液正好足夠把神劍的刀刃給煉出來，剛差了一個刀柄。而刀柄我卻可以用「盤龍棍」來替代。

按照頭腦中已繪出的圖騰的樣子，我開始仔細的鍛煉神劍的刀刃部分，此時溶液已成透明的膠狀物，竟是極難固定其形體。

我又多加了幾分內息，溶液服貼的隨著我的意念逐漸變幻出我想要的形狀。

在靈火的鍛煉下，膠狀溶液逐漸凝固，鼎中粉色的氤氳也漸漸降下來，籠罩在劍刃上逐漸被劍刃吸收得一乾二淨，本來透明無暇的劍刃因此染上一層薄薄的粉色。

劍胚初成，更重要的是用靈氣再鍛煉一次，使其更具靈性。

收了靈龜鼎，劍胚赤裸的暴露在半空中。雖然神劍尚未完成，但已經初見神劍端倪，靈光四射，劍光如水。

我微微發力，劍刃陡然光芒大放，劍身如一幕煙霞，誘人神往。此劍名我已定爲煙霞！

我收回內息，將劍胚托在半空中。

無窮無盡的靈氣源源不斷的從護罩外湧進來，鳳凰的靈火將劍胚包裹在中間，彷彿劍胚自己在散發著火焰，我的神識將劍胚鎖定，不斷的在鳳凰的靈火下改造劍胚的內部構造，使其能更快速的吸收靈氣。

我忽然想起，在很久前我給月帥姐鍛造「天使劍」時，曾經將陰陽真氣凝結的三昧真火同時打進劍中，從而在劍內形成了彷彿人體經脈一樣的一個陰陽循環。這樣做的最大好處是陰陽循環會自動從外界吸收能量來補充劍的消耗，從而大大減少使用者本身的能量的消耗。

而我可不可以在這個劍胚中也弄出一個能量循環，使其可以自己吸收靈氣呢？

我試著將能量徐徐地輸入到劍胚內，模仿體內經脈的構造，逐漸改變劍胚內部的材質的組合順序和位置。

漸漸地，一個與人類經脈十分相像的循環被我精心鑄造出來。

完成了改造後，我試著吸收外界的靈氣，然後引導著靈氣順著劍胚的經脈開始循環，數個循環後，我驚喜的發現，自己成功了。累積了一定數量的靈氣後，已經可以自己主動吸收外界的靈氣了。

在不斷的吸收中，一些靈氣卻融合於劍身中，真正地和劍胚合成了一體，我真想找個人來和我慶祝這個前無古人後無來者的成功，恐怕從來沒有誰會像我這般異想天開給劍開經脈。

驀地，我忽然感到劍胚的吸力越來越強，連我都有被吸過去的趨勢。

我大吃一驚，猛地睜開眼來，卻發現，無數的靈氣蜂擁著朝劍胚湧去，鳳凰吐出的靈火已經被它吸得一乾二淨。

正不斷有靈火被劍胚的強大吸力強行從鳳凰身上剝脫出來。「似鳳」也被突然而來的異變嚇得驚惶失措，忙不迭地發力掙脫劍胚的吸力。

每多過一秒鐘，劍胚的力量便增強一分。由於力量太強，靈氣已經形成了無數道風一般的氣流向著劍胚湧過去。

劍胚彷彿令人擔憂的黑洞，強大的吸引力拉扯著任何東西。

劍胚尚未鑄造完成，但就目前危機的形勢來看，我不得不中斷下一步鍛煉，連鳳凰這麼強大的神獸都是在苦苦抗拒著劍胚的吸力，再過一會兒，怕連我都無法抗拒牠了！

我鎮定心神，再次將意識投入到劍胚中。

本來我是要用意識在劍胚的內部控制它的靈氣吸收，迫使它停止。但是我一進入劍胚內部，立即後悔了。這裏更加靠近劍胚的黑洞，強大的吸力竟然緊緊扯住我的意識，令我連退出劍胚的機會都沒有。

我頓時嚇出一身冷汗，如果我的意識被劍胚吸收，最後的結局是我將無法逃脫成爲劍靈的厄運！

這是我從最初就非常懼怕出現的事，然而現在竟然活生生地發生了，數千念頭仿若流星隕雨在腦海中劃過。剛才我還對自己的「自作聰明」洋洋自得，現在卻痛嘗自己釀的苦酒。

靈氣瘋了一樣擠進劍胚中，大量的靈氣作用下，劍胚發生了翻天覆地的變化，劍胚已經大改最初神劍的形狀，劍刃變得更薄更扁平，向另外一端拓展了一小部分，看起來既像是劍又像是刀。

只是我已無暇顧及它變成什麼怪模樣，努力的伸手取出「盤龍棍」！

劍胚可能是因爲融合了豐富靈氣的原因，劍刃逐漸地透明起來，劍刃彷彿煙霧一樣恍惚，彷彿水紋一般波動。

費了九牛二虎之力，終於讓我取出了「盤龍棍」，猛地接在劍胚之下。一瞬間，可以清楚看見，一道清流倏地向著「盤龍棍」流過去。

我驀地感到一陣輕鬆，劍胚對我意識的吸力大減。

我大喝道：「大地之熊！」趴在護罩上著急地看著我的小熊和小猴在我撤去護罩的一剎那撲了進來，隨即我又恢復了護罩。

「嗷嗷！」小熊聽到我的召喚，陡然一陣黃色光暈從牠身上散發開來，帶著沉厚的黃光向劍胚撲過去，就在接觸到劍胚的一剎那，劍胚閃現出刺眼的靈光，大地之熊成功的與劍胚結合成了劍靈！

我的意識感到一陣輕鬆，剛要慶幸，突然吸力又逐漸增強！

在我抗拒劍胚的吸力時，清晰的感受到大地之熊也在努力地控制劍胚的吸力。可惜大地之熊還是太小，成爲劍靈後，竟無法完全駕馭它！致使劍胚仍需要第二劍靈的控制！

很不幸，我就是它的第二劍靈的目標。

巨大的吸扯力令我的身體情不自禁顫抖起來。小火猴著急地在我身邊團團的轉著，忽然一團鮮豔的火焰包裹著小火猴向著劍胚撲去。

幾乎是同一時間，明亮的靈光瞬間佈滿護罩中，強大的吸力頓時停住，我與「似鳳」重重地跌在地面。那種恐懼折磨得我身心俱疲。沐浴在充沛的靈氣中，也難使我提起一點勁來。

幾乎完全透明的劍刃逐漸恢復本來面目，顯出淡淡的粉色。

我搖搖晃晃站起身來，取出最後一顆大珍珠，接在盤龍棍與劍刃相連處。靈氣散去，神劍竟然一副不刀不劍的樣子。

撤去護罩，神劍帶著盤龍棍帶著一溜彩光投進溫泉中。

望著它安靜地躺在溫泉中，劍身在流動的水流中顯得搖曳恍惚。我深深的舒了一口氣，這柄怪兵器竟然同時存在三個劍靈，而且每個劍靈都是神獸級別的。

雖然大地之熊和小火猴尚沒有成長爲成年獸，但是在劍刃蘊藏的豐富、濃厚的靈氣中會一日千里地迅速成長。

想起剛才驚心動魄的情景，我仍是心有餘悸，差點自己就成了神劍的劍靈。

招手取出溫泉中的怪劍煙霞，只見一團光華綻放而出宛如出水的芙蓉雍容而清冽，大地之熊的圖騰放射出彷彿星宿運行閃出的深邃光芒，劍身、陽光渾然一體像清水漫過池塘從容而舒緩，而劍刃就像壁立千丈的斷崖崇高而巍峨……

第四章 自由

咽了一口唾沫，我簡直不敢相信自己的眼睛，雖然我不敢確定「煙霞」是否已達到超級神器的水準，但是絕對超過了一般神器。

「煙霞」與我原先的設計差了很多，非刀非劍，模樣古怪，卻威力巨大，我探手擦拭著薄如紙片的劍刃，另一邊劍刃向外微微凸起，甩過一道弧線，刃部也厚了許多，與其說是劍刃不如說是刀刃！

當手指即將滑過刀刃時，散發在外的凌厲刀氣在我沒有知覺的情況下將我手指劃破。一滴血珠滴在刀刃上，刀刃陡然一顫，血珠隨即融於刃身，一片鮮豔的嫣紅染紅了刀刃。

我望著靈性十足的「煙霞」，在我的注視下紅色漸漸褪去，直留下一個栩栩如生的圖騰，小火猴精靈古怪的模樣躍然於刃上！

幾乎在同時，劍刃也發出奪目的光華，予人沉厚之感的黃沙一樣的光芒在劍刃上浮現，一隻可愛的小熊站立而起，作咆哮之勢，體態雖小，卻仍令我感覺到牠的威勢！

目光向下，越過那枚異種大珍珠，下面是「盤龍棍」，棍身完美的與「煙霞」融為一體，無法令人看出，實際下面的刀柄乃是另成一體的神器。「盤龍棍」好像在與「煙霞」融合時，也從煙霞上受了不少好處。原先的「盤龍棍」雖然也位列神器卻仍有諸多瑕疵。

光華散淡，質地趨粗。而現在光華凝結，質地均勻而細膩，上古異獸「蛇獅」栩栩如生，寶石般的鱗片纖毫畢現，從棍尾一直盤踞到棍獸，張開大口，正對著那顆碩大的珍珠。

我感覺到「煙霞」自主地吸收著四周的靈氣，只是動作很輕，若有似無，不會再出現之前的恐怖情景。

「煙霞」堪稱神器之首，竟要三大劍靈同時駕馭才甘願俯首貼耳，任我指揮。而單一兵器竟可具有「刀、劍、棍」三大兵器的功能！

劍一向被修武之人譽為兵器中的王者；刀則被譽於兵器中的霸者；棍無鋒被譽為兵器中的仁者。「煙霞」一身積聚了三大兵器的優點，堪稱是王者中的王者。

我雙手持著「煙霞」，一道勁氣順著經脈湧進「煙霞」中，感受到我的召喚，「煙霞」大放異彩，剎那間，三道各自不同的光芒分別從劍刃、刀刃和棍柄向集結點電射而去，三道光芒在珍珠處融於一體，原本雪白無瑕的珍珠，頓時氤氳繚繞，透著朦朧的神秘。

我揚起雙手漫不經心地在空中揮了一下，一道優美的弧線由刺眼的亮光描繪出來，空中並沒有傳出我預料中撕破空氣發出的尖銳聲。

突然眼前流動不息的溪流被橫空隔成兩半，流動泉水在被切開的地方不斷向上堆積，半响後，泉水全無徵兆地轟然倒下，泉水再次恢復了正常流動，我心中驚嘆不已，如此激烈劍氣，竟然可以做到無聲無息，實在太難得了！

我驀地轉動腰身，雙手再一次輕輕劃動，刀刃驟然射出獵獵紅光，如火如霞，無堅不摧的刀罡彷彿出匣猛虎兇猛地撲出去，隱隱中有悶雷聲在空中滾動。

「嚓！」耳朵中傳來輕微的一聲，刀刃從身邊一棵挺拔的百年大松上橫穿過，松身輕微一震，並無變化，彷彿「煙霞」從未與它碰觸過。

一陣微微山風在身邊吹過，翠茂的松蓋就在一陣溫和掠過的山風中悠悠倒下，平展凸露的圈圈年輪，昭示著歲月的流逝。

望著滑倒下來斜依在地的松樹，我的心情充滿著無限的激動和喜悅，如此兵器，即便以「鎖龍鏈」的堅韌，恐怕也得爲它俯首稱臣。

我鬆開一手，隨手將棍柄向著溫泉邊橫亙了不知多少年代的嶙峋怪石點去，棍未動，然而滾滾而去的壓力已迫使怪石從中炸開，碎石四濺。

有了這等兵器，我還需猶豫什麼呢，一到夜幕降臨，我就再探聖殿，管它鎖龍鏈還是麻花鏈，全給它斬個稀巴爛！

望著如標槍一樣挺立的「煙霞」，我道：「小！」「煙霞」在我的意念下越變越小，直到本來的十分之一大，我才將其收到烏金戒指中。

「煙霞」初成，還需要與我進一步的磨合，才能與我靈性相通，做到如臂使指，融為一體的境界。有了它，我的力量從另一種角度上來說又提高了一個級別。

召喚出小火猴和大地之熊，心境輕鬆地向山洞走回去。兩個小傢伙亦步亦趨地跟在我身邊。多虧兩個小傢伙剛才捨身救我，否則我真的就成了劍靈。

從來沒有人成過劍靈，誰也不知道人成了劍靈後，會出現什麼情況，會不會喪失自己意識，或者丟棄自己的肉身，還能否自由活動，這都是一個謎！而寵獸在特定的情況下，經過一些步驟與兵器合為一體，不但可以保證肉身的存在，而且可以透過兵器更容易地吸收靈氣，在主人的允許下，牠可以自由地在外面的世界中自由活動！

只不過在「煙霞」中待了片刻的工夫，兩個小傢伙已經周身充斥著靈氣，雙眼隱現閃閃聖光。

那時，因為「煙霞」的桀驁不馴，大量的靈氣形成的旋風在刀身四周捲動，兩個小傢伙一定是這個時候，吸收了很多靈氣，才會有現在靈氣外溢的情況，我想牠們有好幾天都不會肚子餓了。

回到洞中時，蟠桃已經在洞內燃起了篝火，空氣中飄蕩著果肉羹的香氣，見我從外面回來，蟠桃立即盛了一些果肉羹送到我嘴邊，目不轉睛地看著我吃，待得到我的讚譽時，喜滋滋地又給我添了一些。

我望著蟠桃道：「小丫頭，明天你就能看到你哥哥了！」

蟠桃怔了一下，隨即驚喜地跳過來抱著我的脖子道：「大哥哥，你從聖后那把『鎖龍鏈』的鑰匙弄到手了嗎？」

我微微一笑道：「我煉出了可以斬斷『鎖龍鏈』的神刀，再不用爲鑰匙煩惱，也可以救出你哥哥了。」

「大哥哥本事好大，我可以看看嗎？」蟠桃撒嬌著祈求道。

「好！」看著她期盼的眼神，我又怎麼忍心拒絕呢，我取出「煙霞」插在洞中，蟠桃頓時爲「煙霞」射出的彩光寶氣所震撼，看不了眼。

五彩霞光四溢，頓令人有眼花繚亂之感，果肉羹蒸騰上升的霧氣也被鍍上彩邊，幻成美麗而神秘的氤氳。

迷醉的蟠桃忽然伸出手去撫摩「煙霞」。挺立的「煙霞」突然戰慄起來，發出陣陣的蜂鳴，急劇而激烈，彷彿在警告著什麼。

陶醉其中的蟠桃根本沒有注意到「煙霞」的變化，只是伸手向它不斷靠近，就在蟠桃快要摸到時，「煙霞」陡然湧出劇烈的光華，若有實質般。

蟠桃受到光華的衝擊，身體猛地一頓，隨即向後倒飛出去，蟠桃的小臉浮現出恐慌的神色。

感受到「煙霞」的激烈反應，我迅疾地掠到蟠桃身後，托住她，化去「煙霞」發出的壓力。扶著驚魂未定的蟠桃，我望著又恢復了正常的「煙霞」，心中納悶不已。

它的這種舉動在神劍未認主之前才會發生的，認主之後的神劍一般受到溫和而不帶內力的撫摩都是不會產生任何不良反應的，爲什麼「煙霞」認主了之後，被陌生人碰一下都會產生激烈反應。

「好厲害的……劍！」蟠桃小臉上仍是一副怕怕的樣子，驚嘆著道。

我揚了揚手，將「煙霞」吸到手中。「煙霞」在我握著的情況下，卻出奇地沒有發出剛才那般強烈的反應，雖然蟠桃現在離它的距離更近。

在蟠桃驚惶的眼神下，我將「煙霞」給收了起來。蟠桃才露出安心的笑容。

洞外漸漸暗了下來，星空只有寥寥的一些星星撐著場面，月亮在厚實的雲層後無能爲力的放著淡淡的月光。

當真是天公作美，這種夜晚正好是我去聖殿救人。將蟠桃在洞內安置好，我乘著山風消失在夜色中，一路駕輕就熟的進入了聖殿。

聖王看著如同幽靈一樣突然出現在面前的我，呆了一下隨即微笑著道：「依天兄弟怎麼有空來看我，是不是我那寶貝妹妹又想我了，逼著你來聖殿中看我，這個妹妹真不知輕重，雖然依天兄弟修為高深莫測，但終究聖地也不是什麼安全的地方，常在水邊走哪有不濕鞋的，你要是出了事，我怎麼能安心？」

我露出一抹神秘的微笑，道：「兄弟，這次你可猜錯了，是我自己要來的。」

聖王露出一絲驚訝之色，忽然想到了什麼，遲疑地道：「難道你從聖后那取到了『鎖龍鏈』的鑰匙？」聲音有些顫抖，想要得到肯定的答案，但又有些不敢相信。

不論是什麼樣的人，販夫走卒抑或是達官貴人，八十老翁還是黃口小兒，牽扯到自由的事，總會表現出同普通人沒有區別的心理。

我搖了搖頭，聖王馬上露出難以掩飾的失望，但仍樂觀地道：「從聖后手中盜鑰匙不是那麼簡單的，不用擔心，一時半會兒，聖后暫時還不會對我不利。」

我呵呵笑道：「有了它，我們已經不需要鑰匙了！」

在我蓄意的控制下，「煙霞」仍散發出璀璨的彩光。聖王驚訝的盯著「煙霞」，下意識地問道：「這是什麼神兵利器，竟能發出如此美麗的光芒，光彩陸離絕非凡品啊。」

望著手中光芒四射的「煙霞」，雖然它差點要了我的老命，但我仍是湧出一股自豪感，我摸拭著刀身道：「這是我辛苦準備了一個月才煉出的頂級神器，聖王覺得它能夠打開『鎖龍鏈』嗎？」

聖王讚嘆地望著「煙霞」，道：「我從未見過如此靈氣充沛的兵器，但是這『鎖龍鏈』乃是聖祖所製，兄弟一番苦心恐怕……」

我並無以爲忤，我知道聖祖在他們的心中是比神還要厲害的存在，這種意識已經深入他們的腦髓，只單單憑我簡單的一句話，是很難改變的！我淡淡的笑道：「不要緊，我也只是權當一試。畢竟聖后可是非常厲害的人，想從她手中取得鑰匙是難以想像的困難！」

聖王欣然道：「說得好，只當死馬作活馬醫了。」

我掃了一眼他雙手間的「鎖龍鏈」，一手掣住「煙霞」，聖王給了我一個肯定的目光，我驟然用刀刃劈下，十成的內息激起了「煙霞」的力量，三道不同的力量在煙霞中如電波一樣閃爍著。

如血般的紅色倏地如煙霧般從刀刃中透出來，飄浮、瀰漫在空氣中，我兩眼驟然射出兩道金光，穿過胭脂霧，我清晰地看到刀光一瞬間從「鎖龍鏈」中間穿過，如入無物！

我心中一鬆，雖然喜悅，心中反而平和起來。

凌厲的刀罡將地面割出一道深深的溝壑，我反手收回「煙霞」，胭脂霧也在瞬間被吸回刀刃。我持刀而立，激蕩的勁氣仍在身周迴盪，衣物無風自動，兩道霍霍金光也在雙眸中隱去。

聖王驚訝地望著我，我笑著看著他，示意他看看「鎖龍鏈」。

「喀吧。」輕微的一聲，曾經牢固無比被人所畏懼的「鎖龍鏈」此刻已從中間斷開，兩半鏈子仍在半空中晃蕩！

聖王不敢置信地盯著「鎖龍鏈」，滿臉是驚訝之色，久久後始露出狂喜，我一抬「煙霞」，劍刃的一面向著他手腕上的「鎖龍鏈」電射而去，劍尖點在「鎖龍鏈」上，只有清脆的一聲迴盪在耳膜。

聖王剛抬手，「鎖龍鏈」的一半從他手上完全脫落，「匡噹」摔在地面。我再將他另一手的「鎖龍鏈」除去，這樣禁錮了他近一年的「鎖龍鏈」終於徹底的從他雙手上除去。

我悠然望著驚喜莫名的聖王道：「恭喜聖王重獲自由！」

聖王歡顏大展，道：「依天兄弟爲我做的一切，我永遠不會忘記的，咱們永遠是兄弟，即便你是人類！」

看著他真誠的笑容，我不得不承認他比我想像得要更具智慧，我自己以爲隱藏得很好，卻仍被他發現我非是猴精一族。

聖王面色如水，徐徐道：「從今天起，我再登王位，咱們先去奪下『鎖龍谷』，救出孫老等人，放出所有願意效忠我的囚犯，趁著聖后沒有任何防備，咱們一舉奪回聖殿，再由我發詔，揭露聖后陰謀，則大事定矣。」

聖王思路清晰，語句流暢，顯然是經過深思熟慮的，我淡淡一笑道：「我們兩人可以攻下『鎖龍谷』嗎？那裏的守衛並不少！」

聖王呵呵笑道：「我們並非要與守衛衝突，憑依天兄弟來無影去無蹤的本領，再由我在正面吸引守衛的注意力，應該並不難潛進去，只要你進去放出孫老等一干忠臣，這些許區區守衛何足道！」

我道：「聖王算無遺策，我當然甘願幫人幫到底，我可不想蟠桃以後都生活在提心吊膽的環境中。只是聖后你打算如何處置？」自從那天我聽了聖后自白般的故事後，我立即對她大為改觀，並且也對這個可憐的女子感到同情和不平！

聖王明朗的笑容中突然浮上一絲陰霾，幽幽地望向空中，片刻後無奈地道：「聖后從小待我就如母親，然而此刻卻是敵人的關係，實在非我所願，先王一直都非常感激聖后，卻不願娶她！我實在不知該怎麼辦！請依天兄教我，我究竟該如何？」

望著他唏噓的樣子，我也只有搖頭，嘆息不已，如果上一位聖王不是那麼忠貞，便可以娶了聖后，那麼一切就會有好的發展，妖精界就少了一對癡男怨女，卻多了一對神仙眷侶！

奈何造化弄人！造化何止弄人，連妖精也逃不過造化的魔掌！

聖王的答案我很滿意，如果他說怎麼、怎麼善待聖后，這倒說明他是個虛僞的人，反倒是他的矛盾他的痛苦難以下決斷，才真正說明了他對聖后有著很深的感情，如同自己的親人一樣的感情！

過了一會兒，聖王長長的舒了一口氣，強打起精神道：「依天兄弟，我也是沒辦法，所以涎著臉請你與我一塊同去，我很清楚，憑我自己的力量是萬萬辦不到的，只有仰仗你的力量才能恢復我聖王的位置，壓制四帝，還給妖精界一個和平。謝謝了！」

聖王朗聲笑道：「兄弟爽快，那麼廢話我就不多說了，等我恢復帝位，只要兄弟有什麼要求，我一定盡力幫你辦到！」

望著聖王誠懇的眼神，我嘆了口氣道：「不用謝我，要謝就謝你的那個好妹妹吧！」

「好！一言爲定！」我與聖王的手緊緊握在一塊，對視的眼神中，逸出那種甘爲知己的意味！

聖王沉聲道：「我看得出兄弟是位重情誼的人！否則也不會因爲一個異類的女孩而甘願屢次冒險前來搭救我，所以我在這裏向依天兄弟以聖祖的名義承諾，聖后的事，我一定會謹慎處理！」

我笑笑道：「有你這句話，我就放心了，咱們趕快走吧！」

有了好幾次的經驗，我已經很熟悉聖殿的防衛情況，聖王輕鬆地避過所有守衛，與我一同向著幾百里外的「鎖龍谷」飛去。

聖王的修爲很不錯，緊緊跟在我身後，不大會兒，我們兩人即來到「鎖龍谷」，穀中依舊陰風陣陣，森冷恐懼。

一群百十人的守衛在谷內逡巡著，觀察著谷內的警戒，聖王壓低聲音道：「這個地方很重要，所以這裏的人應該都是對聖后完全效忠的，等一會我出去吸引他們的注意力，你就乘機救出孫老等人！」

我點了點頭，目光鎖定了「南」字牢房！

聖王剛要躍出去，我一把將其拉住，聖王訝異地望著我，我將神鐵木劍塞到他手中，道：「此劍非同凡響，會對你有用的。」

聖王露出感激的眼神，接過神鐵木劍，高聲厲喝，掠了出去。

聖王的出現頓時令一干守衛驚呆了眼，突然一個首領遲疑了一下，道：「你不是被聖后抓住了嗎，怎麼又逃了出來？」

聖王冷喝道：「你們這幫孽臣賊子，見到朕爲何不下跪！」

所有守衛臉上都因為聖王的意外出現露出驚懼的眼神，看來聖王積威猶在，我趁著守衛們心神不定的絕佳時刻，與變色龍寵合體後，飛了出去，從守衛身邊擦身而過，閃身進了「南」字牢房！輕車熟路地向著裏面的監房掠去。

沒飛多久，監房內警聲大作，上面傳來叫喝與打鬥聲。

想來上面已經打起來了，我得加快動作，否則等到這面傳了消息到聖殿，令那邊有了防備，事情就難辦了！

我加速向裏面衝過去，迎面十幾個亂作一團的守衛向著出口跑過來。

我順手將這十幾個人解決！十幾個守衛連人影也沒看見就歪七倒八地躺了一地。

等我把牢房中的所有守衛解決了，我現出身來。

孫老等人雖然不知道外面發生了什麼事，卻看著一個個守衛被人擊昏，意識到有重要的事發生，我現出身形，孫老等人都驚喜的叫出來。孫老緊張地道：「你帶了多少人來這，鑰匙拿到了嗎？」

「要鑰匙幹什麼，有這個就足夠了，人嘛，加上我只有兩個！」說話間，我已取出了「煙霞」。

這等關鍵時刻，我也不用掩飾「煙霞」的瑞氣彩光。整個監牢中頓時被一種似霧非霧的陰韻給籠罩，雙手持著棍柄，輕輕一揮，面前的牢門彷彿豆腐一樣不堪一擊地倒了下來。

孫老叫道：「沒有鑰匙，怎麼可能打開『鎖龍鏈』！你單槍匹馬是無法把我們都帶走的，趁著聖后還不知道這裏發生的事，趕快離開這裏，否則遲了就來不及了！」

我哈哈大笑道：「孫老不用擔心，我已經救出了聖王，舉起手來！」

眾人將我的話清晰聽到耳中，這刻頓時群情激動，叫嚷著要闖出去，顯然已經把自己被「鎖龍鏈」困住的事給忘記了！

兩點星光宛如流星點在孫老的兩腕上！「鎖龍鏈」應聲而開，摔落下來，望著令自己嘗盡了苦頭的鏈子，面孔一時百味雜陳！

留下孫老在那自己體驗重獲自由的不可置信的喜悅，我一一將牢房中的人全放了出來，並且解開每個人身上的「鎖龍鏈」！

我來到孫老身邊道：「別發呆了，聖王還在上面一個人面對所有的守衛，你要是再不上去，聖王恐怕也撐不下去了。」

一股豪氣在每個人臉上轉動，憋了這麼久，該是發洩的時候了！

孫老射出凌厲精光，哈哈大笑道：「猴子猴孫們，該是我們發威的時候了，聖王親自深入險地，來營救咱們，我們可不能辜負王恩！擊敗上面這些亂臣賊子，我們就是功臣！

讓他們見識我們的力量吧！」

孫老不愧是睿智之名，簡單的幾句話，就將眾人的情緒給調動起來。在雷西的帶領下，剛得自由的眾猴們熱血沸騰、摩拳擦掌地衝上去。我和孫老跟在眾人的後面也隨著向地面上掠去。

我望了一眼孫老，微微笑道：「孫老不愧智慧之士，聖王有孫老襄助，我相信，叛亂的跳樑小丑不會猖狂太久。」

孫老與我並駕齊驅，聞言只是大有深意地瞥了我一眼道：「也幸好聖王有你相救，很少有人會對妖精族沒有偏見的！」說完後，忽然話頭一轉，道：「天下是年輕的天下，我這把老骨頭也只能出點主意而已，雷西已經隱然是年輕人一代的頭。」

我心中感嘆，妖精族中竟是藏龍臥虎，原來不止聖王看穿我，連孫老也看出我是個人類。我淡淡地道：「孫老的意思我明白，我會找個合適的機會告訴聖王的，天下是年輕人的天下，雷西會被重用。」

當我和孫老來到地面時，那個體形彪壯的雷西已經領著眾猴護在聖王身邊，組織著眾猴抵擋著週邊的攻擊。

孫老看到聖王，也失去了往常的鎮定，搶先打翻幾人，掠過守衛們的攔截，來到聖王面前，頗有些悲壯地道：「聖王……」泣不成聲，說不下去。

我詫異地望著孫老，沒想到他對聖王如此重情！

聖王一把接著他拜下去的身體，道：「朕沒事，只是苦了眾位愛卿，吃這牢獄之苦。各位對朕的忠心，朕銘記在心，今天朕有幸在這與各位同舟共渡，各位都是我猴族之棟樑，朕要說的只有一句話：保重自己！」

眾人轟然稱諾，激情昂揚，每個人都鼓足了勁，要為仁厚君王奉獻自己的力量！我在一邊暗暗點頭，看來聖王深悉為王之道，此次脫困是他的轉捩點，有了這些熱血的漢子為他效忠，猴族將會在他的治理下越來越強大的，蟠桃的安全自然也不用我擔心了。

了卻一樁心事，頓時身上倍感輕鬆。聖王見我也飛到他身邊，伸手將神鐵木劍拋給我，感激地道：「幸好剛才朕有此神劍襄助，否則已經被這群亂臣賊子給殺害了，朕又欠你一個大大的人情！」

我哈哈笑道：「你是蟠桃的哥哥，我也是蟠桃的哥哥，如此說來，你我倒是有兄弟的關係，幫你自是應該的，如果不是這柄木劍對我另有意義，送給你也無不可啊，劍你先拿著，重登王位再還給我！」

聖王也笑著道：「兄弟齊心，其利斷金。今天我們兩兄弟聯手，何愁不能平定這幫亂臣孽子！」接過神鐵木劍，甩手抖出一道劍氣，直向著守衛們擊去，眾人一見聖王動手，都齊聲吶喊著，人人拚命，湧向已經膽寒了的守衛們。

這裏的守衛大概有五六百人之多，而且個個道行都不淺，否則也不會被派到這裏監守「鎖龍谷」的要犯了！

奈何這群剛從監牢中脫困而出的人們無一不是猴族中響噹噹的好手，道行高深自不在話下，現在又拚命般的各展絕技。人數占優的守衛們反而落在劣勢，咬牙苦挨。

堅持了一個時辰後，他們終於開始全面潰退，僅剩的守衛者們漸漸地向著牢房中退下，以牢房爲庇護所，頑強抵抗著眾人的攻擊。

我不得不讚嘆這群人的韌力，完全的劣勢下，仍能抵抗這麼久。聖王站在眾人後面觀看著餘下零星的戰鬥，雷西安排了數人守衛在聖王左右，喊聲越來越少，預示著戰鬥馬上就要結束。

聖王凝視著雷西的背影，忽然道：「那個正組織著眾人攻擊監牢的年輕人叫什麼名字，有勇有謀，潛力很大啊。」

孫老與我相視，我對他淡淡一笑道：「這個年輕人，我在監牢中見過他幾次，是可造的人才，只看他在這種突發的情況下，仍能指揮若定，而且勇猛無敵，確有大將之風。」

聖王若有所思的點了點頭，孫老向我投來感激的一瞥，上前低聲道：「這個年輕人是我妹妹的兒子，自從他父母過世後，一直住在微臣家，平常好武，有些謀略，聖王如能給個職位於他，微臣不勝感激。」

聖王道：「原來是愛卿的子侄，難怪如此優秀，如此人才，朕怎麼會讓他從眼皮底下溜走。」

孫老見聖王給了肯定的回答，趕忙答謝！我心中暗笑，自己原還在想，這個傢伙怎麼會這麼努力地想推薦雷西，原來也是有私心的。

說話的工夫，剩下的那些守衛們大部分被擊斃，還有一些被生擒活捉，這雷西倒真的有些能耐，確實堪當重任。不過即便雷西沒什麼真材實學，在眼下這種用人之際，孫老既然說出了口，聖王也不會不任用的。政治一向都是如此。

戰鬥結束，眾人都移進監牢中，聖王以讚賞的目光掃了一遍在場眾人，點點頭道：「你們每人都是我猴族好兒郎，眼下不是論功行賞的時機，但是各位的功勞我不會忘記的。孫愛卿，朕這有兩封書信，你即刻潛入聖殿，交給李愛卿和王愛卿。」

孫老接過書信，慎重地揣到懷中，隨手點了三個人，然後囑託雷西道：「小子，好好地保護聖王的安全！」

孫老四人冒著愈來愈大的山風消失在暗夜中。雷西望著聖王，幾次欲言又止，聖王把他的動作盡收眼底，饒有興趣地道：「雷西，你有什麼事想要告訴朕的，只管說。」

雷西見聖王發問，壯了壯膽子道：「我們要在這等到什麼時候。聖后等叛臣一向仰仗『鎖龍鏈』之威力，萬萬不會想到我們能夠掙脫它的束縛，現在我們完全占了奇兵之利，如果我們現在出其不意，攻她們所不備，我們應該大有機會，再等下去恐怕……」

聖王呵呵笑了笑：「說的很好，只是你有沒有想過，我們攻佔『鎖龍谷』所費的時間，是不是已經足夠這邊的消息傳到聖殿，你敢確定，『鎖龍谷』的守衛全死在這裏了嗎？沒有一個逃出去報信。你們雖然個個道行高深，以一抵十，可是我們區區不到一百人數，能是對方數千數萬人的對手嗎？」

雷西一驚大訝道：「這不可能，猴族在聖地中的也不過區區一萬人，戰鬥型的猴族勇士不過三千之眾，這裏的守衛已經死了五百多人，聖殿中至多只有兩千多人，怎麼會有上萬？」

聖王淡淡道：「再加孔雀族又如何？」

雷西臉色大變，默不作聲。如果孔雀族真的倒向了聖后，這可是一個非常壞的壞消息啊。孔雀族並不比猴族人少，況且孔雀族是羽翼族的王！只要孔雀族一聲號令，就會集齊成千上萬的羽翼族的戰鬥型妖精。

這個消息從聖王口中說出來，絕對不會有假，眾人都是一時之選，立刻明白其中的兇險，都黯然下來。

聖王輕咳了一聲，吸引了眾人目光後，微微笑著道：「眾位愛卿無須太擔心。孔雀族與聖后勾結雖然確實，但是孔雀族只不過在半個月匆匆自小西天趕來，並沒有時間準備太多的人。想必眾位愛卿並不知道，龍宮寶藏即將出世，不但妖精界的四大族傾巢而動，連人類對龍宮寶藏也虎視眈眈。這個就是我們的絕佳機會，他們的大部分力量都放在龍宮寶藏上，而我們就可以趁此機會奪下聖地，等到她們再發覺時，已經遲了。」

龍宮寶藏在妖精界可謂大大有名，傳說龍宮寶藏囊括了四海龍王的所有寶藏，當初妖精王齊天大聖與仙界開戰，妖精界就吃盡了仙界的盟友四海龍族的苦頭。

最後妖精王一人大戰四海龍王於東海之上。四海龍王大敗。傳說，之後，龍王按照之前與妖精王的賭約帶著龍族遷徙至別的空間，留下了無數的財寶於東海龍宮之中。

數千年來，無數人和妖精爲了這莫須有的傳說，差點就把東海給翻了個底朝天，但仍是沒有找到。

就在所有人都以爲這只是好事人的謠傳時，東海龍宮寶藏突然出現在東海之上，瑞氣沖天，一連三天。很多人和妖從中得到了好處，另外也有很多人和妖死在裏面厲害的機關下。

後來就有了龍宮寶藏五百年一出世的說法。所以，提到龍宮寶藏，妖精界中沒有誰不知道的！

此刻聖王一提到龍宮寶藏，眾人都露出驚訝的神情，同時對聖王對時下各族實力的判斷也深信不疑，更堅定了他們勝利的信心。

忽然間我聽到外面傳來急速的破空聲，正要有所動作，卻發現來人是孫老等四人，四人神色驚慌，只有孫老勉強保持著鎮定。

眾人一見他們四人半途折回，都是疑惑不解。孫老喘了口氣，道：「聖王，我們在半路遇見孔雀族和聖后的餘黨正向『鎖龍谷』而來，估計用不了多久就能趕到！」

聖王微一錯愕，隨即恢復正常，恐怕他也沒想到，對方會來得這麼快！

聖王略一思考，沉聲道：「孫愛卿，來人中有沒有遮天大帝和聖后。」

孫老此時已恢復了平靜，道：「微臣急著趕回來報信，並沒有注意到遮天大帝和聖后是否也在趕來的人群中，他們人數很多，大概有六七千之多，六成以上是羽翼族的人，道行都不低！」

聖王沉思了片刻，忽然笑了出來，眾人驚訝的望著聖王，不知為何在這種危急關頭竟然還能笑出來。聖王掃了眾人一眼，搖頭嘆道：「我笑是因為我們剛脫了牢獄之災，現在卻要以此牢獄為庇護所，抵抗叛臣們的攻擊。難道眾位愛卿不覺得好笑嗎?哈哈!」

我也隨著哈哈大笑，心中對聖王更加刮目相看，在這種情況下，仍能如此從容的，可不是一般人能做到的。

我們的笑聲感染了眾人，眾人的情緒也輕鬆了些。

聖王突然停下來，面色嚴肅冷靜地道：「雷西，你帶著所有人抵抗在此，在朕上來前，不准放任何人下來。務必要做到，我們今晚能不能成功逃出生天，甚或取得勝利，就看你的表現了。」

雷西見聖王這麼看重他，頓時腦中一熱，胸中鮮血沸騰，往前一步豪氣沖天的拍著胸脯道：「聖王請放心，我一定不會辜負聖望！」

聖王望著他，淡淡地笑了笑，拍拍他的肩，轉頭向我道：「依天兄弟，我們一塊兒下去。」

我納悶地望著他，沒有料想他會讓我陪著他一塊下去。剛才他說要去監牢的下層時，我已推測到在監牢下面可能有什麼重要的秘密，否則他也不會口出豪言，說當他上來時就能轉變整個局面。

我不但是個外人，還是一個異族的外人，這種關乎族群命運的重大秘密，我不大可能會被邀請的。我遲疑了一下道：「我不用留在這裏幫他們嗎？要是對方有遮天大帝的高手……」

聖王微笑著打斷我道：「把這裏留給這些年輕人吧，這是對他們的考驗，我相信他們能度得過去。」

眾人見聖王不但對他們寄予厚望而且十分信任他們，頓時人人都感到一道熊熊火焰在體內燃燒，四肢充滿了力量，急於找個敵人發洩出來。

在眾人的注視下，我和聖王打開機關，向下層的牢房走去。

來到下面，這裏的監牢仍關著很多人，個個面色兇悍，一臉桀驁不馴的模樣，看到我們兩人都望著我們放出霍霍凶光，嘴中發出低沉的吼聲。這些常年關在這裏的犯人大都以恐嚇新來的囚犯為樂。

我和聖王若無其事，目不斜視地逕自向前走著。犯人們驚訝地望著，搞不懂我們是何方神聖。

能關在這裏的都非是普通之輩，自然眼光非凡，見我們氣宇軒昂，龍行虎步穿梭在眾囚犯中，面色仍可保持淡然自若的神情，有些沉不住氣的囚犯們已經開始大聲叫嚷起來。

我淡淡地掃了一遍關在監牢中的囚犯，我對這些兇惡的傢伙們自然是沒什麼興趣的，只是在想這裏面究竟有什麼東西如此吸引著聖王，以至於在生死存亡的關頭，聖王非得下來這裏尋求生存之道。

一路，聖王始終沒發一言，只是不疾不徐地向前走著。

走到盡頭，轉過兩個彎，再往前已是盡頭，聖王一直走到盡頭處停了下來，聚精會神地盯著面前的牆壁，彷彿在尋著什麼。

聖王雙手放在牆壁上，一寸寸萬分仔細地搜索著，突然「喀」的一聲在安靜的通道中格外清楚地傳出。聖王面有喜色，運力在牆壁上一推一拉，牆壁陡然升了起來，面前一條幽暗潮濕的路一直延伸到黑暗中。

聖王一馬當先走下去，我也跟在他身後走了下去。

地面很滑，長滿了繁盛的青苔，空氣中飄浮著一股股淡淡的怪味。

聖王忽然停下來，轉頭向我望來，幽暗的光線中，聖王的雙眸向外灑出星星點點的金光，我陡然興起一種被人窺視的感覺。

我急忙伸手擋住他的視線，聖王訝異地望著我，疑惑地道：「我沒有偷窺你的意思，你不是也會『火眼金睛』的功法嗎，難道不知道怎麼在你的意識前設下防禦嗎？」

我道：「我並不會『火眼金睛』功法，更不會什麼防禦。」

聖王「咦」了聲道：「在聖殿時，你幫我斬斷『鎖龍鏈』時不是施展了『火眼金睛』功法嗎？我親眼看到的。」

我呵呵笑道：「原來如此，實際上你看到的並不是你口中的『火眼金睛』功法，更沒有這個功法神奇，竟然可以窺視別人的心思，那豈不是別人在你眼前都沒有任何秘密可言了嗎。」

接著我又施展了自己的冒牌「火眼金睛」功法，給聖王演示。我心中暗暗好笑，實在沒想到自己誤打誤撞練出來的並沒有太大實用的功法，竟然連續騙了好幾個人。

聖王看著我雙眸射出的兩道如有實質的金光，不禁嘖嘖稱奇。在我的解釋下，也終於看出我的功法與「火眼金睛」的不同。

聖王嘆道：「沒想到世上還有如此與『火眼金睛』相似的功法，真是不可思議。理論上來說，只要施展『火眼金睛』功法，就可以看到別人心中的念頭。但是實際，卻有很多限制。就拿兄弟你來說吧，你的道行實在高我太多，我就沒法看到你心中在想什麼，互相都有習練過『火眼金睛』功法的人彼此無法看到。心靈力量特別強的人，看起來也很困難，還有一些天生內向，將自己心思與外界牢牢封鎖的人也很難看到。」

我點點頭，看來任何功法都不是十全十美的。

聖王領著我向前走著，邊走邊道：「從我出生到現在，我還是第二次來這裏，幸好一切都沒有變化，我才可勉強憑著記憶，走進來。」

在我的兩道金光下，四周環境都鉅細靡遺的顯示在我眼中。

四周牆壁高低不平，雖然看得出是經過人工修葺的，可是遠沒有上面的牢房那般中規中矩。

頂壁不時有水珠落下，輕微的腐苔味飄浮在空氣中，令人有屏住呼吸的衝動。走完階梯，路逐漸平整起來。

望著神秘而陰森的這個地下室，我心中不禁忖度，難道這裏也是監牢？

聖王忽然嘆息道：「猴族能成爲妖精一族中的聖族，統治整個妖精界，並非全是聖祖爺爺的功勞。當時的猴族是整個妖精界中最強大、最具智慧的種族，所以才能助聖祖爺爺與仙界作對！」

聖王突然冒出來的話好像是在懷念昨日黃花，卻不知是何用意，我淡淡地道：「可是現在的猴族看來並不具有統治其他種族的實力啊。」

「是啊！」聖王嘆了聲，「你知道這是爲什麼嗎？」

不等我回答，聖王又道：「在很久很久的時候，猴族有一脈擁有強大力量，但卻性格殘暴的猴種，這脈猴種在聖祖爺爺對抗仙界時出的力最多，他們的聲名連仙界的人聞之也爲之膽寒，這一脈的猴族被稱爲『百臂猴』。

「他們力大無窮，又聰明無比，因此在攻打仙界的靈霄寶殿時，立下了汗馬功勞，可是又由於他們性格暴戾，喜怒無常，除了聖祖爺爺外，餘者皆不放在眼中，仙界中人落在他們手中，大多都是慘死！」

我大訝，沒想到猴族中還有這麼強大的一脈，至少聽起來十分強大。

聖王搖頭無奈的笑了聲道：「可是誰又能想到，爲我們猴族立下赫赫戰功的『百臂猴族』卻也因爲他們給我們招來了最強大的敵人！與妖精界甚有淵源的四海龍族也加入到仙界一邊。」

「哦，」我道，「不是說妖精王與四海龍王立下賭約單人匹馬，獨戰四海龍王於東海之上，最後取得勝利了嗎？」

「唉，」聖王道，「那只是傳說罷了，當不得真。四海龍王是何等樣人，連仙界都以禮相待，實力之大可想而知。而且四海龍王個個都道行奇高，雖然單打獨鬥沒人是聖祖爺爺的對手，可是四人聯手，卻已經足以可與聖祖爺爺抗衡了！

「那一戰堪稱是天地變色，日月無光，十天十夜，最後四海龍王憑藉一種四人組合的龍陣佔據了優勢，困住了聖祖爺爺。如果打下去，必然是兩敗俱傷，而東海龍王又一向與聖祖爺爺交好。最後兩方面達成協議，我們必須讓出已經攻打下來的天宮，與仙界停戰，同時將得罪了龍族的『百臂猿族』交給龍族處理。」

我道：「這個條件可是夠霸道的，不過實力就是道理，他們這麼做也沒什麼好說的。」

「沒錯，」聖王道，「但是聖祖爺爺何等樣英雄人物，怎麼肯因爲自身的危險出賣猴族，堅決要與龍族同歸於盡。」

「最後怎麼樣？」我有些緊張地問道。

聖王道：「最後龍王也被聖祖爺爺的英雄氣概折服，同時也考慮自身的安全，作出了讓步。聖祖爺爺最終同意讓出天宮，囚禁了『百臂猴族』一脈。」

我心中猛地一震道：「難道他們就被囚禁在這裏？」

聖王淡淡笑道：「現在你該知道，爲什麼生死關頭，我仍要來這裏了吧。」

第五章　力服通臂猿

我望著黑暗中的地方，迫切地想知道傳說中的「百臂神猿」會是怎樣的一副模樣。

聖王道：「在聖祖爺爺帶著部分妖精離開這裏時，『百臂神猿』業已被聖祖爺爺帶走。」

我怔了怔道：「既然『百臂神猿』已經與聖祖離開了這個空間，那麼留在這裏的又是誰呢？」

聖王道：「『百臂神猿』一脈雖然被帶走，但『百臂神猿』有一個旁支仍留了下來，這一支猴種是『通臂神猿』，完全繼承了『百臂神猿』的特徵，天生神力，性格也同樣暴戾。在『通臂神猿』一支的幫助下，猴族一直牢牢地坐在妖精界的王位上。

「但是在三千年前，由於太多年的和平，致使性格好戰的『通臂神猿』不斷在妖精界惹出眾多事端，在妖精界各族的脅迫下，本族聖王迫於無奈只得將『通臂神猿』一族全部鎖在這裏。」

我恍然大悟，原來這裏囚禁的乃是「百臂神猿」的後裔「通臂神猿」一脈，我提出疑問道：「你怎麼可以肯定，他們就一定會幫助我們！要知道，他們是被你們的聖王囚禁在這暗無天日的地方，而且一待就是三千年，他們難道就不恨你們嗎？況且三千年的悠久時間，還有幾個『通臂神猿』活下來？」

聖王苦笑道：「我這也是被逼無奈，難道讓我束手待斃，還是投降？我只能來這裏碰碰運氣，希望各位先王保佑吧！」

我們兩人繼續向著黑暗中行進。妖精雖然每個都生命悠長，但是在沒有食物沒有陽光的地方，又過了三千年之久，這些「通臂神猿」是否還能活下來實在是個未知數，希望堪憂。

我忽然又想到，難道三千年這麼久，都沒有人發現他們嗎？會不會有人已經把他們給放了？我向聖王提出這個疑問。

聖王否定道：「這裏的地下囚牢本就是個秘密，只有每代聖王才有資格知道，其他沒有任何人知道這裏囚禁著猴族的英雄們。」

我疑惑道：「你之前不是說來過這裏一次嗎，上次難道你沒看到這些『通臂神猿』是否還存在嗎？」

聖王道：「第一次來這裏，是先王帶我來的，但也只是淺嘗輒止，先王只是教我開啓機關下到這裏，便沒有再進一步。」

再往前，地勢逐漸平緩，空氣很濕潤，腐朽的氣味漸漸地也淡了很多，突然異變陡生，在我們四周亮起了十幾對彷彿燈盞的明亮眼睛，含著敵意望著我和聖王。

我和聖王不驚反喜，皇天不負有心人，真的讓我們找到了「通臂神猿」一脈，聖王施展「火眼金睛」大法，兩眼頓時亮起來，神色無比威嚴地道：「朕乃第十代妖精界的聖王，爾等可是七代聖王所囚之『通臂神猿』一脈，今猴族有難……」

聖王還要繼續說下去，四周的驟然響起幾聲怪叫，「通臂神猿」已然撲了過來，我雙臂一振向當先一人迎了過去，我想知道這些傳說中的「通臂神猿」會否有聖王說的那麼厲害，擔不擔得起猴族救星的重任。

雙拳打在一對來人的拳上，我們同時一震，分別向後退去。

我心中暗驚，「通臂神猿」果然名不虛傳，竟能與我五成功力的一擊平分秋色。

在我身後，聖王也與他們打開了，剛一開戰，聖王便落在下風，三個「通臂神猿」將他圍在當中，拳風爪影令聖王應付得很吃力。

我在半空中卸去受到的打擊力，隨即向前撲過去，一個「通臂神猿」倏地向我飛來，我從容躲過他的偷襲，重重地在他胸部給了一拳。讓我吃驚的是，我的拳頭竟然隱隱生痛，沒想到他們竟有一身鐵皮銅骨。

聖王一邊艱難地抵抗著，一邊高聲道：「依天兄弟，不要傷到他們。」

聖王的話一出，「通臂神猿」們好像受到了侮辱一樣，「吱吱」叫著，更加勇猛地向我們撲殺。

「通臂神猿」力量奇大，而且動作靈敏，銅皮鐵骨，對付起來倒是頗費一番力氣，五六個「通臂神猿」糾纏著我，令我無法脫身。

聖王漸漸不支，只得拿出我的神鐵木劍勉強應付著。「通臂神猿」依仗的銅皮鐵骨在神鐵木劍下顯然有些不足，每一劍劈在身上，都會給他們帶去一陣火辣辣的疼痛，這還是因爲聖王手下留情的緣故。

時間一秒秒的過去，「通臂神猿」出奇的強悍令聖王雖然滿意，卻逐漸不耐起來，畢竟上面還有一班人在爲自己拚命，在這裏多留一分鐘，上面的人就多一分危險，聖王的力氣漸漸越來越大，當一個「通臂神猿」被神鐵木劍劈中而流血時，突然從遠處的黑暗中傳來一聲喝叫，圍著我們的「通臂神猿」頓時退了下去，圍在我們身邊。

我和聖王交換了個眼神，都知道有重要人物要出現了。

剎那間，數個火把陡然大亮，我們驚訝的發現在我們眼前大約有數百之多「通臂神猿」。

原來以爲都不一定存在的「通臂神猿」，現在竟然出現這麼多。以剛才「通臂神猿」所展現的實力，要是能掌握這數百「通臂神猿」的力量，重振猴族的威望絕對是可能的事情。

數百雙眼睛混合著好奇、敵視、仇恨等各種情緒全集聚在我和聖王的臉上，聖王從最先的震動很快即冷靜下來，一對金眸從容地與每一雙眼睛對視。

我則暗暗凝聚了力氣，這些「通臂神猿」的本事我已經領教過，若是他們突然發難，我得儘量幫助蟠桃保護好他哥哥，我自己當然可遊刃有餘，但是多了個聖王，我就得多加小心。

四周很靜，氣氛卻很緊張，火苗發出「劈啪」的燃燒聲，突然一個沒有絲毫感情的聲音冷冷地傳出：「你就是這一代聖王嗎？怎麼一代不如一代，聖祖的臉都被你們丟光了，竟然和人類糾纏在一起。」

聽他的語氣和說話的內容，看來此人必是「通臂神猿」中舉足輕重的人物，很有可能是三千年前，碩果僅存的老一輩「通臂神猿」。

不過聽他的語氣好像對我不太友好啊，我習慣性地捏了捏耳垂，看聖王怎麼答他。

聖王態度恭敬地道：「老前輩可是『通臂神猿』的族長，朕正是這一代的聖王，因爲先王走得匆忙，朕並沒有學到足夠的本事，實在迫於無奈才挑起『聖王』的重任。可是禍起蕭牆，外憂內患，一后四帝並起，人類虎視眈眈，又有龍宮寶藏出世……」

聖王幾句話道盡現在所有的形勢，語氣憂心忡忡，這麼大的擔子，倒真的是很難擔啊。

聖王說完後，那面半天沒有聲音，半晌，才有另一個蒼老卻溫和的聲音傳出，道：「看你施展聖祖獨傳的『火眼金睛』功法，應該是聖王無疑，您的來意，我們也能清楚，只是，我們已習慣在這裏生活，不再想出去，您請回吧。」

沒想到，他們一開口就拒絕了我們的來意，但是我卻觀察到站在我們面前的「通臂神猿」們眼神中大多流露出一絲失望的神色。在這種暗無天日、狹小的空間中，誰又願意生活在這裏呢？以前是被逼無奈，現在機會來了，幾位大人物卻拒絕了，新出生的「通臂神猿」難免會有失望的情緒。

說是習慣了這種骯髒、狹小的地方住習慣了，誰信啊，還不是看出我們現在有求於他，想要以此來多要些好處罷了。

我傳音給聖王，告訴他我心中的想法。聖王也傳音給我：「當年第七代聖王囚禁了他們，三千年的時間難免有些怨言，現在是猴族興亡的關鍵時刻，只要他們答應助我，我就答應他們提出的要求。」

我點了點頭。聖王道：「朕知道我們猴精一族對你們『通臂神猿』不公，『通臂神猿』為猴精族稱王妖精界功不可沒，朕答應一定給你們補償，有什麼條件就提出來吧。」

「讓他們過來。」蒼老的聲音馬上傳出，群猴立即讓出一條路。

我暗道這次回應得倒快，看來他們早已想好向我們索取的條件了，所以聖王一說出來，他們唯恐我們後悔，馬上出聲讓我們過去。看來這些猴子的智商有限，沉不住氣。

在群猴的注視下，我與聖王從容自若地從他們身邊走過。

兩個老人出現在我們面前，一人面色兇悍，卻瘦骨嶙峋，體形矮小，腰上掛著幾塊布片，雙眸凶光四射；另一人面色雖然一樣醜陋，卻魁梧高大，有和藹之色，腰間同樣掛著幾塊破布片，兩眼炯炯有神地盯著我倆。

聖王向他倆微微一禮，道：「朕就是第十代聖王，敢問兩位前輩哪位是『通臂神猿』一脈的族長。」

兇悍的那一人首先哼了一聲，道：「你就是聖王，實在差太多了，我一個指頭就能捏死你，憑你的修為做聖王，難怪天下大亂，誰會服一個小猴崽子做聖王。」

另一人斥道：「不要對聖王無禮，難道你還想在這裏再關三千年嗎？」

話一出口，我才注意到他們兩人均鎖著一根「鎖龍鏈」。

難以想像，竟然有人被「鎖龍鏈」困了三千年之久，這是何等樣的毅力啊！我不禁對這兩位異類產生了一絲敬佩之心。

聽到另一位老人的呵斥，瘦小的老人重重哼了一聲，不再說話。

高大的老人道：「恕我等被『鎖龍鏈』所困無法給聖王行禮，族長在一千年前已經離我們而去，早一輩的『通臂神猿』就只剩下我們兩人，你們現在所看到這些『通臂神猿』族人都是在這裏出生長大的。」

聖王見機地道：「我會好好善待他們的。」

忽然那個瘦小的老人又插話道：「廢話不要多說，老子被困在這裏三千年早就煩了，想要老子幫你，趕快把這條狗屁『鎖龍鏈』打開，否則免談。」

瘦小老猴語氣頗爲無禮，並不因對方是聖王而稍加顏色。我有些不滿地冷哼了聲，哼聲剛出，兩道凌厲的目光如電般肆無忌憚地盯著我。

瘦小老猴目光不善地盯著我道：「我們妖精族死在人類手中不計其數，今天老子是看在聖王的份上才沒有要你的命，我們妖精說話沒有你插嘴的份，再多嘴，老子馬上就撕裂你。」

瘦小老猴盛氣凌人，語氣也十分霸道，我暗道此老猴被關在這裏幾千年，不但沒有磨去他一身的傲氣，反而性格越來越偏執、火暴。我淡淡笑了笑，徐徐道：「你可以試試看。」

他在向我說那番話時，已經暗暗向我施加壓力。見我仍然不爲所動地說出令他氣惱的話，神色先是一怔，隨即猛地向上兩步，無形的壓力，如大風暴般向我重壓而來，連一邊的聖王也爲之色變。

其實聖王只是知道我修爲不凡，兼且有一柄無堅不摧的超級頂級神器，除此以外對我並無所知。現在忽然感受到「通臂猿族」三千年來碩果僅存的兩位老猴其中一人突然向我發出了強大的攻擊，不禁開始爲我擔心起來，同時道：「前輩，這位是朕的好友，又救過朕。請前輩手下留情。」

「那得看這小子夠不夠格讓老子留情！」他仍霸氣十足地道。

我負手挺立，驀地召喚出一直藏在我身體中的小白狼，百分之一秒的時間，我已化身爲狼人，在三人驚訝的表情下，我倏地發出令猴群驚悚的吼叫。無形的壓力在我身前戛然而止，消於無形。

瘦小老猴愕然的望著我道：「狼族?!不可能，狼族何時變得這麼厲害，竟然可以完全隱藏自己的氣息。」

我望著他，淡淡地道：「還有信心能夠撕裂我嗎？」

他一愣，隨即暴笑出來，道：「你把狼族當作什麼了，狼族算個什麼東西，老子從來沒把狼族放在眼裏，今天，老了要讓你知道，妖精一界中，是我們『通臂猿族』才是最強的。」

聖王尚未來得及阻止，老猴已經如閃電一樣掠到我面前。我不退不讓，當先一拳轟了出去，迎上他的威力巨大的螺旋勁氣。經歷過那麼多事，我深深地認識到，不論是什麼種族，只有實力才能得到認同。

「通臂猿族」被第七代聖王鎖在這裏已經三千年的悠長時間，肯定會對聖王心有怨恨。而我現在和聖王找到他們，要釋放他們，目的只爲了猴族的安全，他們未必會領情，而且很有可能在我們打開「鎖龍鏈」時，他們爲了報復三千年的囚禁之苦而倒戈相向。只有讓他們充分瞭解到我們的實力，恐怕才會有合作的可能。

彈指間，我們兩人的拳頭已經撞在一起，他的螺旋氣勁，如鋒利的刀刃一樣高速旋轉著，順著我的手臂向上移動。

合體後而生出的濃厚體毛在他的氣勁下，紛紛繽紛落下。

他眼中射過一絲得意之色，我則報以一絲神秘微笑，在他看不見的地方，我手臂上的經脈中，純陽真氣正凝結成一股對著與之相反的方向旋轉起來，在我手臂上延伸的螺旋氣勁陡然逆向旋轉，向他擊去。

異變陡現，他面色大變，立即欲抽身暫退，我又豈能讓他進退由心。倏地化拳爲爪，驀地將他的手給牢牢鎖住。

螺旋氣勁速度在經過我的加速後，比方才還要再快一分。連帶著在我們周邊的氣流也壓縮成一股旋轉的氣流。

他不敢置信地望著我，難以想像我是如何做到如此匪夷所思之事，再看向我時，已全無剛才的狂傲，眼神中有兩分謹慎、兩分遇到堪與之匹敵的高手的興奮。

倏地，他空著的另一手，挾著驚人的拳力向我面門攻至。好一招圍魏救趙，我立即撮指成刀擋住了他的攻擊。一招不成，他也立即張開拳頭，伸出兩指迅捷無比地向我眼睛插來。

沒想到他變招竟然這麼快，幾乎是連想也沒想，逕自換招，來勢不變地向我襲來，當我再一次準確無誤地攔住他的攻擊時，他毛茸茸的猴手彷彿穿花蝴蝶般以更快的速度發出一波波細膩的攻擊招式，卻威力不減。

我沒預料到這個脾氣暴躁的老傢伙，竟可以施展出如此多變細膩的攻擊，只是無論在力量和速度上，他都遜我一籌，任他如何變，始終未能如他所願。

螺旋氣勁像是一柄柄鋼刀將堅若鐵銅般的皮膚割出一道道紅痕。與此同時，我經脈中更為厲害的旋轉氣勁也同一時刻順著他的手，硬生生地闖進他的身體，一點點破開他的防禦，將他的經脈糾纏在一起。

他發現到我對他經脈的破壞，臉色頓時變得十分難看，他很清楚，如果這種破壞嚴重的話，會將他的經脈給割斷，從此以後他這隻手就等於是廢了，再也無法冷靜，暴喝一聲，拚命似的向我攻出了他自以爲是最強的攻擊。

不過這等攻擊，還不至於讓我慌了手腳，自從和死神較量過，我眼界大開，一般攻擊很難令我變色了！

我倏地也猛地打出一拳，強大的力量在我們之間爆開，無形的力量硬是把在我們周圍的猴子猴孫們給擠了出去。

另一個高大的老猴總算看出了他的難堪處境，尖嘯了一聲，向我攻過來，兩人身體都被「鎖龍鏈」鎖著，無法做出特別靈敏的動作，我瞅空一把扣住了另一人的手，螺旋氣勁也在剎那間攻進他的經脈。

等到他感受到旋轉的氣勁對他經脈的嚴重破壞，他才瞭解到另一人的感受。

一時間我們三人僵持在當場，每個人都各自毫無保留地發出最強的力量拚命抵抗著對方的強大力量。我以一敵二，堪堪擋住兩人的攻擊。

「通臂猿族」瞠目結舌地望著自己兩位最強的長老，竟然以二對一，卻仍然不能將對方打敗，不禁對我刮目相看。

兩個老猴畢竟是活了三千多年的「通臂猿」，雖然被「鎖龍鏈」鎖在此地，卻仍然異常強大，除了死神外，我以前曾遇到的任何一個敵人都沒有他倆強大。

突然一個大膽的猿猴試探著向我們走來，看他的意思，是想趁亂偷襲我，我積聚剩下的能量，雙眸陡然射出兩道金光。

那個猿猴尖叫一聲，向後又退了回去，在他的雙眉之間，已經被我射出的兩道金光給烙下了兩個黑點，正發出陣陣焦臭。

聖王見我們三人手手相連，黏在一起，一時也搞不清究竟是哪邊占著上風，但是對他來說，我們三人誰受傷都不是一個好消息。於是走到我們面前道：「大家都是自己人，就不要再爭執了！上面的猴族兄弟們還等著我們從羽翼族手中救他們，你們再鬥下去，豈不是令親者痛仇者快！依天雖然不是我猴族的人，卻是朕的好兄弟，兩位前輩更是我猴族的棟樑，看在朕的面上，我數到三，雙方同時罷手如何？」

兩人已經被我所展現出的超強修爲所震懾，我的目的已經達到，聖王一說出話，即附和的點了點頭。兩老猴對視了一眼，互相覺得即便再爭下去，也不一定能占到我絲毫便宜，於是順水推舟的答應下來。

聖王微笑著道：「既然大家都同意，那麼我數到三，你們就各自罷手，如果任何一方想要趁此機會對另一方不利，朕就算傾盡猴族的所有力量也要讓他爲此付出足以令他後悔的代價。」

聖王大有深意地望了一眼兩個通臂老猿，大有警告之意，語氣堅定充滿王氣！盡現聖王之威嚴。

我心中一熱，知道他怕兩個老猴惱羞成怒，趁著我應聲罷手的時候，趁機偷襲我，才語帶警告的說出那麼一句話，令他們權量利弊。

「一，二，三！」

在聖王喊到三時，我們緩緩將各自力量收回自己體內。

高大的通臂猿，樂呵呵地道：「這位狼族的朋友果然英雄了得，沒想到我們兩個老不死的三千年沒出來，狼族竟然出了如斯人物！佩服，佩服，以一敵我們兄弟兩人，仍能不落下風，放眼天下，只你一人而已。」

我淡淡一笑沒有答話，聖王悠然微笑道：「以後大家就是一家人了，現在我們可以談談正事了嗎？兩位前輩是否答應朕出來助朕重整猴族，再統一妖精族？」

通臂猿族的加入將使聖王實力遽增，妖精族統一之日指日可待。

第六章　靈犀角

高大老猿充滿睿智的眼神望了我一眼道：「今日我『通臂猿』一族能夠從暗無天日中有了出頭之日，我們兩個老頭也消了『鎖龍鏈』之苦，這全都拜聖王仁慈，我們自然是全心全力助聖王一統妖精族！再現千萬年前的聖族霸業！」

聖王如釋重負，欣然道：「有你們襄助，朕有信心可以重新振興猴族。」

高大老猿忽然道：「我們兄弟二人年事已高，出去後，只想靜修，不想再沾惹凡事，不過『通臂猿』族都會交給聖王，希望聖王能夠體諒我們兄弟兩人的心情。」

聖王愕然地望著他，沒想到他會突然提出這個請求，兩人是古「通臂猿」族的三千年僅存的碩果，實力端的非同小可，在此用人之際，如果有兩人帶領他們的族人襄助，可取事半功倍之效。

現在忽然提出出去後要歸隱的請求，著實令自己煩惱，失去了兩人的幫助，強大的

「通臂猿」族又豈能會如臂使指，上下一心呢。

聖王面有難色地道：「兩位堪稱我猴族重臣，在此緊要關頭，實在不宜靜修啊，沒有兩位的統領，『通臂猿』族又怎麼會能凝結一心，爲我們猴族發揮出最強的力量呢。」

高大老猿微微笑道：「聖王多慮了，此事，老臣已經考慮過了，在這三千年中，雖然族主不幸病逝，但是亦有新的族主誕生，我們兩兄弟只不過是長老而已。我們兄弟幫助聖王解決眼前之事後，我們就會把族中的所有事，交還給族主，以後族內所有事，都仍由族主處理。」

聖王難以決斷地望著我，詢問我的意思。我向著他微微點了點頭，既然兩人已經把整個「通臂猿」族都交給了聖王，我們也不能太逼迫他們，何況，如果「通臂猿」族出了事情，兩人絕對不會置之不理的，所以現在不用迫他們太甚。

聖王馬上明白了我的想法，向兩人點點頭，頗是不捨地道：「二老既然主意已定，朕也不勉強你們，但是希望當我們猴族需要兩位的時候，兩位能夠毫不推辭地出來襄助於我。」

兩老猿相視一笑，道：「多謝聖王成全，如若猴族出現重大危機，我們兄弟兩人自當爲聖族貢獻我們的力量。」

「好！」聖王情緒高昂地道，「今天我宣布，『通臂猿』族重歸聖族，你們將是我聖族的救星！」

在一聲聲激奮的「萬歲」聲中，聖王領著眾人向外面的世界走去。

我亦跟著猴群向著牢獄外走去。

剛走出地下牢獄就看到，處處是斷壁殘垣，本來監守在此的那些猴族的人此時已經都被一些身上長著羽毛的怪人給抓住。想必這些人就是妖精族中的羽翼族。

我們下到地下不過一時三刻的時間，眾人戰力不俗又以牢獄為庇護堅守此地，竟然仍落得如此狼狽下場，看來對方的實力很強啊。

正在我思考的當兒，對方人群中走出一個羽翼族的年輕人，指著被押在一邊的孫老，不屑地道：「老頭子，竟然敢騙我，你不是說那個做了兩天聖王的毛頭小子已經逃走了嗎，他們怎麼會從地底下鑽出來了，是不是地下有秘道！孩兒們，將這裏給我包圍起來，一個人也不能跑了！」

圍在四周的羽翼族和向聖后效忠的猴族的人動作快速地將「鎖龍谷」給嚴密的封鎖住。連空中都有羽翼族的人虎視眈眈。

聖王緊張地掃了一眼被對方抓住的自己人，發現大多都只是受了傷，並沒有人犧牲才舒了一口氣，往前兩步，排眾而出道：「你羽翼族見了朕，為什麼不拜？」

剛才說話的年輕人，看來是這次對付我們的叛匪的首領，聽了聖王的話，滿有譏諷，奚落道：「老子只知有遮天大帝和聖后，想要我拜你，拿出你的實力，否則你就只配作階下囚。」

他說得若無其事，語意卻猖狂已極。

聖王剛要說話，突然「通臂猿」族的那個火暴脾氣的矮個頭長老，冷哼道：「羽翼族何時出來這麼傲慢的娃兒，胎毛尚未乾，竟敢在聖王面前放肆，褻瀆聖族威嚴，今天老子就要教訓你！」

我與聖王對視了一眼，心中偷笑，本來還怕兩個老傢伙不願出力，現在倒主動叫起陣來，正合我倆之意。

聖王未加阻攔，鼓勵道：「愛卿就替我教育教育這個不知禮數的羽翼族的娃兒，不過大家同爲妖精一脈，不要傷了他性命。」

對方的那個年輕人大怒道：「你是從哪冒出來的老鬼，竟敢大言不慚的要教訓小爺，老子一招就讓你下地獄。」

話音未落，兩柄閃亮的寶劍驟然出現在他手中，以雷霆之勢向著「通臂猿」的長老襲過來，空氣中充斥著怪異的鳴叫。眾人眼前一花，兩柄寶劍倏地在空中化爲劍雨向對手灑下。

我暗嘆：「好淩厲的劍招，此人的修爲很強，僅次於樹帝，與海人族的虞淵相若，這場比賽將會很有看頭啊！」

矮個老猿故意氣他似的若無其事地打了個哈欠，用鼻音哼道：「如果只有這點道行，就不要再丟臉了。」

隨著對方的劍雨逐漸逼近，他驀地挺起腰身，一股逼人的氣勢，隨著一個簡單的動作而瘋狂的飆升，矮個老猿眸中厲芒閃動，微一抬手，一把肉眼可見的巨大氣劍在他手中形成。

巨劍閃耀著冰冷的寒光，一瞬間將漫天劍雨粉碎，矮個老猿淡淡地道：「就這點本領，還不配我老人家出手，你那個口中什麼狗屁遮天大帝看來也不是什麼了不起的傢伙。」

對方的那個年輕人眼中閃過一絲懼色，停在半空，怒問道：「你是誰？猴族除了聖后，誰還能有這種道行！」

矮個老猿道：「聖后算什麼東西，要讓我老人家見到她，先打她兩記屁股，再問她爲何合著外人來欺負聖族。小傢伙，我看你也不過幾百歲的道行，能修煉到這種程度也屬於資質不錯的，現在投降，我老人家還可以請聖王饒恕你的罪！」

「放屁！」對方的年輕人道，「老子身爲遮天大帝的兒子，還會怕你這個半死的老猴子，剛才只不過是老子輕敵，現在老子要動真的了！」

矮個老猿眼中驟然劃過一絲厲色，道：「我最討厭你這種目無長輩的年輕人！我就讓你求仁得仁！」

一聲響徹「鎖龍谷」的鳳鳴，令我的心臟驟然跳動了幾下，如果不是我看到眼前現出真身的巨大孔雀，我還真以爲是「似鳳」的叫聲。

孔雀的唳聲，彷彿一把鑽子，直插向所有人的心肺，起到先聲奪人的效果，孔雀飛在半空中，體型很是龐大，張開的雙翅，將大部分的日光遮住，當真是駭人萬分。

遮天大帝的兒子已是如此了得，那遮天大帝想必更是厲害無比。

隨著襲人心肺的唳聲，孔雀使勁拍動雙翅，頓時狂風大作，飛沙走石，漫天的孔雀羽毛從孔雀身上脫落，色彩豔麗的羽毛此時卻化作根根鐵針，奪人性命，在瀰漫的沙塵中更令人防不勝防。

我小心地防備在聖王左右，這種混亂時刻，最是適合偷襲了。

突然風沙中傳來矮個老猿的一聲大喝，頗有龍吟虎嘯的氣勢。悶雷聲不斷從中傳出，當一切再平靜下來的時候，矮個老猿有力的手緊緊扼在遮天大帝兒子的脖子上，而那隻龐大駭人的孔雀業已被打回原形。頹喪的雙眼只能望著地面。

「通臂猿」一族果然了得，不費吹灰之力就輕鬆地拿下了對方的重要人物，我回頭望了一眼排在我們身後的「通臂猿」的族人們，他們眼中個個閃爍著興奮與喜悅。

正如聖王之前所說的，有了他們的襄助，聖王之位將會如銅牆鐵壁一樣牢固，我心中嘆了一口氣，因爲感到輕鬆，我才嘆氣。

本來極爲惡劣的形勢，因爲「通臂猿」族的出現，迅速逆轉，再加上我的襄助，很快就能奪回聖殿，穩定基業，到那時，收復妖精各族只是時間問題，有兩個「通臂猿」長老的幫助，一后四帝除非聯手，否則誰也無法單獨面對。

就在我爲聖王設想未來的計畫時，「通臂猿」族已經向圍在四周的羽翼族和叛變的猴族發起了進攻。

羽翼族和叛軍群龍無首，節節敗退。「通臂猿」族不愧驍勇之名，個個勇不可當，且道行高深，很快就將對方的防守給摧垮。

一會兒功夫，上萬的大軍，就被兩千人的「通臂猿」族給輕鬆解決。

聖王當機立斷，當即將所有被抓住的叛軍給投進牢中，留下兩百人看守，其餘人手迅速開向聖殿，打對方一個措手不及。

事情出奇的順利，留守在聖殿中的叛軍不足千人，一時三刻，聖殿中大股餘孽全被剿滅，只留下少量零星的叛軍逃竄在城中，相信這些僥倖逃跑的人，很快就會被巡邏隊抓住。

聖王立即再派出一部分人手增加到「鎖龍谷」中，防止那邊因爲囚犯太多而出現一些棘手的意外。而我則飛回到我和蟠桃的藏身之所，將蟠桃接到聖殿中。

一切都向著好的方面發展，所有的人都緊張地忙碌著，聖殿由混亂再回歸到秩序，所有的事都井然有序地在聖王的指令下進行著。

猴族大軍的指揮權也回到了聖王手中，而「通臂猿」族則是聖王克敵制勝的秘密武器。

同時聖王也履行了之前在「鎖龍谷」中對「通臂猿」族的允諾，在聖域中劃了一大片遼闊的土地給他們，上面滿是桃林。這令兩個三千年的老猴子十分滿意，放心的將「通臂猿」族真正地交給了聖王。

將蟠桃安全地交給聖王，我心中頓時鬆快下來，整個人都輕鬆起來，在所有人都忙碌的時候，只有我愜意地躺在床上吃著鮮嫩香甜的大桃子。

七小也舒服地趴在我四周，吵鬧的「似鳳」自從來到聖殿就變得安靜了，聖殿是整個聖域中靈氣最充足的地方，所以很少變身來大量吸食靈氣的「似鳳」也抓緊了時間享受著得來不易的靈氣。

「小火猴」抱著一個與牠相若的桃子開心地啃著，不時抬頭對幼年的「大地之熊」齜牙一笑。

這時的「大地之熊」已經初步掌握了使用大地的力量，「小火猴」雖然仗著靈巧和火的力量，卻已不能像以前那樣欺負牠了。

小熊以最舒服的姿勢睡在我腦袋邊，不時地發出呼嚕聲，湧出的氣流將牠的厚厚嘴唇吹得卷上來，露出白利利的牙齒。我捏著牠肉而厚實的腳掌，心中感嘆這兩個小傢伙越來越大了。

想像著兩個小傢伙平時打打鬧鬧的樣子，心中忽然湧出了一股極度的空虛感，心中前所未有的想念著藍薇，那種空虛幾乎讓我窒息，難過得讓我想哭出來。

心中忽然多出了一些莫名其妙的念頭，這些念頭令我迷惘起來。我究竟爲什麼而活著，繼續活下去的意義是什麼，還有必要活下去嗎？

從小就被母親貫徹懲強除惡的理念，做一個正義的人。一直以來我都是這麼做的，甚至沒有空出時間來想想自己的事情！

一張張藍薇嬌俏的容顏在我眼前出現，最後變爲傷心欲絕的樣子，那是在我被「死神」抓走前最後一刻我所看到藍薇的模樣。

我閉上眼睛，一陣鑽心的疼痛，眼淚順著臉頰淌了下來。

「藍薇，藍薇，藍薇。」我喃喃低語摯愛的名字。這個名字給我帶來刻骨的思念，極熟悉偏又陌生，我怕自己太久待在異界而忘了她，更怕她會忘了我，或者因爲我音信全無而殉情！

任何一種結果，我都不敢相信，但這一刻，這些念頭偏是像噬骨的毒蛇緊緊地纏著我，令我艱於呼吸，深刻的思念帶來的酸、苦、痛幾乎將我湮沒，我像是不會游泳的孩子跌落在水中一般呼喊著救命。

可惜聲音卻無法傳出身體，這種思念的折磨沒有人可以救我。

我努力的想要從心酸的思念中拔出來，當我大喝著藍薇的名字而猛地坐起身來時，所有的寵獸都驚訝地望著我。

「小火猴」停止咀嚼，小嘴撐得鼓鼓的，表情疑惑地望著我。我感到「大地之熊」的掙扎，方發現我死死地捏著牠的腳掌，我趕忙歉意地鬆開手，冷汗不斷滲出額頭。

我呼呼地喘著氣，令自己從剛才突如其來的情緒中穩定下來。我不知道爲什麼一向心志堅定的自己會突然情緒如洪流般爆發，難道是藍薇出了什麼事情，被我感應到，我才會……

念頭剛一生出，我便無法停止想下去，再也無法坐住身，我要立即去向聖王告別，我要儘快回到藍薇身邊，這種沒有愛的日子，我受夠了。雖然我現在走，對聖王來說十分不利，可是他有「通臂猿」族裏助，沒了我一樣可以成功！

現在破開時空離去的時機還並未成熟，我仍沒能找到一種可行的方法，幫助我在時空隧道中辨別方向。胡亂的一頭闖進去，我成功回到自己的時空的機率是非常小的。

可是我卻再也等不及了，藍薇如果出了意外，我便也失去了活下去的意義，即便回到屬於我的時空的機率很小，我也只能碰運氣！

我剛下床來，忽然聖王和蟠桃一臉笑吟吟地走進來。本來笑容滿面的兩人突然看到我淚流滿面，一臉傷心模樣地坐在床上頓時怔住了。

聖王奇道：「依天兄弟，你這是怎麼了？」

兩人進到屋中我一點都沒有感應到，可見情緒突然失常令我修為大打折扣，更喪失了平常的警覺，所以才沒有發現兩人。我站起身望著聖王道：「聖王你來得正好，我正好要去找你，對不起，我要馬上離開這裏。」

蟠桃驚訝地望著我道：「大哥哥，你現在就要走嗎？蟠桃會想你的，蟠桃不讓你走。」

聖王也十分疑惑地望著我道：「難道我做錯了什麼事，還是做了令依天兄感到討厭的事，為什麼非要現在走呢？你不會是在開玩笑吧？」

我苦笑一聲，搖搖頭道：「我是認真的，我真的要馬上離開。」

聖王見我認真，亦嚴肅地道：「依天兄弟，我感謝你救了我妹妹蟠桃，又幫助我奪回聖王之位，可是一后四帝仍在，我光憑『通臂猿』族根本無法對付他們！『龍宮寶藏』出世在即，我妖精族與你的同類的戰爭一觸即發，在這種關鍵時刻，我真的希望你可以留下來，幫助我度過眼下的難關。」

「對不起！」我無奈地道，「你也知道我並非屬於你們這個時空的人，我一直在尋找回去的道路，剛剛我感應到我的妻子好像發生了大事，我沒法再留在這裏，真是對不起做出這個決定，希望你可以諒解我。我的妻子是我活下去的勇氣！」

聖王嘆了口氣，徐徐道：「知道嗎，你的口氣真的很像我的父王，當初母親病逝，父王就是用你現在的口氣跟我說，母親是他活下去的唯一勇氣，當我終於長大時，父親便毅然地離開了我，以至於妖精族陷入眼下的混亂，但是我卻從來沒有怪過他！」

他停下來嘆了口氣，道：「因爲我瞭解他的心情，他與母親的愛是刻骨銘心的，他們兩人才能組成一個完整個體，少了任何一個，另一方都不可能獨存於世。」

我望著他淡淡一笑道：「謝謝你的諒解。」

聖王望著我道：「祖上的古籍有記載，時空是最神秘莫測的地方，看起來很簡單，其實卻比最複雜的迷宮還要複雜，你如果不能確定回去的路是否正確，那麼你肯定會迷失在時空中的。」

我淡淡嘆了口氣道：「只能賭一賭了。」

聖王道：「你賭贏的機率幾乎為零。」

我道：「既然你們祖上有古籍記載，可有說過怎麼才能正確的在時空中穿梭？」

聖王道：「祖籍記載，時空隧道其實是時間流動的隧道，是穿越時間的一種捷徑。只是時空隧道有無限個介入點，每一個點又可以通向無限遠處，所以要想在複雜的時空隧道中不至於迷失方向，就必須能感應到時間的流動。」

我驚道：「時間的流動？我從來也不曾聽誰說過能夠感應到時間的流動，我自己更不曾感應到過。」

聖王淡淡地道：「我並不是故意聳人聽聞，這個時間流動的秘密是我聖族的先祖——齊天大聖留下的，以後每一代聖王都根據典籍的記載而破開時空隧道尋找先祖而去。」

我追問道：「你的這些先祖究竟有沒有感應到時間的流動呢？」

聖王道：「先祖曾說，當你的道行達到人存於天地中，融於天地中，與天地渾然一體的時候，就會自然感應到時間的流動。」

我心中苦笑，想要達到他說的這種修為，最起碼我得將「九曲十八彎」修煉到最後一曲，恐怕才有可能達到他說的那種無上境界。

聖王道：「這種方法雖然可行，卻需要大量的時間，我父王是修煉了三千年的時間才有此成就，而人類雖然在修煉一途優於妖精，卻至少得花幾百年的時間。另外還有一種方法，依靠神器來確定時間的方向。」

我精神一振，道：「什麼神器竟然這麼神奇，可以判定時間的流動？」

聖王道：「據我所知，這種神器只有一個，就是先祖留下的『定海神針』，除此之外，再無其他方法可行。」

我頹然道：「『定海神針』不是已經消失上百千年了嗎，卻哪能一時三刻就能找到的，我實在等不及這許久時間了。」

聖王道：『定海神針』並未消失，而是在上一次『龍宮寶藏』開啓的時候，被那一代聖王給放進了『龍宮寶藏』中，只是這件事極爲機密，除了每代聖王，只有少數人才知道。」

我洩氣道：「現在每個人每隻妖精的雙眼都盯著『龍宮寶藏』，眾目睽睽下，想要獨得『定海神針』難比登天，更何況我連『定海神針』被放在什麼位置也不知道，機率實在太小。這兩個辦法都不行，我只有破開時空，碰碰運氣了！」

聖王勸阻道：「時空隧道就像是一個無限大的迷宮，迷宮的裏面是一個又一個嵌套的迷宮，一旦誤入其中一個，你連原路返回的機會都沒有啊。依天兄弟，你是有大智慧的人，這件事應該深思熟慮。究竟你預感到什麼事，會讓你如此衝動？」

「呼。」我吐出口氣道，「我感應到我的妻子好像發生了大事！我必須得回去，我的妻子是我精神支柱，沒有了她，我的人生便沒有了意義。」

聖王若有所思地點了點頭，道：「你此時的心情，我早已從父王的身上感受過，但是我還要最後勸你一次，你現在的衝動可能會導致你永遠也無法找到回去的路。」

我無奈地點了點頭，道：「你說的情況，我也知道，可是我別無選擇，如果我現在要是知道藍薇的情況就好了。」

我們三人默然無語，半晌我摸了摸蟠桃的腦袋，道：「蟠桃，你要好好聽哥哥的話，聖王，對不起，在你關鍵的時刻離開你。我走了。」我喚出豬豬寵合體，封印了一眾寵獸。

我正要破開時空，忽然聖王道：「依人兄弟，等一等。」

我轉過身訝異地望著他，不知爲什麼他忽然又叫住我。聖王道：「我剛剛想到一個方法，可以立即讓你和嫂子互相感應到對方。」

我驚喜道：「什麼方法，竟可跨越時空傳遞資訊。」

聖王道：「東海有異獸靈犀，其聲若虎，可在海面傳播八百里。靈犀有角，祖籍記載，靈犀角可在情人間互相傳遞對方的心意，即便兩人身在天涯海角，只要互相愛著對方，就可以傳遞。」

聖王頓了下道：「靈犀角雖然神奇，可是能否跨越時空，卻沒有人試過，靈犀角每用一次，就會縮小一些。」

我道：「權當一試，不知東海哪裏才能抓到這種異獸？」

聖王道：「不用去東海，聖殿中就有，是以前海人族進貢的東西。現在就當我送給你的一份小禮物。」

我喜道：「多謝聖王。」

聖王道：「依天兄弟你跟我來，我帶你去聖殿的藏寶庫中取。」

靈犀角是個不及手掌大小、顏色赤紅的鑽頭形的角，靈犀角有股淡淡的海水味，四周若有似無地圍繞著數股靈氣，看來這異獸靈犀乃是不可多得的靈獸啊，死後其角上仍能富含這麼豐富的靈氣。

聖王將靈犀角遞到我手中，道：「只要將靈犀角較粗的一端放在額頭上，散發出靈氣將靈犀角裹住，心中想著思念人的音容笑貌，自然就能將訊息傳遞給你所愛的人的心中，不過跨越時空傳遞卻不一定能成功。」

我接過靈犀角將其置於額頭處，一股涼涼的氣息順著靈犀角傳過來。

我用自身的內息將靈犀角裹住，靈犀角獨有的靈氣與我的內息融合在一塊，我閉上雙眼，藍薇的笑容在我腦海中浮現，靈犀角的靈氣在我腦海中轉動，驀地我身體一震，眼前忽然現出一個色彩斑斕的世界。

光怪陸離的彩光在我眼前宛如流星般匆匆劃過。

我感覺到全身的內息都高速運轉起來，捲著我在這七彩世界中迅速地飛行著。我窮盡目力，想要看清前方的盡頭，卻始終看不到。

四周盡是彩色的光芒，不時有大大小小的氣泡升起，靈犀角彷彿有智慧一樣，總是帶著我避開這些偌大的泡泡。

倏地眼前忽然出現一個藍色若海洋般的大泡泡，靈氣反應不及，捲著我一頭撞了進去，身體驀地下沉，不知下沉了多久，眼前忽然大亮，明亮的白光充斥眼前。

靈氣好像又活躍起來，帶著我在白光中穿梭，白光漸漸淡去，我看見自己正穿過海洋，穿過森林，一大片山脈如神龍一樣蜿蜒。

眼前忽然出現一個大城堡，我心中遽震，這不是方舟山嗎！難怪這城堡這森林看起來這麼眼熟。靈犀角的靈氣並沒有因爲我的驚訝而稍停。我如一道電光倏地鑽進了城堡中。

一大群人圍在我和藍薇的臥室中，每一張臉都是那麼熟悉。我禁不住的激動起來，有藍薇的好友風笑兒、月師姐、傲雲，連李家的李老爺子也在，還有梅家的家主梅魁等人。

我來不及感受即將見到藍薇的喜悅，靈犀角帶著我瞬間衝到了床前，我看見藍薇躺在床上，臉色憔悴，雙唇蒼白，雙眸緊閉，哪有一絲以前的靈氣和嬌貴。我心疼無比，靈犀角引著我的意識衝到了藍薇心中，我剛一進入，就被一股鋪天蓋地的哀傷所淹沒。

我在「哀傷」中感受著藍薇對我的思念，瞬間就從她的意識中瞭解到為什麼會有這麼多人圍在這裏的原因了。

藍薇因對我的思念而染了病，吃不下東西，情況越來越糟糕，窮盡現今最發達的醫療技術也無法使她恢復健康。現在已是病入膏肓，時日不多，眾人束手無策，聚在這裏想辦法。

我嘗試在她心中呼喚道：「藍薇，藍薇。我是依天，你聽到了嗎？」

「依天？你在哪，我怎麼看不到你。」藍薇突然睜開雙眼，努力的從床上爬起來，艱難的從眾人中尋找著我的身影。

眾人見她突然叫著我的名字，從床上坐起來，都嚇了一跳，圍過來扶著她，藍薇蒼白的臉上返起一層淡淡的紅暈，道：「我聽到依天的聲音了。」

我不斷將自己對她的愛意、歉意傳到她心中，我柔聲道：「藍薇，我現在正用意識與你交流，我的肉身仍被困在另一個時空中。」

一股強烈的眷戀與我的愛意交融。藍薇在心中道：「我還以為你被那個可惡的傢伙給殺死了，他那麼強大，你竟然可以逃脫，這實在太好了。可你為什麼不回來？」

我歉疚地道：「我從他手中逃脫，卻流落到另一個時空中，一時還沒有找到回來的方法，不過用不了多久我就會回來的。你現在不用關心我，最重要的是把你的病養好，等我回來。」

藍薇泣不成聲地道：「你真的會回來嗎？我這不是做夢吧！」

我用自己濃濃的愛意擁抱著她，微笑著道：「你能感覺到我的愛吧，相信我，這是真的，用不了多長時間，我就會安然地回到你身邊。」

藍薇忽然著急地道：「你的聲音怎麼越來越小？」

我也有一種筋疲力盡的感覺，警覺到可能是靈犀角靈氣耗盡的原因，我忙道：「藍薇，我馬上就會回到另一個時空，你要放心養病，相信我，一年之內，我必定會回來的。」

聲音越來越飄渺，靈犀角引著我從藍薇的心中退出，如潮水一樣，迅速向回退去，再次進入到那斑斕的世界中回到了自己體內。

剛一回到體內，我就感到身心俱疲，穿越時空的心靈對話，耗盡了我所有內息，在聖王和蟠桃兩人詢問的目光下，我努力的呼吸著坐了下來，我斷斷續續地道：「我，見到了，藍薇，可怎麼突然會被迫回來呢？」

聖王道：「見到就好！至於爲什麼被迫回來，你看看你的靈犀角。」

我將額頭上的靈犀角取下來，剛一落到我手中，靈犀角突然化成碎末，從指縫間溜走。我惋惜地嘆了口氣，原來一整根的靈犀角在幫助我穿越時空的時候已經耗盡了所有靈力，所以只能維持我說那幾句話。

想著剛才看到藍薇那骨瘦如柴的樣子，我不禁心如刀絞，沒想到她因爲思念我病成這個樣子，幸好有靈犀角的幫助讓我能和藍薇進行心靈交流，保住她的命，否則我真要追悔莫及。

心病尙需心藥醫，我想藍薇知道我安然無恙的消息後，一定會堅強地恢復健康，變回那個令我心疼、令我愛憐充滿活力的藍薇。

只可惜這異寶靈犀角只能讓我交流一次就已經耗盡了所有靈力。突然間我渾身充滿了活力、鬥志。我一定要拿到「定海神針」，儘快回到我的時空中去。我不能再讓我摯愛的人爲了我而憂心焦慮。

人活著是要有目標的，人能夠有勇氣活下去是因爲他有精神支柱，人活下去的意義其實是爲了「愛」！

當一個人思想成熟了，當他從家庭中獨立出來，假如沒有愛，即便給他無數的金錢，至高無上的權利，他也不會有勇氣活下去，因爲他已經在浩瀚的人類社會中找不到活下去的意義。

有多少人因爲沒有愛而產生輕生的念頭，又有多少人因爲愛而積極地面對生活，即便是大奸大惡之人也是需要愛的！

想通了這點，我頓時感到一陣輕鬆，我在異時空繼續奮鬥下去，就是爲了能夠回到藍薇身邊，給她幸福讓她歡樂。

我決定幫助聖王一統妖精族，奪得「龍宮寶藏」。聖王睿智而仁慈，有他統治妖精族，我想人類的普通百姓亦會獲利。

至少不用時時擔心會有妖精危害他們的生命和財產。

聖王道：「靈犀角藏寶庫中只有這麼一根，而靈犀角這種異獸恐怕早已在東海絕跡，我只能幫你這點了。」

我恢復了少許力氣，站起身道：「不要緊，我已經知道了我妻子的情況，亦可以安心地幫助你，但是我要『定海神針』！」

聖王欣然道：「『定海神針』雖然是先祖聖物，但是相對於妖精族的穩定來說，只是微不足道而已。你幫我平定妖精族內亂，定海神鐵就是我送給你的謝禮。」

我道：「那人類？」

聖王微微笑道：「妖精族雖然內亂，卻是空前的強大，人類卻積弱已久，這數百年來，並沒有出現幾個傑出的人物，只要妖精族再次統一，我會答應你我在位的時間內，決不會主動侵犯人類。」

聖王能夠做出這樣的允諾，我已經非常滿意，畢竟不論妖精還是人類都是需要生存條件的，當任何一方生存條件受到侵犯時，都不會束手待斃的。

我道：「你需要我做什麼？」

聖王面色有些沉重地道：「你知道為什麼我們能夠這麼容易就搶回聖殿嗎？」

我略一沉思道：「聖殿中好像並沒有多少守衛，你們從那個羽翼族的高傲的小傢伙口中得到了什麼？」

聖王讚賞地看了我一眼道：「可別小看了那小傢伙，他是遮天大帝孔聖的獨子，被族內稱為小孔聖，在孔聖的悉心栽培下，道行極為精深，穩坐族內第二把交椅，否則聖后也不會這麼放心的把這裏的事情交給他處理，可惜她沒料到『通臂猿』族會復出。」

「聖后自昨天我們攻佔『鎖龍谷』時就一直沒有出現過，難道她已經離開了聖殿？她如果離開聖殿，必定是為了『龍宮寶藏』，只有『龍宮寶藏』才能讓她心甘情願離開這麼重要的地方。」我揣測道。

聖王呵呵笑道：「依天兄弟確實心思縝密，我們從小孔聖口中得到的真相是，在你救我的前一刻，聖后與遮天大帝先後離開聖殿，自然是為了『龍宮寶藏』，迫使他們這麼做的原因好像是由於『龍宮寶藏』將會提前在東海出世，大概時間是下個月的月圓之夜。」

我呵呵笑道：「難怪連聖殿也顧不得了，『龍宮寶藏』究竟都藏著些什麼東西，竟然令所有的人都爲之瘋狂？」

聖王道：「大多是身外之物，金銀財寶，珍珠瑪瑙，但是也珍藏著一些力量不錯的各種兵器，這些都是當年龍宮的收藏。但是最吸引『一后四帝』的是先祖留下的『定海神針』，雖然他們並不確定是否『定海神針』確實藏在東海龍宮，但是以他們的智慧一定會猜到的。」

我道：「一后四帝竟然全去了東海了嗎？」

聖王重重嘆息一聲，道：「這正是我勸你留下的原因，一后四帝，再加上那些在一旁虎視眈眈的人類，我的實力顯得太薄弱了。」

我道：「『通臂猿』族兩千人的實力再加上兩個活了三千多年的老猴子，你的實力已經是最強的了，應該趁著他們爲了『龍宮寶藏』搶得你死我活的時候，一個個端了他們的老巢。」

聖王嘆道：「哪有這麼容易，這一后四帝哪一個不是極聰明的人，這一點他們早就想到了，精銳的人馬早被他們帶在身邊，即便我們端了他們的窩，也對他們的實力影響不大。何況妖精族千千萬萬，數也數不清，又怎麼殺得完。

「就拿羽翼族來說吧，只要有高山就有羽翼族的妖精，我總不能把這個星球的所有有山的地方都跑一遍吧，而有草、有樹木的地方就有狼族和樹人族，海人族更是難以清除。」

聖王一說，我也確切地感受到統一妖精族令人頭疼的地方。

妖精族既分散人口又多，實在不易統領，唯一可行的方法，就是分別征服各族的首領，才能間接地統一妖精族啊！

聖王嘆了口氣道：「如果讓任意一族取得了『龍宮寶藏』，且不說那無數的金錢，就是龍宮中那些充滿靈力的兵器，已足以讓他們實力猛增，到那時，我空有『通臂猿』族也不是他們的對手，更遑論統一妖精族，豈不是癡人說夢。」

我略一沉吟，道：「你是不是想我阻止他們取得『龍宮寶藏』？」

聖王苦笑道：「雖然我也知道這個任務實在太重了點，可是我也只能靠你了。」

我道：「如果他們要知道我要從中作梗，阻止他們任何一人取得寶藏，一定會合作先對付我，『一后四帝』如果聯手，我不可能敵得過。」

聖王道：「從現在的形勢來看，聖后已經與遮天大帝聯合，海人族向來是獨來獨往，與其他各族並沒有什麼交情。狼帝與樹帝幾千年來互相依靠生存，在『龍宮寶藏』的爭奪中肯定會聯手。這樣來看，你可能會遭到兩人聯手攻擊，不大會出現五人合作的情況。」

我道：「東海範圍這麼大，我怎麼知道『龍宮寶藏』會在哪裏出世？」

聖王道：「這個你不用擔心，你只要到東海藍家的那個小鎮子，自然會知道『龍宮寶藏』在哪出現。據可靠報告，現下，人類各大勢力都聚集在這個小鎮子上，而一后四帝恐怕也正往那裏聚集。」

說到藍家小鎮，我陡然想起李家兄妹，這兩兄妹也算是對我有恩，妹妹珍珠因爲美色被藍家的大管家的兒子看上，雖然被我出手制止了，但是過了這麼長時間，不知道藍蛇會不會又去騷擾他們兄妹。

一直以來我都忙著幫蟠桃救她的哥哥，倒把李家兄妹給忘了，現在一想起來，頓時心中一陣愧疚。

聖王道：「你帶領著一隊『通臂猿』先往東海邊各大勢力齊聚的三交鎮，我把這邊的事安排好，就會暗中帶著那兩個『通臂猿』族的長老去助你。」

我想了想道：「不用了，我一個人就足夠，我會以人類的身分進入東海藍家，伺機打亂他們的部署，萬一『一后四帝』聯手，我打不過也逃得了，有了那隊『通臂猿』我反而不好行事。」

聖王點點頭道：「這倒不失一個好辦法，只是就更苦了兄弟你了。」

「這不算什麼，」我淡淡地道，「我想他們誰也不會想我拿到『定海神針』的，從這個角度來說，他們都是我要排擠的對手。」

聖王感激地抓著我手道：「一切都拜託依天兄弟了！你準備一下，明天就動身去東海。」

見過了藍薇，有了目標，我又恢復了那份悠然的氣度，淡淡地道：「事不宜遲，還是儘量早些趕往三交鎮比較好，我馬上就出發。」

聖王怔了一下，沒想到我比他還要著急，隨即道：「此去兇險重重，你一定要注意自己的安全，如果事不可爲，千萬不要冒險，統一妖精族只不過是時間問題而已。」

我頗爲感動的深深地望了他一眼，點點頭。

聖王道：「你收拾一下吧，需要什麼東西，我立即給你準備。」

我隨意往屋內看了一下，微微笑道：「一人一劍足矣！妖精族的千秋事業將在你的手中誕生。」

聖王望著我自信的眼神，也爽朗地笑道：「是在我們兩人手中誕生，雖然你只是個人類，但是我仍把你看成我的兄弟。」

念頭一動，超級神器——「煙霞」冉冉地升上屋內的半空，柔和的光芒彷彿舒緩的水流不斷的從劍身流出，充溢在屋內，豐富的靈氣不斷的向這裏聚集，七彩的光芒幾欲照耀大地。

我伸出手來抓著棍柄，心中填滿了自信。

聖王和蟠桃兩人也迷醉地望著「煙霞」，眼睛眨也不眨，完全被煙霞高貴的王者之氣所征服。

這是我最得意的作品，如果不是機緣巧合，我仍無法做出如此完美的神器，恐怕以後我也再沒機會做出這種超級神器了。

在聖王的安排下，我順利通過福天洞，出了赤霞山，直向東海飛去。

現在卻與來時的心情截然不同，那時只盼著能夠早些救出蟠桃的哥哥，勘透時空的秘密，儘早回到屬於我的時空。心中是焦慮、著急。

而現在，我已經見過了藍薇，雖然她因思念導致病入膏肓，但是我相信，她在知道我的消息後，一定會堅強地戰勝病痛。

修煉到她這種級數，除非是外力天災，否則是不會被區區的病痛致死的，她會逐漸康復，一天天的健康起來，等著我回去。

我現在則是一邊勤加練習家傳功法「九曲十八彎」，另一方面則是想辦法進入「龍宮寶藏」中取到「定海神針」，想要修煉到與天地融爲一體的無上境界，可能不是一天兩天就可以的，但是取得「定海神針」卻是我力所能及的。

所以我更多的精力是放在與「一后四帝」搶奪「定海神針」上，以我的經驗來看，凡是神器都會認主，只有主人的力量強於自己才會心甘情願地臣服。

而被妖精各族尊爲「妖精王」的聖祖「齊天大聖」屬於猴族，他使用的兵器會不會只認妖精爲主呢？

這是一個困擾我的難題，但是我已經想好了對策，到爭奪「定海神針」的那天，我就與小火猴合體化爲一個徹底的猴人，與聖祖同宗，自然要比妖精其他各族都佔先。

第七章 海狗精

數天後，我來到一個名叫「豐穀」的小鎮，略事休息，打聽了一下去東海的路，便又出發了。

「龍宮寶藏」在下個月的月圓就會出世，從現在算起，已經不足一個月，時間非常緊迫，我只有馬不停蹄地趕路。好在我內息深厚，連續飛行也並不覺得太累。

我必須趕在「龍宮寶藏」出世前趕到，因爲我還有兩件這些天一直縈繞在我心頭的事要處理。第一是李石頭兄妹，我曾答應收他們爲徒，我離開「三交鎮」這麼久，不知他們現在處境如何。我得給他們一個交代；第二令我念念難忘的就是藍家的大公子藍泰與海人族虞美兒之間的戀情。

我真的很想幫助這對雖彼此爲異類，卻深深相愛的戀人。

可是這件事卻難度很大，即便不說兩人互爲異類，兩家是否同意，就眼下「龍宮寶藏」即將出世來說，海人族與藍家已經是勢不兩立，絕對不能同存的兩股強大勢力。

海人族祖居東海，佔有地利之便，「龍宮寶藏」在東海出世，就像是自己的私有物一樣，又怎會心甘情願的任由他人染指。

更何況藍家還是與妖精族對敵的人類。若在東海中與海人族相爭，藍家萬萬不是對手，這一點，恐怕藍家自己最清楚不過了。所以藍家的老爺子才會以慶壽爲名，廣邀四海五嶽的修道好手齊聚東海邊上的「三交鎮」。

這顯然是擺好了陣勢，準備與海人族一較高下搶得這人人眼紅的「龍宮寶藏」。傳說龍王好寶，喜歡收藏各類寶貝與貴重的金銀。雖然龍王一族從人間遷往牠處，帶走了很多寶藏，可是這「龍宮寶藏」仍像蜜糖一樣誘惑著那些前來尋寶的蜜蜂。

雖然人族這數百年來沒有出過一個曠世高手，但是天下英雄聚集在一起只對付一個海人族卻也是綽綽有餘。

可兩家越是敵對，不論兩家誰勝誰負，卻註定了藍泰與虞美兒可能成爲一對悲情戀人。想到藍泰那雙虎目中藏著的黯然、悲傷，我便禁不住心酸，想起藍薇，想起爲了救我而甘願放棄生命的兩個精靈大祭祀。

我不希望在我身上發生的悲劇，還要在我眼前再重演一次。我真心的希望自己有辦法幫助那對苦戀人。

可是想了幾天，也沒有想到一個可行的辦法。兩家都不會因爲這兩人而放棄「龍宮寶藏」的，思來想去，好像私奔才是兩人的最好出路，可是天大地大，卻沒有一個地方是人類和妖精族不存在的。

想要私奔又談何容易！只有先到了「三交鎮」看事態發展而定了。

此地離東海尙有十多天的路程，離開豐穀鎮，我按照向東的方向逕自向東海飛去。

十天匆匆而過，我也終於趕在「龍宮寶藏」出世前到了東海。雖然我不在意「龍宮寶藏」，但是「定海神針」我是勢在必得。絕對不容有失，這是我能在近期安然返回我的時空的唯一方法。

當我進入小鎭時才發現這裏並非是「三交鎭」，向當地人打聽才知道這裏是一個叫作「靈犀鎭」的地方。據說在很久以前，東海異獸靈犀曾在這裏出現過。

從聖王那得知，靈犀這種神奇的異獸早就已經在東海絕跡，或許牠們並沒有絕種，但也只有幾隻隱藏在東海的隱秘角落中，想要從偌大的一個東海中，尋到這僅剩的靈犀是一件非常困難的事。

從「靈犀鎭」去「三交鎭」，全力飛行，只用半天的時間就能到。我決定在「靈犀鎭」住上一晚，第二天再去「三交鎭」，只半天的時間，我用不著太心急，我或許可趁這點時間能在靈犀鎮打聽到點什麼。

眼下，離「龍宮寶藏」出世只有十來天的時間，想必各大覬覦寶藏的勢力都已經聚在這東海附近，我也正好用此機會摸清他們的動作。

半天時間轉眼過去，夜色籠罩在東海邊的這個小鎮。

我轉遍了所有鎮內的茶館酒肆，卻沒有聽到一點重要的資訊。原本以爲寶藏很快出世，各大勢力肯定按捺不住會有所行動，卻沒料到，四處都出奇的平靜，看不出一點風雨之勢。

我心中忖度難道又有什麼新的變化不成？不過可以肯定的是，「龍宮寶藏」還沒有開啓，否則一定早傳得街知巷聞了。

不管情況有何變化，只要「龍宮寶藏」一天沒出世，我就還有時間去打探李石頭兄妹的消息和幫助藍泰、虞美兒這對戀人。一切都充滿了變數，離寶藏出世的日子越近，這些變數就越突出。

只要我善用這些變數，一定可以達成我的心願。當然最重要的還是在與「一后四帝」的爭奪中拿到「定海神針」。

我飛出小鎮，在海邊漫步，涼爽宜人的海風令我備感清爽，小火猴和大地之熊在我身後留下了一連串的腳印，退潮後來不及逃走的螃蟹、海蚌就成了兩個小傢伙的美餐。

七小默默地跟在我身後，「似鳳」落在我肩上，顧盼自雄，儼然一副鳥中王者的姿態，不過不時冒出的火苗，仍在提醒牠，牠還只是一隻仍未完全成熟的鳳凰。

順著海邊，我一邊走著，一邊整理著心中的思緒。半月懸空在海面上方，毫不吝嗇地放射著銀色月光，平靜的海面波濤粼粼，偶爾一條小魚頑皮地躍出海面，又落回到水中。

不息的海水聲中，海邊顯得格外寧靜，我的心亦受到渲染，感到一片平靜。然而就在我享受這得來不易的寧靜時，幾隻妖精的出現打亂了我的平靜。數隻若海狗模樣的妖精倏地在遠處的海面露出頭來。

我心中頓時警惕起來，在如此緊張的時期，突然出現幾隻面目兇狠的海狗妖精，不得不使我心中大生疑竇，上次在護送蟠桃回家的途中受到水猴族襲擊的事情如今仍歷歷在目。

後來被我發現水猴族乃是海人族的一支，受到海人族的唆使，在通往東海的路上專門襲擊對他們不利的人類。

毋庸置疑，東海乃是海人族的地盤，而幾隻海狗的出現，不得不使我想起海人族，會否這又是海人族的陰謀？

想及此，我不禁起了打探一番的念頭。幾隻海狗妖精並沒有注意到我的存在，濕漉漉的腦袋探出海面，向四周海面不斷地觀望著，好像在尋找什麼東西，片刻後，他們忽然潛到水中，水面濺起一路水花。

海狗妖精們飛快的向著某個方向游去。望著不斷濺出來的水花，我封印了諸多寵獸們，不疾不徐地跟在他們身後，海水並不很冷，我輕鬆的在他們身後尾隨而去。

幾個海狗妖精們越游越快，很快就游到離海岸上百公里的地方，一般的漁民很難到這麼遠的地方來捕魚，波浪起伏不定，又游了不大會兒，前方忽然出現一個海島，在月光下顯得非常具有神秘的美麗。

這數個海狗妖精向著海島游過去，爬上岸後，藏著幾簇寬大的植物後面，一動不動，好像在等待什麼。

我疑惑地望著他們，心中揣測，他們爲何要游到人跡罕至、了無人煙的小島上來，看他們的樣子，來到此地必然是有目的。

我潛伏在水面下，默默地觀察著他們。時間一分分的過去，半月已經漸漸升到天空的中間，忽然一聲古怪的低嘯從小島的另一邊傳出來，一隻體型龐大的巨大海獸，拖著一條粗長的尾巴出現在我的視線中。

海獸模樣頗似狗，身體油滑發亮，有著厚厚的脂肪，四肢粗短，身體非常巨大。我望著突然出現的海獸，心中道：「難道那幾隻海狗游了上百公里的目標，就是牠嗎？」

海獸望著天上的半月，忽地吐出一個黃色發亮的小球。小球不斷的在空中吸收著月光的光華，海獸的身體也逐漸變得亮起來。

這隻海獸尚沒有完成由普通的動物向具有智慧的妖精轉變，此時正藉著自己的精魄在努力地吸收月亮的菁華，以牠的精魄所展現出來的純度來看，用不了多久，牠就會成爲妖精一族。

「咕噥，」一個細小的聲音從海獸的腳邊傳出。我望過去，剛好看到一隻幼獸從大海獸的腳邊爬出來。想必這個小傢伙是海獸的幼崽。

幾隻海狗妖精見到一大一小兩個海獸的出現忽有所動，很顯然這隻大海獸就是他們的目標。可是兩者體型相差懸殊，如果海狗們是想獵食這隻大海獸，即便他們人多勢眾，恐怕也得付出很大的代價。

更何況，海中有著數不清的各種魚類，如果海狗要捕食的話，沒有任何還擊能力的魚兒才是他們的最佳選擇。他們的目的究竟是爲了什麼呢？我狐疑地盯著幾隻蠢蠢欲動的海狗精身上。

小海獸彷彿對周圍的一切都非常感興趣，不時地發出稚嫩的聲音，在大海獸身邊玩耍著。

我小心地觀察著，幾隻海狗精利用大海獸將注意力都放在精魄上的機會，利用茂盛的海生植物的掩護，不斷的向牠靠近。

小海獸茫然不知危險就在身邊，抓著幾根海草玩得不亦樂乎。很快小海獸就對海草失去了興趣，丟掉嘴中的海草，忽然瞥見大海獸不時甩動的尾巴，頓時起了興趣，興沖沖地跑過去。

就在小海獸向大海獸的尾巴跑去時，驟然一隻海狗猛地從植物背後躍了出來，森利的牙齒縫中擠出恐怖的咆哮。

小海獸像是嚇呆了般怔怔地望著凌空而降的海狗，竟是動也不動。千鈞一髮之際，大海獸粗大的尾巴驀地向著半空中的海狗橫掃而來。帶著破空的風聲，轉眼就來到了海狗身邊。同時，大海獸轉過頭來，張開大嘴憤怒的向著海狗吼叫。身在半空的海狗利用海風靈活地躲過了大海獸憤怒的一擊。大海獸張大了嘴巴，露出嘴中鋒利的交錯犬牙，氣勢洶洶的想將來犯者給趕走。

其餘幾隻海狗趁此機會都從隱藏的地方撲了出來，從不同的方向向著大海獸咬去。本以為只有一隻海狗的大海獸，驚怒連連地咆哮著。

本來若不是要保護自己的幼崽，這五隻兇惡的海狗頂多與牠勢均力敵，然而現在狡猾的海狗總是用攻擊小海獸的方法來克制牠，令牠無法分出精力對付侵犯者們。

一條粗長有力的尾巴，只能守在小海獸的身邊防止最先撲出的那隻虎視眈眈的海狗。

海狗精們的計謀非常奏效，不大會兒功夫，皮糙肉厚的大海獸已經是傷痕累累了。

我望著牠們殘忍地攻擊著大海獸，心中有一絲不忍。可是心中卻記著物競天擇的道理，這是大自然的規律，食物鏈的一環，對攻擊者和被攻擊者來說，都是一件極爲正常的事情。

大海獸發出嗚咽的咆哮聲，軟軟地倒了下來，臨死拚命一擊，只換來一隻海狗精重創，兩隻海狗精斃命。失了控制的精魄在月光下喪失了牠美麗的光華，逐漸黯淡下來，在海風中冉冉的從空中落下，卻恰巧被海風帶到了我面前。

原本散發著明亮的光華，現在卻只若螢火蟲般一明一暗的亮著，好像在爲大海獸的死而悲哀。我不忍再向下看，弱肉強食的定律下，海狗精們是不會放過那隻可憐的小海獸的。此時的小海獸彷彿並沒有感覺到大海獸的死，鑽到大海獸的尾巴下希望得到庇護。

海風中，活著的兩隻海狗一步步的向著小海獸走去，小海獸如同一隻剛出生的小狗瑟瑟發抖地嗚咽著。可惜大自然的殘酷已經註定了牠的命運，成爲海狗的點心。

小海獸死亡的慘相一遍遍的在我腦海中閃過，幻想著小海獸被兩隻大海狗撕咬得鮮血淋漓的圖像，我慨然一嘆，自己始終無法做到那種冷酷，我一把抓起面前的大海獸死前留下的精魄，就要穿出水面。

突然一隻海狗精上前拉開了大海獸的尾巴，小海獸顫抖著望著眼前的兩對貪婪、兇狠的雙眼，連嗚咽聲也不敢發出。

另一隻海狗在小海獸從大海獸的尾巴下露出來時，倏地一爪子拍了過去，卻出我意外的並不是一爪子將牠拍死，而是將小海獸連續打翻了幾個跟斗，落在靠近海水的岸邊。

看到海狗精們反常的舉動，我愣了一愣，很顯然，海狗精們並不打算要把小海獸給弄死，可是費了這麼大勁殺死大海獸又是爲了什麼呢？我決定繼續觀察下去。

小海獸滾了好幾個跟斗，才停了下來，滿臉泥灰地望著在牠眼中仿若死神的兩隻海狗精，在牠幼小的心裏，怎麼也不明白，爲什麼幾個兇神惡煞似的海狗精會突然出現殺死自己的媽媽。

可憐兮兮的小海獸膽戰心驚地望著海狗精。

一隻海狗精驀地對牠吼了一聲，小海獸吃驚的向後仰倒，卻被湧上來的海水給捲到水中。身在水中的小海獸漸漸在恐懼中回過神來，嗚咽著擺動著四肢，向水下鑽去。

我納悶地望著僅剩的兩隻海狗精，那隻重傷的海狗已經離死不遠，只有這兩隻海狗在剛才的戰鬥中憑藉著自己的狡猾和較深的道行而完好無損。我在心中奇道：「這幾隻海狗究竟葫蘆裏賣的什麼藥，費了這麼大勁，以死了三隻同類的代價才殺死了大海獸，可是爲什麼要放過小海獸呢，看剛才的情形，他們是蓄意將小海獸趕回水裏的。」

小海獸一落到水中，兩隻海狗精也倏地躍到水中，遠遠地尾隨在小海獸的身後。

我也趕緊潛入水中跟在兩隻海狗精的身後，我想知道，他們以損失了三個同類的代價究竟是圖的什麼。小海獸飛快的向下游去，彷彿要游到海島的最下面。游著游著忽然不見了。

我正疑惑的當兒，兩隻海狗精也消失了。我迅速地游到他們消失的地方，才發現在陰暗的地方，有個黑幽幽的洞口藏在水生植物的後面。

洞口很大，聯想到大海獸的體型，我立即猜到這裏定是大海獸的洞穴，沒想到這個大傢伙的洞穴竟然如此隱秘，難道海狗精們的一切行為都是為了找到這個入口不成嗎？

如果沒有小海獸在前面帶路，恐怕誰也別想找到這麼個隱秘的地方。

兩隻海狗精找到洞穴，小海獸沒了利用價值，恐怕凶多吉少了。

我想到這，趕忙游入黑深的通道內，我決定將小海獸從海狗精們惡臭的犬牙下救出來，一入到通道內，就感覺到通道是通向上方的。

一會兒，滿是海水的通道內漸漸有了些許微弱的光線，我在水中隱約聽到叮咚的水滴聲，看來已經快到洞口了。我倏地從洞口躍了出來，見到兩隻海狗精正把小海獸抓到手中，不由慶幸自己來得還算及時。

兩隻海狗精顯然沒有想到「螳螂捕蟬，黃雀在後」，突然見到一個人類出現在他們面前，愣了一下後，隨即射出憤恨的眼神，咆哮著道：「你們人類都是無恥的混蛋，我要吃了你！」

小海獸被海狗精扔了出去，又摔了幾個跟斗後，才委屈地爬起來，靠在牆壁上驚懼地望著我們。

我對妖精並沒有什麼偏見，也並不想爲了做一樁善事而去做兩件壞事。而且自從我見了至情至性的聖后，善良而心胸寬廣的聖王，道行高深的活了幾千年的「通臂猿」族長老，我對妖精族不但產生了濃厚的興趣，而且也十分尊敬妖精族。

因此面對兩隻海狗精的攻擊，我只是輕描淡寫的將他們擊退，而不是傷了他們性命。兩隻海狗精惡狠狠地望著我，不甘心的又向我撲過來。

我再次輕鬆將他們自以爲厲害的攻擊給擋下，我淡淡地望著他們道：「放了那隻小海獸，你們走吧。」

「你讓我放了牠！你們這種卑鄙、狡猾的人類什麼時候開始學會關心我們妖精了，既然你這麼關心牠，我就把這條東海唯一的靈犀給殺了，哈哈！」其中一隻海狗精聲色俱厲狂叫道。

叫囂著，他作勢就向小海獸撲過去。

「靈犀！」我失聲道，眼前這個貌不驚人的小海獸，竟然是傳說中已經絕跡的異獸靈犀，如果我早點知道的話，一定不會讓珍貴的靈犀被這幾條狂妄、討厭的海狗給弄死。

心頭不禁火起，意念一動，已經趕在他之前護在小海獸面前，當先一腳毫不留情的將海狗精給踹飛出去。重重的印在對面的石壁上。

另一隻海狗精見狀，色厲內荏的向我撲咬過來，也落得和他同伴一樣的下場。小海獸十分機靈，有些明白我是在幫牠，頓時好像找到了庇護，兩隻爪子抱著我的腿不肯鬆開。

我這一腳踢得不輕，兩隻海狗精半天才搖晃著爬起來，又是恐懼又是不甘地瞪著我。

我這時候才有時間打量附近的環境。這是一個很大的石洞，由於洞口位於海島的下方，被海水所淹沒，所以不知內情的人是很難發現這個地方的。然而如此隱蔽的地方仍被狡詐、兇狠的海狗精給找到。

我低頭望向小靈犀，頭頂部位有個微微的小角凸起，赫然是靈犀角。先前沒有注意到牠的頭頂，否則早就認出牠的靈犀身分了。

我雙目含威地掃了一眼兩隻海狗精，這五隻海狗精不辭辛苦從幾百公里以外的地方游到這裏，設下圈套，還死了三個同類，爲的恐怕也是這隻靈犀頭上的靈犀角吧。

聖王之前曾告訴過我，靈犀壽命長久不低於妖精一族，但是靈犀角卻只有在雄性才有，想來之前那隻大靈犀是隻雌性，而這個小傢伙才是具有靈犀角的雄性。只不過牠的腦袋上的靈犀角才那麼一丁點，能有什麼作用呢。

就在我疑惑的當兒，兩隻海狗精已經恢復過來，隻海狗精幾乎是咆哮著道：「你們人類都是卑鄙的傢伙，殺害了我們無數的同類，反正也是死，我今天就和你拚了，只可惜臨死前不能再見到我的貝莉一眼。你還我的貝莉。」

聽他說的話，好像對人類有滿腔的憤恨，而他說的那個貝莉可能是一個和他關係很重要的同類。

眨眼間兩隻充滿憤怒的海狗精已經衝到我面前，我又是一腳將兩人踢飛出去，心中思考到底是什麼樣的仇恨令他們冒著生命危險來這裏搶奪靈犀角。

在兩隻海狗精的注視下，一道奇異的紅光閃過，濃濃的妖氣從我身上散發出去，我厲聲道：「誰說我是人類，我是聖王的聖使。」

瞬間我召喚出體內的狼之力形成的小白狼與我合體，強大的靈氣無遠弗近地湧了出去。雙眸刺出兩道金光，神態肅穆地盯著兩隻海狗精。

兩妖嚇呆了般怔怔地望著我，其中一妖大著膽子問道：「你真的是聖族派出來的聖使？」

在我蓄意施爲下，靈氣不斷從我身上散發出去，充斥在石洞中的每個角落，睥睨間自有一股不可抗拒的威嚴，我訓斥道：「靈犀爲東海獨有異獸，而今近乎絕跡，你等海狗族與靈犀同爲我妖精一脈，竟然殘殺同類，所爲者就是這隻可憐的小傢伙頂上那微末的靈犀角嗎？」

近乎壓倒性的強大力量和濃烈的妖氣，使他們心中對我的身分確信不疑，兩妖「撲通」跪倒在地，磕頭如搗蒜，口涎眼淚四濺地道：「聖使大人你要爲我們做主啊，我們是被人類欺負的實在沒法子了。」

我眉頭一皺道：「這又關人類什麼事？」

海狗精哭泣道：「聖使大人您有所不知，最近東海邊出來一撮人，成群結隊，使用各種卑鄙手段專門捕捉我們族人，我們族人本來就不足兩百人，成年妖精只有一百多，現在已被抓走了四五十之多。聖使大人您道行高深，看在同爲妖精族的份上，一定要救我們啊。」

我望著兩個哭得淚水橫飛的海狗精，心中疑惑不已，什麼人會冒險抓這面目猙獰、兇悍的海狗精呢，如果只是想殺死這些海狗精的話，就不用費力抓走了，可是不殺死他們，卻活捉帶走又是爲何？

難道海狗精也如靈犀一樣，身上會有什麼罕見的寶貝？

想到靈犀，我臉色沉道：「人類捕捉你的同類，你們只管找人類報仇，爲何卻要殺死自己的同類，搶奪靈犀角對你們報仇有何益處！」

海狗精求饒道：「聖使大人，小妖的老婆昨天被人類捕捉走，小妖思念萬分，可是卻找不到那些人。小妖知道靈犀角的好處，就想利用靈犀角找到老婆，然後帶領族人將那些捕捉我們的人類全部殺死。」

我這才明白爲何這些海狗精冒著生死要來搶靈犀角，其中原因竟然頗爲曲折，這樣來說，我倒無法怪責他們，畢竟他們也是爲了生存。我嘆了口氣，道：「靈犀在東海近乎絕跡，你們是怎麼知道這裏會有靈犀存在？」

海狗精道：「靈犀與我們海狗族乃是近親關係，所以我們知道在這裏隱藏著幾隻靈犀，我們一直相安無事，只是我們也被人類逼得沒法子了，只能出此下策，我們不能眼看著自己的族人一天天減少！」

有近親關係，還殘忍殺害，我不禁心中有氣，道：「這隻小靈犀頂上的角不過剛長出來而已，指頭般小的角能有什麼用處。」

「聖使大人，我們並非是爲了牠頂上的角，而是想讓牠帶我們來到牠們居住的洞穴，因爲靈犀死前一般都會將自己的角留在洞中，我們只想到洞裏找一隻已經死去靈犀的角。」

我冷冷地道：「要不是我及時出現，這隻小靈犀已經遭了你們的毒手，念在你們是爲了生存，我今天就暫時放你們一條生路，滾吧。」

海狗精無奈地道：「那我們的仇……」

我淡淡地掃了他一眼，道：「你們海狗族的事，我記下了，一定會幫你查出這些可惡的人類，你們安心地回去吧，為了安全，以後你們的族人最好不要單獨出來。」

兩個海狗精齊聲道謝，又從原路鑽入到通道中，游了出去。

在這多事之秋，竟然還有人膽敢冒大不韙捕捉妖精，這很容易挑起東海海族內的妖精們與人類的戰爭。「龍宮寶藏」即將出世，人類與東海兩大陣群都是摩拳擦掌，虎視眈眈，在這種時候，一個小小的矛盾都將引發一場慘烈的人妖之戰。是有人蓄意挑撥，還是無意之舉呢？如果是無意之舉，抓了這麼多的海狗精又是因為什麼？

一連串的疑問在我心中徘徊，看來在「龍宮寶藏」出世前，還有很多事讓我煩啊。我無奈地嘆了口氣，這些人為什麼就不能安分守己一點呢，我只有盡力化解這件事在雙方陣營中帶來的影響。

環顧四周，一目了然，除了一些石頭，根本不曾見到一根靈犀角，想必這裏的洞穴就只有這母子兩隻靈犀居住吧。

我抱起腳邊的可憐的小靈犀，從通道內向外潛去。這個小傢伙死了母親只剩下自己，如果沒有人幫牠，在危機四伏的茫茫東海中，等待牠的只有死亡。可能是因為剛才我趕走兩個海狗精的緣故，小傢伙對我一點也不害怕，乖巧的任我抱著。

出了海面，剛要飛向「靈犀鎮」，突然一隊水兵出現在我四周，一個傲慢的聲音從中傳出：「想往哪走，靈犀角乃是我東海異寶，你打傷我的族人，就想捲寶潛逃嗎？」

我停了下來，轉頭望著將我圍起來的水兵，赫然是海人族的人，而剛才兩個被我放走的海狗精正被海人族的水兵們押著。

心念電轉，我已明白其中的大概原委。值此非常時期，身爲東海的主人海人族爲了確保自己的利益不被外人侵犯，一定會派出水兵在各個水域巡邏，而這兩個倒楣的海狗精出了靈犀的洞後一定被海人族碰到，於是供出事情原委，海人族就在這等我出現。

我冷喝道：「不知我是聖族聖使嗎？竟敢對我不敬。」

一個年輕的海人族的傢伙走了出來，上下瞟了我一眼，傲氣凌人地道：「你就是聖使？從來沒聽說過猴族會派狼族的人爲聖使。別以爲騙得過幾個笨蛋，就想在爺這蒙混過關。」

小靈犀彷彿也感受到了不和諧的氣氛，緊張地抓著我。我望著眼前的海人族，迫出自己的氣勢，淡淡道：「聖使由聖王指定，並不曾規定一定要聖族的人才能擔當聖使，何況這種大事還輪不到你海人族來管。就連你們族的大帥虞淵見到我也得恭恭敬敬的道一聲聖使。」

對面的年輕人驚訝於我的龐大氣勢，但仍就盛氣凌人地道：「他年齡這麼大，可能早就老眼昏花了，這不足爲奇。」

我納罕地望著他，他是什麼人，竟敢當著眾多人的面這麼說虞淵，虞淵可不是一般的小人物，不但是東海之主虞天的親弟弟，而且道行高深，統領東海的所有軍隊。我還真想不出在東海之中除了虞天還有誰敢用這種口氣說虞淵。

年輕人見我目不轉睛地望著他，嘴角忽然扯出得意的笑容，道：「不用猜了，東海之中誰不認識我霸王龍三，我就是東海的龍三太子。小子，你假扮誰不好，偏偏假扮聖使。靈犀是我東海聖獸，這幾個不知天高地厚的傢伙膽敢殺害靈犀固然該死，你誘拐靈犀，罪也不小。」

就在龍三太子話剛說完，兩個海狗精頓時人頭落地，兩對眼睛死了後都充滿著恐懼。海人族的士兵毫不憐惜的將兩具沒了生命的屍體給拋了出去。

龍三太子似笑非笑地望著我道：「下一個就輪到你了。」

以龍字開頭的名字在我記憶中封藏了很久，今天卻突然被他給勾起了我很久前的回憶，有情有義卻誤入歧途的龍家兄弟，急公好義對我諄諄教誨的龍老爺子，還有龍大，這個在我情感世界中曾經佔有一席之地的女人，這一切都令我唏噓往事如煙不堪回首。

我悠然地道：「我曾經認識很多姓龍的朋友，他們無一例外的都有極爲精深的修爲，可是卻沒有一個人敢如你這般對我說話，更沒有人像你敢在我面前這般囂張。」

「哈哈，」龍三大笑道，「你竟然比我龍三太子還狂妄，有趣，有趣。」

笑聲中，忽然打出攻擊的手勢，四周的海人族士兵迅速向我圍攏過來。

看著不斷逼近的水兵，我把目光投向得意的龍三太子，此子絕非是一般的狂妄之徒，妄自尊大之輩。只從笑裏藏刀的一面就可看出一二。

我揮掌成刀，凜冽的刀氣虛空擊出，波浪般推至方圓一丈之地，數息間已擴至海人族身前，站在前面的海人族頓時被我無形刀氣給擊得飛了出去，跌入海中。

我趁著對方陣腳一亂的刹那，縱身飛躍，逕自向愕然的龍三太子飛去。凌厲的氣勢所向披靡，卷起陣陣海浪，所過之處，道行稍低的海人族無法抗拒的被海浪卷了進來。

龐大的氣勢緊緊鎖住龍三太子，如翻飛的蛛絲欲要將他牢牢裹在裏面。

龍三頓時色變，身體如閃電般在海面滑翔著向後倒退，希望可藉此脫離我的控制。

無數的水浪箭花向我迎頭擊來，這些擊來的水花如箭矢般快速而強硬，我不禁暗贊此子確實道行精深，在快速逃逸的時候，仍能分出心神運力將腳下的海水擊出，轉化爲凌厲的攻擊。

他的修爲比起虞淵竟是差不了多少，如換作沒有突破瓶頸之前的我，恐怕尚不能如此輕鬆的與他對敵。

我和他的速度越來越快，海人族的水兵們被我們遠遠地拋在後面。

我驀地加速，同時雙掌灌出渦旋般的氣流，對他產生巨大的吸引力。下一刻，我的手已輕輕地搭在他的脖子上。

龍三太子臉色煞白，驚恐不定地望著我，不敢稍動。

我捏著他的脖頸，靜靜地望著他。他有些心驚膽戰地看著我，不知我下一步會不會捏斷他的脖子，他可能沒有想到我的修爲會比他想像中要高很多，很可能他已經在後悔不該如此魯莽。他很清楚，只要我輕輕地動動手指他的小命就會隨風而去。

我們倆都緘默地望著對方，我是不曉得自己要對他說什麼，而他則是不敢說，深怕觸怒了我。

遠處傳來微弱的水波划動的聲音，那是海人族水兵正向這邊掠來的破水聲。小靈犀感覺到突然而來的寂靜，好奇的從我懷中探出小腦袋，小眼睛「骨碌」的轉著，奇怪地看著龍三太子在這種陰涼的海水中仍流出一頭的汗來。

我想了半天，決定借他的嘴將找到來的消息傳給東海之主，畢竟這裏是他的地盤，一點風吹草動恐怕都不能瞞過他。既然遲早都會讓他知道，不如利用今晚的事，以收敲山震虎之效。

我正容道：「告訴你的主子，就說聖王派聖使來了。聖王對他的表現很不滿意，讓他在『龍宮寶藏』開啓之前嚴格規束他的族人，不得與人類發起戰爭。叛臣聖后近日已到東海，聖王命他全力捉拿此獠。」

「呃，呃，」龍三太子被我捏住脖子，無法出聲地發出艱難的嗓音。

我鬆開雙手，在他面前負手而立，悠然道：「這幾天也許我會去拜訪他，讓他準備好。」

雖然我鬆開了手，龍三太子仍被我的強大氣勢所懾，動也不敢動，不過眼神卻鎮定了許多，他很聰明知道我既然讓他為我帶話，自然不會再殺了他。所以一直懸在嗓子眼的心終於放了下去。

遠處破浪聲逐漸變得更為響亮，我轉過身就欲離開，龍三太子望著我的眼神中多了幾分憤怒。我忽然又回過身，望著他淡淡地道：「我不喜歡你用龍三這個名字，你比起這個名字的原主人差太多。改了吧！給你留個紀念，讓你好永遠記得我。」

我突然伸出手凌空微一揮動，龍三太子一頭金黃色的頭髮紛紛飄落到海水中，他驚駭地望著我，看到在眼前隨風飛舞的頭髮，眼神中因為受到羞辱而顯出悲憤。

我嘆了口氣道：「最好帶著你的人快滾，記著我的話，將他們帶給龍淵大帝。以後最好老實點，我沒有聖王那麼仁慈。」

龍三太子將所有氣都撒在追趕而至的海人族水兵身上，大吼道：「你們這些廢物，養著你們有什麼用，來得這麼慢，還不給我滾！」

眾水兵啞然地望著心情非常不好的龍三太子，小心翼翼地跟在他身後，潛入海水中，向遠處游去。

感受到他們確實遠去，我才駕馭著海風徐徐的向著「靈犀鎮」飛去。

我躺在床上，思考著抓海狗族的人究竟有什麼目的，卻百思不得其解。不過可以排除的是，這件事一定不會是藍家做的，也必定不是海人族做的事，非常時期，兩邊又都勢均力敵，誰也不會輕易出手做出對自己不利的事情。

假設東海藍家是爲了打擊海人族的勢力，海狗族根本不是海人族的主力，就從剛才那個龍三太子對付兩個海狗精的手段就可窺出一二，可以說海人族根本不把海狗族當一回事。

這樣來看，藍家也沒必要拿人口稀少的海狗精來祭旗。這樣做除了會激怒龍淵大帝，藍家沒有任何好處，因此藍家不會是這件事的背後人。

那麼海人族就更沒有必要這麼做了，這樣只會令東海各族惶恐不安，人人自危。

我長長地噓出一口氣，究竟這是誰做的，又是爲了什麼目的呢？我忽然想起以智者出名的二叔曾經教導過我：「當你被一些表面假像所迷惑時，只要找出誰才是最後的得利者，你就可以破開迷霧。」

我反覆地念叨著這幾句話，突然間靈光一閃，我想到了聖后！我猛地坐起身，雙眼在黑暗中如兩盞明燈，心情激動難抑。

很顯然聖后是個專情之人，所以才在聖王的父親不告而別時，由極愛變極恨，關押了聖王兄妹。

由聖王那得知，聖后並不熱衷於權利，在上一代聖王仍在時，她便有很多機會獲得聖王之位，然而她不但沒有這麼做，還幫助當時的聖王分憂解難，震懾妖精天、天、水三大族，實在功不可沒。

可是她爲什麼要在這緊要關頭突然放棄聖殿而來東海的原因，已經呼之欲出了。

原因只有一個，聖后並沒有對上代聖王忘情，奈何聖王破空尋找聖祖而去，聖后則因爲修爲不夠，只能眼睜睜地看著聖王離開，承受著每日的思念對她的割心裂肺之痛。

而今「龍宮寶藏」出世，她必是爲了聖祖的「定海神針」而來。

我記起自己曾在「鎖龍谷」的監牢中聽孫老提到過，聖后捉住他們，就是想從他們的口中打探出「定海神針」的下落。

想到這，我再不猶豫，海狗族的事一定是聖后搞的鬼。

聖后人單力孤，雖有同盟遮天大帝，奈何一個在天，一個在海，羽翼族是無法在東海中與海人族爭勝的。

於是她便利用與人類最爲相似的猴族假扮人類出沒在東海邊，專抓人丁稀少的海狗族，在人族與海人族之間挑撥離間，在兩者一觸即發的對峙中，這根小小的導火索足以使兩者大打出手。

而聖后則坐收漁翁之力。到那時，「龍宮寶藏」出世，而東海這個最大的地方勢力已經無法收手，更無力他顧，頓時爲她除了兩個大敵。在她心中，聖王在關押之中，又有遮天大帝襄助，還有誰能阻攔她取得「定海神針」！

雖然我不知道聖后用什麼方法使得遮天大帝全力幫助她，但是我知道再不出手釐清此事，等到人族與海人族打起來時，再亡羊補牢也爲時人晚了。好，明天就去「三交鎮」。

第二天一早我就早早起床，推開窗戶，海風撲面而來，鹹鹹的，濕濕的，帶著仍賴在床上的小靈犀，向著「三交鎮」而去。

果然半天的時間，我就來到了「三交鎮」，此時正是中午，街上行人攘攘，兩邊叫賣聲不斷，沒有一絲大戰來臨之勢，行走在路上，看著兩邊的買賣人，沒有人能認識我就是以前那個傻子。

走到以前李石頭兄妹賣魚的攤子，早已被別人占去。我失望的多望了一眼，繼續向前走去，信步邁進旁邊不遠處的鎮上唯一的酒樓。

在二樓一個靠窗的位子上坐下，舊地重溫，又讓我憶起往事，兩個美麗的精靈女祭祀給我留下的是深刻而痛苦的回憶，兩人捨身殉情的大義令我愧疚，自己欠她們太多了。

我勉強收拾心情，從窗外收回目光，剛一抬頭卻與對面的兩個極美麗的女孩子視線相碰，從兩人打扮看得出是一主一僕，其中一個女孩作男兒裝打扮，不過她眉梢中的春意卻將她的真實身分給暴露了。

兩人看見我，眼中都閃過無法掩飾的驚訝，好像以前見過我。

我向兩人微微一笑，拿起店裏的夥計給我送來的茶自斟自飲。心中卻在奇怪，自己好像曾在哪裏見過這兩女，腦海中依稀有兩女的模糊印象，再向兩人望去，剛好捕捉到兩人急忙從我身上收回視線的尷尬神情。

兩女不時故作漫不經心的向我這邊瞟過來，一遇到我的視線，又忙不迭地移開。

我心中狐疑，難道自己真的曾在什麼地方和她們兩人見過，於是站起身想走過去向兩女問個清楚。

我站起身來，兩女好像意識到我可能要走過去，頓時神色變得有些緊張。忽然我看見窗戶外有一隊人走過，其中一人的強大修爲引起了我的感應，一個額寬耳大的慈眉老者霸氣森然地坐在一個怪獸身上。

老者眉鬚皆白，臉色紅潤，雙手寬大，皮膚彷彿嬰兒般白嫩。雙眼毫不掩飾的神光閃爍，炯炯有神，給人極大的壓迫感。一身修為深似海，是我在這裏遇見最厲害的人類。

其下的怪獸，似虎似犬似龍，長著一顆兇悍的犬頭，獠牙外翻，通體蛇鱗，體格若虎，拖著一條長長的龍尾，說不出的強悍。

隨後跟著兩個高冠華服的人，可以感應出，這兩人亦是難得一見的高手，雙眼精光閃閃，裸露在外的肌肉賁起，年過半百。再往後是數百個修為有成的年輕人，井然有序跟在後面，神色平靜。

就在我要收回目光的時候，突然看到一個我最想見到的人也混在隊伍中，赫然是藍家的大公子藍泰。表面風光，可是誰又會想到他是一個為情所苦的可憐人呢？

我故意放射出兩道力量摻雜在眼神中向他望去。

藍泰立即感應到，向酒樓望來，忽然看到我，頓時露出愕然的表情，隨即向我發出真誠的笑容。

第八章　將計就計

我錯愕地看著他忽然驚慌的向我傳音道：「依天兄弟，我們老地方見，千萬不要被我們藍家的人看到你。」

一隊人馬陸續的從我眼前經過，我狐疑地望著藍泰的背影，看他的表情好像發生了什麼重要的事，而且是對我不利的事。

我看了坐在臨桌的兩女一眼，決定暫時不詢問她們。我走出樓來，思考著藍泰說的老地方會不會是當初我們相遇，他在等待虞美兒的那個小島，除了這個小島，我無法想出第二個老地方。

出了「三交鎮」，我向著海邊飛去，來到那個渺小如一塊巨石的小島，我坐在大石上，欣賞著巨浪搏擊大石的景象，安心等待藍泰。

當夕陽從海面冉冉落下時，藍泰終於來了。藍泰滿面愧色地道：「讓依天兄久等，家中最近住進了上千人，忙得焦頭爛額……」

我微微笑道：「我知道。」

「你知道？」藍泰意外地道。

我搖搖頭呵呵笑道：「『龍宮寶藏』出世的事還有幾人不知道。」

藍泰驚訝地看著我，半晌後嘆了口氣，憂心地道：「這是一場惡戰！」

我沒有說藍老爺子過壽，而是直接說「龍宮寶藏」，直接點明藍家現在住的這些人並非是爲了祝壽而來，而多是爲了在即將出世的「龍宮寶藏」中分一杯羹，僅此而已。

兩方都在不斷地聚集、擴張自己的實力，然而兩方的力量越大，戰爭的慘烈程度也隨之不斷升級。而藍泰無可奈何的嘆氣也正是爲此而來，不論勝負、輸贏，他和虞美兒的事卻越行越難。

藍泰望著遠處的海面，半晌後才幽幽的自語道：「和平相處不好嗎？」隨即轉過頭來向我道：「依天兄弟消息靈通得很，我勸兄弟勿要蹚這渾水，即便你的修爲再強，也雙拳難敵四手，其中的險惡是無法想像的。以你的修爲，世上已難有敵手，何需『龍宮寶藏』呢？」

感受著藍泰對我的關心，我悠然道：「在我眼中，比起令人心醉、幸福和滿足的愛情，『龍宮寶藏』一文不值，美滿的家，可以相約走到人生盡頭的愛人，才是我要追求的。」

藍泰心有戚戚焉地點了點頭，我接著道：「可是，我身不由己，無法享受著那份令人羨慕的感情，我必須蹚這渾水。」

藍泰嘆了口氣道：「我一直相信你是和我一樣的重情重義的人！世上事十之八九不如意，既然連你也解決不了的事，我更無能爲力。但是你千萬不要小看了我藍家，至今已經有一百多個大小門派的重要人物住在我藍家，把所有的勢力加在一起共有上萬人。另外……」藍泰欲言又止。

我道：「有話直說不妨。」

藍泰道：「依天兄可能不知道，傳說中的妖精族是確實存在的。」

我點點頭道：「我知道。」

藍泰怔了一下，續道：「東海的海人族就是妖精族的後裔，東海之內全是海人族的天下，蝦兵蟹將，魚妖蚌精何止萬數，如果以我們藍家爲首的人族與海人族爲了『龍宮寶藏』而發生戰爭，必然血染東海，死傷無數，依天兄孤身一人，小弟很擔心你啊！」

這也正是我擔心的，沉默了片刻，我道：「你和虞美兒打算怎麼辦？」

「我不知道！」藍泰顯得很沮喪，「雖然父親從來沒有表示過不同意的意思，但也沒明確表示同意，何況大勢所趨，父親有時候也身不由己，很多人都以爲『妖精族非我族類，其心必異』，不過藉口罷了。虞美兒的父兄早就表示堅決不同意我和她來往，你也見到了，上次要不是兄弟你在，恐怕我都命喪東海了。實在不容樂觀啊。」

我嘆了口氣，不知道怎麼勸他，事實上情況確實很惡劣。

「私奔吧！」我試圖給他一些希望。

藍泰苦笑道：「私奔？我是藍家的繼承人，我要是私奔了，父親還有臉統率群雄嗎，何況天大地大，我又能跑到哪去。美兒能不能脫離父兄的控制都不一定，而且我能不能活過這次大戰還很難說，我現在給自己找很多事來做，不讓自己有時間來想這個問題，每次想到她，我都會湧起很多瘋狂的念頭。」

「唉，車到山前必有路，會找到辦法的。」我勉強地勸他。這句話我自己都不相信，可是我總得說點什麼來安慰他。

他輕輕地哼了聲，搖搖頭，沒有表示什麼。忽然強打精神道：「你是不是因爲什麼事，打傷了我藍家的大總管藍蟒和他的兒子藍蛇？」

我道他要說什麼呢，原來是這個事，於是我就把自己剛落在這個時空後，所和他們藍家發生的事跟他說了個明白。

藍泰聽完冷哼了聲道：「我就知道一定別有隱情，這兩父子仗著受父親寵愛，總喜歡欺壓他人，今次他找錯了人，和兄弟發生矛盾，踢到鐵板算他倒楣。不過這對卑鄙父子在父親那哭訴後，父親已經將你列爲我藍家的敵人。」

頓了頓他又道：「本來這也沒什麼，可是現在一百多個門派已經爲了利益而擰成了一股繩，我藍家的敵人……」

我淡淡地道：「藍家的敵人也就是那一百多個門派的敵人。」

藍泰苦惱地道：「本來這也沒什麼，只要我向家父說清原委，自然會給依天兄一個清白，厲懲那對父子，可是現在牽扯到天下一百多個勢力最大的門派，不是說解除就能解除的啊。」

我忽然記起李石頭兄妹，肅容向藍泰道：「這點事藍兄還不必擔心，想要抓著我又豈是那麼簡單的。不過要請藍兄幫我一件事。」

藍泰道：「有什麼事，只要我能幫得上，一定不推辭。」

我道：「我之前得了一種怪病，多虧一對兄妹的照顧，我才能康復。我已經答應了他們兄妹收他們爲徒。不過藍蛇看上了妹妹的美色，曾經以藍家的名義想把妹妹搶走，被我教訓了一頓。我因俗務纏身，沒有照顧好這對兄妹，現在他們忽然消失了，我懷疑是被藍蛇給搶走了，我誠心地求藍兄幫我查查。」

藍泰正容道：「這件事依天兄只管放心。這不但是你的事，而且也是藍家的事，他們父子的作爲極大地損壞了我們藍家的形象，我一定要查明此事。」

我道：「如果我有其他法子，一定不在這個時候給你添麻煩，我先代他們兄妹謝謝你。」

不知不覺中，天色已黑，冷風襲體。藍泰站起身道：「家中還有很多瑣事等我料理，得回去了。依天兄弟多保重，如遇到藍家的子弟，還請手下留情。」

「好說！」我答禮目送他消失在夜幕中。望著明亮的天空星羅棋佈，一天又過去了，離「龍宮寶藏」出世的日子又近了一天，事情好像一點進展也沒有，聖王交代的事恐怕很難完成了。

各大實力好像都憑空消失了一樣，令我不知從哪下手。所有人族的勢力都齊聚在藍家，卻沒有任何動靜，海人族身爲地主，卻也不見有什麼動作，聖后更是不知所蹤。

雖然我讓那個龍三太子給海人族的龍淵大帝帶話，讓他們尋找聖后，可是他們又怎麼會聽我的呢？那個龍三太子到底是什麼人，口氣狂傲，道行又高，海人族確實不可小覷，看來我有必要去海人族一趟，打探一下他們的虛實。

海人族是東海的霸主，雖然我不認識海人族的確切位置，只要隨便抓一個海中的妖精，應該都可以告訴我海人族的位置。

我縱身躍起，在海面飛行，感受著迎面的海風，我張開雙臂，貼著海面不斷地掠飛著。突然我發現很遠的地方有幾個模糊的黑影在迅速地跑動，我心中一動，向著他們飛了過去。

爲了防止被他們發現，我立刻召喚出變色龍寵將自己隱身在黑暗中。

我不發出一點聲音跟在他們後面，總共有三個黑衣人，蒙著頭臉，一個人在前面引路，另有兩個人抬著一個袋子。

袋子很大，足以裝下一個人。裏面好像裝著什麼東西，不過卻一動不動，分辨不出是不是活物。三人跑了一段路，已經離開了東海的海岸線，速度漸漸慢了一些，看起來輕鬆地走著。

又跑了一段時間，三人逐漸跑進了山中，最後在一個山谷中停了下來，四下左右打探了一下，三人沒看到有什麼人，才放心的繼續向著谷中深處奔去。

在我的眼中，夜晚與白晝並無何分別，很快三人向著一個偌大的洞口裏掠去。我隨後也跟著來到了洞口前，剛要進去的當兒，突然耳邊傳來急速的風響，我心中大訝，沒注意到洞口邊竟然有人埋伏。

正欲側身閃開對方的偷襲，忽然心中興起一個大膽的念頭，假作反應遲鈍，在要轉開身的時候，後腦勺上重重地挨了一下重的。

我心中暗罵，這哪個混蛋偷襲，下這麼重的手，換作一般的人非得被敲死不可。

我裝作被敲暈的樣子，「咕咚」一聲摔倒在洞口邊。

我倒在地上後，偷襲者並沒有如我想像中那樣出來將我抓著，反倒是剛進去的三人中有一人走出來查看。

他的修爲好像並不高，剛開始並沒有看到我倒在地上，直到踩到我身上才發覺地面躺著個人，這時候另一個人走了出來，邊走邊道：「怎麼回事，又有人跟蹤咱們？」

在我身邊那人道：「真他媽的邪門了，這兩天老有人跟著我們，要不是教主在這裏作了陷阱，我們都不知道被人抓了幾次！」

那人好像沒有心情聽他繼續說下去，不耐煩地道：「等一會上面就有人來提這個狗頭了，你動作快點，死了就趕快把他給埋了。」

我一聽要把我給埋了，那可不行，趕忙喘了幾口粗氣，果然我身邊的人注意到我的呼吸，驚訝道：「咦，這個人還活著，以前的偷襲者都被打得腦漿迸裂，這個傢伙腦瓜真夠硬的，怎麼辦？」

聽他這口氣，好像以前的人都是直接被偷襲者給打死了，我奇怪這個偷襲者究竟是誰，爲什麼一直都不出現。

他另一個同伴也奇怪地道：「這傢伙命真大，竟然沒被打死，那就活埋吧。」

「好，就聽你的，活埋了！」我身邊之人立刻應道。

我一聽，頓時暗嘆倒楣，這倒好，沒死還落個活埋，自己雖然不怕被活埋，卻不喜歡和死屍被埋在一起，誰知道前幾天被打死的那些人是不是已經腐爛了，要是半腐爛不腐爛的，那可夠我嗆的。

就在我要突然出手制住兩人時，忽然一個妖豔的女聲從洞中傳出來：「你們倆究竟幹什麼呢，死人啊，還不趕快進來幫忙，這隻海狗真是沉死了，等會上面來提牠，要是我們還沒弄好，又要挨罵。」

這兩人一聽那女的說話，忙道：「今晚又來個跟蹤的，命大竟然只被打暈過去，我馬上把他給埋了。」一邊提著我的腿向外拖邊嘟囔道：「頭真硬，竟然一點事都沒有，皮都沒破，奇怪。」

「皮都沒破？怪事啊，停下來，讓我看看。」兩人的那個女伴，聽到那人的嘟囔聲，突然對我起了興趣，邊讓兩人停下來，邊走了出來。

我感受到火把的亮光從洞中逐漸移了出來，一股香氣撲面而來，火把的光芒照在我的臉上，一隻手向著我的頭摸來，摸了幾下，女人奇怪的道：「真的沒破！喲，還挺俊俏的呢，多漂亮的一張臉，瞧瞧這皮膚，比我的還嫩呢，簡直能掐出水來。」

隨著說話聲，女人的手在我的臉上摸來蹭去。「就這麼活埋了太可惜了，看他的樣子，估計應該有點修為，留著讓奴家享用吧。」女人得意地笑出聲來。

「咳、咳！」她的兩個同伴見她要把我留下，重重咳了兩聲。

女人瞟了兩人一眼，沒好氣地道：「咳什麼咳，再咳老娘也要把他給留下來。你們也不撒泡尿照照自己，老娘願意伺候你們兩個，已經是天大的恩賜了，在教中這麼長時間，還沒有我這個新來的修煉的快，一把年紀都修到狗身上了。」

女人一頓尖酸刻薄的羞辱，令兩個男的頓時羞憤的恨不得立即找個地縫鑽進去。女人見兩人不再吭聲，滿意的冷冷哼了一聲。

女人趾高氣昂地吩咐道：「還不把他給我抬進去，今晚你們自己睡吧，我要和這個男人睡。」

兩人正要動手抬我時，忽然一道規律的嘯聲從遠處傳來。三人面面相覷，沒想到上面的人來得這麼早，女人慌忙道：「愣著幹什麼，還不去把裏面的海狗精給抬出來。」兩人立即進去洞中，而女人則努力將我拖到洞邊黑暗的地方。

自己的猜測果然沒有錯，這群人確實是暗中捕捉海狗精的罪魁禍首。

女人將我抬到黑暗中後，從懷中掏出一個古怪的玩意，含在嘴中努力地吹著，顯然是在回應剛才的嘯聲。

我不出一聲，靜觀事情發展，這事情有點出乎我的意料，這三人的修為並不高，竟能活捉頗為兇悍的海狗精，而且看情形好像背後還隱藏著一隻不為人知的黑手。並不只是單純挑撥人族與海人族這麼簡單。

我決定繼續裝死，看看來人要將海狗精給弄到哪裏去。

當兩人將海狗精給抬出來的時候，神秘人也終於出現在我們面前。

三個人對來人特別恭敬，神秘人打開袋子瞥了一眼，伸手探了一下呼吸，才滿意的將袋子重新給繫上。來人頓了一下，問道：「今天有沒有人跟蹤你們？」

女人搶著回答道：「沒有，沒有，今天東海很平靜，多虧大人的迷昏香非常好用，這個海狗精連一點反抗都沒有，就被我們給捉住了。」

我這才恍然，原來他們用一種迷昏香的東西來捕捉兇悍的海狗精。

眼看著自己可能要成爲那個女人的性奴，我馬上故伎重施，粗重的呼吸立刻引起了神秘人的注意，那人奇怪的向我所在的陰影中望去，那個一心想把我當小白臉的女人看到對方居然察覺到我的存在，臉色頓時有些不自然，裝作漫不經心的樣子移到我前面將我給擋住。

神秘人馬上起了疑心，走過來，將她撥開，頓時發現我躺在那裏。

沒等他發話，那個女人馬上道：「這個人是跟蹤我們的，已經被打死了，我們正要把他給掩埋掉，你們說是不是？」

在女人的示意下，她的兩個同伴立即齊聲附和。

神秘人瞥了她一眼，冷冷地道：「有呼吸的怎麼會是死人？」

女人頓時語噎，臉色尷尬，神秘人道：「能受一擊而不死，看來有些修爲，你是不是想私吞了他的修爲，教裏的規矩……」

女人臉上立即蒼白無一絲血色，囁嚅道：「不敢，我只想先查清楚他的來歷，再上報教裏，絕沒有一絲私吞的心。」

神秘人橫了她一眼道：「念你是初犯，饒你一次，但也只此一次。」

女人立即感激道：「多謝大人大量，以後一定更努力地報答神教。」

神秘人冷冷地道：「把他裝到袋子裏，我要將他一塊兒帶回教裏。」三人七手八腳的將我裝到另一個袋子裏。

神秘人一手一個帶著我和海狗精快速奔馳而去。我被裝在袋子中，將袋子捅破了一個孔，觀察著外面的變化。樹木從眼前快速掠過，此人的修爲要比那三個人高了很多。

幾人言語中都有說到神教，他們口中的神教會是個什麼教？

很明顯這幾個人都是人類，難道聖后已經與一些人類勾結了？所以才出此陰險的嫁禍之計，我心中不斷忖度著，等到即將天亮的時候，神秘人終於放慢了速度，透過那個袋上的小洞，我發現自己竟然被帶到了「靈犀鎭」，此時天剛放亮，街上沒有幾個人。

神秘人穿牆越戶，在一個由幾間房屋圍起來的院子中停了下來，左右看了一眼，隨即推開其中一間，屋中竟另有暗門通向其他的門戶，又連續穿行了幾道門，神秘人在一間空蕩蕩的屋子中停了下來。

「少主，今天的獵物已經帶來了。」神秘人向著空曠的牆壁恭敬道。

忽然另一個聲音響起：「今天怎麼多了一隻？」

「一個跟蹤者，被打暈了，倖存下來，屬下估計他的修為不低，特帶來給教主享用。」神秘人低著頭道。

「知道了，你退下吧。」聲音平淡地道。

神秘者沒說什麼，向後退了兩步，轉身離開，腳步聲逐漸遠去。我好生奇怪，這裏的人都是神神秘秘的，這究竟是個什麼組織，竟然這麼嚴密，而且紀律森嚴。

背後人設計這場陰謀的定是聰明絕頂又十分小心的人。

先是派出三個人在「三交鎮」附近的海邊狩獵海狗精，然後帶出「三交鎮」到一個山谷中，然後再派人深夜去取，最後輾轉來到這平靜的「靈犀鎮」，再換由另外一批人來領這獵物。

半晌後，有兩個人忽然出現在屋中，解袋子的聲音傳過來。一個女聲道：「這隻海狗精夠壯的，恐怕得有兩三百年的修為，便宜了那個老狗了，這隻海狗精又能幫他增長五十年的功力。」

「唉，他吸了有七八隻海狗精的修爲，再加上這隻怕增加了最少二百年的功力，他的功力已經是教派中最高的了。」另一個女聲道。

片刻後最開始的女聲忽然道：「少主，不如咱們把這隻海狗精給留下。」

另一個女聲道：「怎麼，你要把他給放了?要讓那個老傢伙知道，我們就慘了。」

「誰說要放了他，這些妖精也不是好東西，殺了我們那麼多人，我才不要放他們。少主，我想咱們把他給留下，然後由少主把他的修爲給吸了，不能白便宜了那老狗。」

另一個女生道：「你瘋了，他吸乾一個海狗精需要三天的時間，今天剛好行功完畢，所以才要我們再送一隻去，也許平常情況下，咱們私吞倒是無妨，可是今天是萬萬不行的。何況吸這些海狗精，想想就噁心。」

「少主，你說他真能帶領我們搶到『龍宮寶藏』，聽說『龍宮寶藏』裏有好多美麗的寶石呢……」

我在袋裏聽到兩人的對話，心中頗爲震撼，世上竟有這種吸納別人修爲的邪惡功法。

第九章　鏖戰陰陽法王

兩女又走到我身邊，我趕緊閉上眼睛，裝成被打暈還未醒來的樣子。

「啊，怎麼會是他，少主，是他！」其中一個女人的視線落在我臉上突然叫了起來。

「殘月你小點聲！唉，怎麼會是他，沒事跟蹤誰不好，偏偏跟蹤陰陽教，不是找死嗎？這可怎麼辦？」另一個女人緊張地道。

那個被叫作殘月的女人道：「少主，咱們要把他給交上去嗎，要是把他交上去，他就死定了，可要不交，咱們就……」

「是啊，是啊，要是把他交上去，他肯定被吸成人乾不可，這冤家……這可怎麼辦啊？」少主的聲音聽起來可以感受到她有些焦慮的意味。

我心中大訝，這兩個女人的口氣好像非常關心我，難道她們認識我？可是從這兩人的聲音聽來，我並無任何印象。

殘月道：「不知道那個老傢伙在山谷那邊設的什麼機關，每個跟蹤的人都被打得腦漿迸裂，他卻一點事都沒有，只是被打暈，命真夠大的。」

少主道：「你忘了，他可以和藍家的那個可惡的大總管打成平手，當然不會這麼簡單就被偷襲打死。」

我心中更為奇怪，這兩人竟能知道我和藍蟒打成平手，我只曾和他打過一次，那時候我身受「冰塔之光」的傷害，在和藍蟒的戰鬥中突然發作，自己在海中漂流，幸好後來被人所救。

我心中驚道：「難道那救我之人就是這兩人？」越想越對，那時候自己受「冰塔之光」之害被凍成冰雕，雖然沒看到兩人，卻聽見兩人的聲音，確實和這兩人有幾分相似，再回憶當時的情況，那時，救我之人好像也提到個什麼教，什麼陰陽雙修之類的話。

而看到我和藍蟒戰鬥的除了藍蟒的手下，就只有那救我之人了。

我偷偷睜開雙眼，剛好看到兩女的側面，兩人正皺著眉頭，好像正在思考救我的方法。當兩人轉過頭來時，我頓時愣住，這不是我在「三交鎮」那間酒館看到的那兩女嗎！

兩女見我睜大了眼睛望著她們，一女道：「你醒來了，殘月快把袋子解開，將公子放出來。」

另一女應了聲，迅速將我身上的袋子鬆開。我站起身來，活動了一下筋骨，望著兩女直言不諱道：「你倆是不是在東海中從藍蟒手中救我的人？」

殘月奇怪的與她對視了一眼，高興地道：「少主，他竟然還認識我們。」隨即轉過頭來歪著頭向我道：「你那時候不是全身都被凍在冰塊中嗎，怎麼會認得我們，真是奇怪。」

我向她淡淡一笑道：「我雖然被凍住了，可是我還能聽到聲音，你們剛才的談話我也聽到了，你們爲什麼要幹這種傷天害理的事？」

少主望著我幽怨地道：「我們也是身不由己，既然你醒了，趕快逃命吧，現在的陰陽派再不是以前的陰陽派了！」說著話，她走到門前，將門打開，示意我趕緊走。

我笑著搖了搖頭，淡淡道：「你真以爲我是被你們抓來的，我只是爲了查明海狗精不斷被人獵捕的事情，才故意裝作被他們抓住，否則我怎麼能找到你們的老巢，抓到背後的黑手。以那三個人的三腳貓功夫，我即便縛上雙手雙腳，他們也拿我沒轍。」

兩人瞪大了眼睛驚奇地望著我，隨即那個少主嘆了口氣道：「我們知道你很厲害，不過現在掌控陰陽派的那個人要比藍蟒厲害好幾倍，就算你再厲害，又怎麼能強過一個有兩百多年功力的人。」

我剛要說話，忽然一聲厲吼從袋子中傳來，那個海狗精的藥效已經過了，此刻醒來見到自己被牢牢捆在一個袋子中，立即憤怒地吼叫出聲。我隨即伸手一揮，一股勁氣帶著袋子倏地移動起來，海狗精的頭與牆壁發生猛烈碰撞，頓時又暈了過去。

兩女驚奇地看著我，殘月驚訝地道：「你好厲害啊，這麼一揮，都能把他打暈，真帶勁。」她學著我的樣子，手不斷地比劃著。

少主望著我道：「再厲害又能怎麼樣！」

我淡淡一笑道：「不過是盜取別人的功力罷了，即便再多兩百年，我也不放在眼裏。」說實話他這兩百年的功力我還真沒看上眼，我以前的對手哪個不擁有幾百年的功力。

何況他的功力還是盜取別人的，根本無法和那些憑自己本事一點點修煉出幾百年修爲的高手相比。功力雖然是修道者克敵制勝的一大要素，但是必須要有等同的精神修爲來駕馭，否則根本無法靈活運用，能發揮出一半的力量已經不錯了。

人類的身軀彷彿是一個能量容器，只有通過不斷的修煉，這個能量容器才會越來越大，容納更多的能量。而通過搶奪的手段將過量的能量強行塞進能量容器中，一旦超過一定的限度，那個能量容器的唯一下場就是暴體而亡。

少主以爲我只是誇口，勸我道：「我們知道你很厲害，可是一山還比一山高，你沒有見到他的厲害，所以才敢誇口。」

我悠然道：「我就是最高山，如果我願意，我可以在瞬息間將這個小鎮給夷爲平地。」

少主見再三勸我，我還這麼狂妄，有些氣恨地道：「好好，你最厲害，你不願意走，我倆陪你一塊死！」

我望著兩女生氣的表情，心中納悶，女孩子的心真是難琢磨，說生氣就生氣，一點預兆都沒有，我說的是真話，兩人怎麼就是不相信呢。

如果我凝聚全身功力，以「煙霞」為武器，確實可以在短暫時間內將這個不大的小鎮子給置為廢墟。可惜兩女並不相信我的能力，沉默片刻我轉移話題道：「為什麼你要替他們做這麼殘忍的事？」

少主嘆了口氣，幽幽道：「以前不是這樣的，我們陰陽派注重雙修，派中的兄弟姐妹們大多是一男一女結為夫妻，當然這都是自願的，每個人都可以自由選擇合修的對象，大家都恩恩愛愛的，可是現在卻變成了這樣了。」

說著話，她向我淒然一笑，「那個老傢伙恩將仇報，勾結外人，把教主給抓住囚禁在一個只有他知道的地方。派裏很多兄弟姐妹都不服他，可是他有教主在手，修為又高，殺了一些反對他的人，控制了陰陽派大權，大家都很懼怕他，敢怒不敢言。接著又派人專門去捕捉海狗精，本來我們以為這些妖精也經常殺害我們人類，我們殺幾個海狗精也只是為我們人類出口氣罷了，沒想到他不知從哪弄來的功法，竟然殘忍的一點點的從海狗精身上吸取他們辛苦修煉的力量。」

我道：「他這麼殘忍的行爲，你們派裏的人就沒有人反對嗎？」

「當然有人反對！」少主無奈地道，「可是當他把這些邪惡的功法傳給那些反對的人，尤其是在派中修爲最高的那幾個人，然後又供應給他們海狗精，他們就再也不反對了。」

我心中感嘆，無論在哪個時空，爲什麼每個種族都逃脫不了這種自私的性格呢！我道：「你也得到了這種功法？」

我點了點頭，心中頗爲讚賞她的行爲。

「是啊，我是教主的親傳弟子，又是指定的繼承人，他爲了拉攏我，當然也把這種功法傳給了我，不過我並沒有使用一次這種殘忍功法。」

「我從小是孤兒，教主把我養大的，待我如親生女兒。爲了能夠把他老人家救出來，我不得不虛與委蛇。可是眼看著那個老怪物不斷吸取海狗精的力量越來越強大，我的希望也越來越渺茫。」

我皺眉道：「那個喪盡天良的混蛋是誰？」

她道：「他自稱是陰陽法王，因爲他是陰陽通體，如果不是教主收留他，他早就被人當作妖怪打死了，沒想到他竟然恩將仇報，把自己的恩人給囚禁起來。」

殘月在一邊恨恨地道：「這個老傢伙早就該死了。」

少主悽楚地道：「他現在功力通神，又有幾個人是他的對手！」

我心中暗道，不過區區兩百年功力而已，就我知道的最少還有兩個人能輕易把他像一隻微不足道的蟲子給捏死。「通臂猿」族的那兩個長老每個都活了三千多年，只擁有兩百年功力的陰陽法王對他們來說，只如同是剛出生的嬰兒般不堪一擊。

我旋即想到另一個問題，他究竟是勾結什麼人能夠把陰陽派的教主給抓起來，幫助他平定教派中反對他的勢力，並且給了他這麼邪惡的功法。我把疑問說給兩女聽。

少主想了想道：「這個人很神秘，我也不太清楚，我們都從來沒見過他。只聽陰陽老怪說過，幫助他的人是他在妖精界中的盟友，修爲高強無敵，在妖精界中是數一數二的厲害人物。」

「果然！」我心中暗道，她的話終於證實了我的想法，確實有妖精界的人在背後操縱整件事，莫非背後黑手真的是聖后！

爲情所困的女人，也許她真的會爲了「龍宮寶藏」而做出這等人神共憤的事。

我道：「難道你不想除去這個傢伙，救出令恩師嗎？」

少主面有愧色道：「我當然想救，連睡覺、做夢時亦想把恩師救出來，痛懲那個不知報恩的賊子，可是看著他一大比一天的強大，我的信心越來越小，我簡直不敢再想，有時候我都想永遠糊裏糊塗的這樣苟活下去，嗚嗚……」

她說著說著便低聲啜泣出來，那種十分強烈的搭救恩師的念頭，和感到敵人的強大自己無能爲力的無力感，令她哭泣出來。

殘月眼睛也滲出淚來，扶著她，兩人擁抱成一團。

我往前一步，伸出手來道：「讓我來幫助你們吧！正如你們所看到的，那個禁錮恩人篡奪教主大位的混蛋一天天的強大著。以你們現在的修爲也對他無可奈何，他在比你快幾十倍或者一百倍的速度持續強大著。如果你們不抓住機會，除非有奇跡出現，否則你們將永遠報不了仇，永遠活在他的陰影下。你們的恩師在失去了利用價值後，我想等著他的只有一條死路。」

兩女悽楚的雙眸中閃動著一絲恐懼，陡然少主的眼眸中的恐懼一抹而去，代之的是無與倫比的堅定。我微微一愕，淡淡一笑，望著她的眼神中充滿了鼓勵的讚賞。

「好！我答應你，今天一定要把這個惡賊給殺了！」少主閃動著凌厲的眼神，眼中充滿了堅定。

殘月有些吃驚地抓著她的衣袖道：「少主，你瘋了嗎，那個惡賊有兩百多年的功力，我們根本打不過他的，你現在去只是送死啊！」

「哼！」少主顯然已下定了決心，並不理殘月的勸告，「大不了一死！如果讓我活著看著恩師死在那個狗賊手中，我寧願捨棄此身與他一拚，即算是死了，也死得其所。以前我都是因爲懼怕狗賊的實力才放棄了很多大好的機會，今天幸得恩人的提點，我終於想明白了！殘月你可以不去，我不強求你，萬一我們失敗也好有個人爲我們收屍。」

「少主！」殘月乞憐地哀求著她，希望她可以改變主意。

少主嘆了口氣，望著殘月，道：「我從未將你當過下人，一向把你當作自己的好姐妹，狗賊功夫高強，我這一去凶多吉少，我這一去，恐怕……萬一我真死了，你趕快逃吧！」

我搖了搖頭，兩女非要把氣氛搞得這麼悲壯，情況有那麼惡劣嗎，別說區區兩百多年的功力，就是再給他兩百年功力，我也有信心將其剷除。何況我有超級神器在手，放眼天下，誰又能將我怎樣！

只是這些話不便對兩女說，即便是說了，以兩人的知識也不會相信我，只把我當作一個只會吹噓說大話的傢伙。

殘月忽然往前兩步道：「既然少主已經決定了，殘月也不要獨自苟活，要死一塊死。」

她看著殘月堅決的眼神，點了點頭，兩人領頭走在前面，打開密室就要走進去。我暗暗嘆了口氣，到底是未經過大風浪的年輕人，做事情全憑衝勁，就這麼衝過去找那傢伙不是送死又有何區別。

我連忙叫住兩人道：「我們就這樣去嗎？你們不打算把那傢伙所隱藏的地方跟我說說，他一般有多少人在護衛，四周有沒有什麼機關，有沒有可以逃走的密道等等，我們要怎麼過去，難道大搖大擺地走進去？有沒有人盤查，我要怎麼進去。」

我一口氣說出一大串問題，少主有些羞赧地道：「我實在太急了，所以就……」接著她把周圍的情況跟我詳細說了一遍。

在兩女心裏，恐怕今天去找那傢伙與送死沒有什麼區別。

我當仁不讓制定了一個簡單的計畫。那傢伙所在的地方十分隱蔽，而且每天固定有二十四個人不分晝夜地保護他，這些人都是教裏的好手，警覺心亦很高，要是強闖進去，恐怕打草驚蛇，讓他給跑了。

要想在四十八對眼睛下悄無聲息地溜進去是不大可能的，剩下唯一的可行方法，就只有讓少主以給教主送獵物的名義將裝暈的我和海狗精送進去。

那個傢伙也非常怕死，每次只允許一個人進去，進去之前還會被搜身，拿出身上的利器。這樣的話，殘月就只能留在外邊了。

少主因放心不下殘月，馬上反對。我召喚出「似鳳」，向兩人道：「殘月雖然留在外面很危險，但是只要有牠保護殘月，別說二十四人，就是再多一倍也傷不了你半根毫毛。」

她懷疑地望著停在我肩膀上，渾不在意地梳理著自己羽毛的好看小鳥，揚了揚眉毛道：「就這麼大的小鳥能做什麼？」

殘月也十分懷疑地看著「似鳳」，一點也不相信這麼丁點大小的傢伙會有本事在二十四個如狼似虎的高手中能保護她，

我彈了下「似鳳」，暗蘊真氣的一擊將牠給彈到半空中，連翻了幾個筋斗，憤怒的「似鳳」，呷呷叫著，猛烈的氣勢瞬間而起，燃燒著的火焰在牠身邊燃燒起來，體型越來越大，轉眼的功夫，一隻聲勢駭人的鳳凰拍打著翅膀停在我們三人的頭頂上。

兩女驚惶不已地望著鳳凰，下意識的向我靠近。室內的溫度幾乎是瞬間的工夫就超過了普通人所能承受的極限，雖然兩女修爲亦是不凡，但是在如此逼人的熾熱下仍是香汗淋漓。

四周的牆壁發出「霹啪」的聲響，用不了多大會兒，這間房子就會被鳳凰的火焰給點燃。這小小的房子也漸漸無法承受鳳凰的巨大體型。

「似鳳」周圍的火焰越燒越高，逐漸與鳳凰融爲一體，火光籠罩中，鳳凰的王者之勢愈發凸現出來。

鳳凰雙翅一搧，兩道拳頭粗大的火焰向我直撲而來，我微一揮手，兩道火焰流倏地反

回撲到鳳凰身上不見了。

「似鳳」見兩道火焰沒能奈何我，突然揚頭就欲發出憤怒的鳴叫。要是讓牠叫出來，還不讓所有人都知道這裏的異樣。

我驀地伸手，無形勁氣化作虛擬的五指，緊緊抓在牠的尖利如鐵鉤一樣的喙上。「似鳳」憤怒卻叫不出聲來，兩翼拍打著卻對我無可奈何，一雙憤怒的眼眸中不時跳出熱度驚人的火花。

兩女直看得心驚膽戰，我道：「現在你們覺得牠還能保護殘月的安全嗎？」兩女驚訝地望著我，眼中多了幾分敬佩，也多了幾分信任。

我們穿過密室，殘月提著裝暈的我和海狗精一直來到篡奪教主之位自號陰陽法王的屋前，經過一番盤問，殘月留在外面，身上停著「似鳳」。

在我用幾顆靈丹爲代價的情況下，「似鳳」勉強忘記了我對牠的欺負。小巧的「似鳳」羽毛華麗，與其說是強大無比的神獸，更讓人相信牠是殘月養的一隻小寵物。

忠實地守在屋前的守衛雖然驚奇殘月何時開始養鳥，卻並沒有盤問。

雖然少主已有了赴死的信念，但是事到臨前仍是一陣發怵，我可以清晰地聽到她的心臟在急劇的跳動。

我悄悄地發出一股內息，幫助她平定內心的紊亂，我傳音道：「不用怕，你現在的情況會引起他的懷疑，一定要鎮定下來，只要想著他是個不忠不義的叛徒即可。」

她在門前停了一下，調整了呼吸，在我的幫助下，勇氣又重回到身上。

旁邊有人打開門，她昂首闊步向著屋中走進去。

門內出乎意料的是一個庭院，花叢圍簇著假山。穿過庭院，前方有兩間很大的屋子，她傳音給我道：「他就在前面的屋子中。」

她壯了壯膽子，走到門前道：「法王，按照你的吩咐，今天的獵物已經送來了。」

片刻後，屋中傳來一個中性的聲音：「進來吧。」

打開門，她拎著我和海狗精走了進去，屋內熱氣騰騰，偌大的屋子中央，有一個寬大的浴池，這屋中的熱氣正是池中的熱水釋放的。

環顧屋內，忽然一個人突然從房中間的水池中站起身來，赤裸裸的身軀一步步從水池中走出，水珠從他強壯的身軀上滑落，陰陽法王四肢修長，尖尖的手指彷彿女人一般嫩若蔥花。

肌肉如水流一樣自然的在身軀的各部位流淌起伏，完美無瑕。

陰陽法王有一張俊俏卻透著邪惡的臉，一雙眼睛細長如鳳，長長的睫毛，眼神中透著說不出的邪笑，目不轉睛地望著少土，肆無忌憚的在她身上打量著，最後落在她手中提來的東西。

視線落在我身上時，他忽然一愣，隨即道：「他是誰？我只要求一個海狗精，並沒有要求抓個人來。」

少主慌忙道：「這個人是跟蹤我的捕獵人，後被打暈，我看他還有不錯的修爲，所以特意送來給法王的，如果法王要是不喜，我馬上把他帶走，免得誤了法王的大事。」

「哈哈……」陰陽法王不知爲什麼忽然大笑出來，笑聲在屋中迴盪，笑聲一停，陰陽法王大有深意的向她微微一笑道，「既然是你的一番心意，我又怎可唐突佳人，就放在這吧。」

見他沒有懷疑，我和她都放了心，按照計畫，只等靠近我準備吸取我的功力時，我驟然暴起攻擊。

陰陽法王毫無警覺的一步步向我走過來，呵呵笑道：「小美人的深情，我自然要好好對待，讓我看看他能有多少功力。」

陰陽法王注意力都集中在少主的身上，目露淫褻之色，看來這傢伙早就在打她的主意了，我在心中暗暗數著他離我的距離，只等他靠近我，完全放棄戒備的時候，我就立即出手將他制住。

少主望著他邪惡的眼神，情不自禁的向後微微退著，法王邊走邊道：「小美人，你不用怕，跟了我後，你就是教主夫人，難道不比你少主的身分更大嗎，只要你從了我，要風得風要雨得雨，別說區區的人間界，就是仙妖兩界也唾手可得。」

她好像突然忘記了我們之前的計畫，歇斯底里地道：「你不是人！你沒有人性，恩師對我們這麼好，你都忍心禁錮他，還用這麼殘忍的方法來榨取妖精身上的功力。」

「哈哈！恩師確實對我很好，可惜他的腦筋太頑固了，我並非是飲水不知思源的人，我本想讓他和我一樣功力精進，一日千里，統治天下，他卻把我大罵一頓，說我有傷天和！什麼天和，那都是騙人的，只有掌握了力量的人才有資格規定自己的命運。看看我，現在擁有二百六十多年的功力，誰又能把我怎麼樣，哈哈！」

他越說越興奮，離我的距離已經很近，警戒心早在他的狂笑聲中被拋至腦後，我在袋子中倏地伸出一指，正要出手將他制住。忽然一道凌厲的氣勁驀地撞擊在我胸前。

我忽然胸前一窒，體內源源不斷的內息竟然被這一擊給生生截斷，還好我的內息雄厚無比，一瞬間即又恢復了正常。

少主吃驚地望著我突然仰面倒在地上，驚駭地望著不斷逼近的法王。

陰陽法王縮回手，兩道如劍般凌厲的凶光在我身上霍霍地掃了幾眼，轉過頭去望著少主冷冷笑道：「你一進來我就覺得不對，海狗精呼吸正常，而他從進來到現在竟然一次呼吸都沒有！有幾個昏睡的人是不用呼吸的。除非是死人才不會呼吸。不過他是不是死人都不要緊了，受了我一指他已經死定了，而你，我十分欽佩你的膽量，爲了那個老鬼連死都不怕了，既然你要死，就讓你那沒有用的臭皮囊給我享用一次吧，哈哈哈……」

張狂的笑聲震得少主耳鼓發麻，臉色大變。

少主隨著陰陽法王每一步逼近，就向後退一步，蒼白的臉頰，透露出心中的不安，驟然銀光乍現，少主銀牙一咬，怒喝道：「混蛋，我和你拚了！」石破天驚的一擊伴隨著少主窈窕的身軀倏地向著陰陽法王投去，空氣隨之攪動。

陰陽法王不屑地望著眼前的劍光，突然伸出他寬若蒲扇的大掌，一把抓住她的利劍，往後一拉，一掌印在她身上。

少主重重地摔了出去，手中的利劍也被折成幾截，掉在地上。

少主無法掩飾心中的恐懼，顫抖著望著陰陽法王，不敢相信自己全力的一擊，竟然絲毫不起作用，在陰陽法王眼中，自己的力量恐怕就如同一個孩童。

「這就叫力量！」陰陽法王狂妄地攥著拳頭，望著她的眼神中，赤裸裸地表達著心中的淫欲，「讓我享用了你的身體，送你上路，陪我們的老鬼師父，也算徒兒做了一件好事，令他免除在地下的寂寞。」

「你，你竟，竟殺了師父……」淚水從她的眼眸中狂瀉而下。

淚眼朦朧中，兩道飽含殺氣的眼神令陰陽法王不禁也爲之一顫，少主倏地從地面躍起，一柄斷劍釋放著更爲濃厚的殺氣，劍光連環閃爍，少主又被重重的擊跌到地上。

只是陰陽法王左臉頰上那滑嫩的皮膚卻被刻下了一道血槽，血珠從中不斷擠出，順著臉龐滴落在赤裸的身軀上。

陰陽法王眼神逐漸變得猙獰起來，猥褻的眼神爲暴虐所替代，「這麼著急去死，我就成全你！」

陰陽法王驀地動起來，身體若一陣狂風掠了出去，而少主嬌弱的身軀彷彿在勁風中苦苦支撐的孱弱小草。這一刻，陰陽法王完全被她給激怒，警覺的心被暴殺之氣所蒙蔽，我雙眼陡然睜開，兩道金光赫赫有神，真氣攢動，裹著我的布袋當即碎裂飛濺。

我快若流星一樣迅速的向著陰陽法王襲去，地面的兩截斷劍在我的真氣作用下化作兩道足可以致命的利器向著陰陽法王的背部飛去。

及到勁氣襲體，陰陽法王才猛然察覺，陰陽法王不愧是心狠手辣之輩，一把抓起少主拋向後方追擊而來的兩截斷劍。我冷喝一聲，兩截斷劍彷若擁有靈性，毫釐之間繞過她，繼續向著陰陽法王追去。

陰陽法王利用這短短的兩秒時間，已然轉過身來，面對著勁氣逼人的兩截斷劍，大喝一聲，猛的擊出兩掌，將兩截威脅他的斷劍打落在地。

極短的時間內，我已經來到他身前，霍的搗出一拳，拳風攪動著空氣一塊向他襲去。

他驚訝地望著我，眼中迷惑、吃驚、兇惡幾種神情來回替換。

陰陽法王大聲吼叫著，一拳擊了出來迎向我的拳頭。兩拳在空中相撞，勁風四逸，餘風卻仍凌厲如刀刮在皮膚上，令人火辣辣的疼痛。

陰陽法王法王不愧有二三百年的功力，與我硬拚一記竟平分秋色。

我順著倒卷的氣流飄飛在空中，我望著他不斷向後倒退的身形大喝道：「就拿你這個不忠不義不肖的畜生來祭我的神兵！」

陰陽法王錯愕地望著我手中的「煙霞」，凌厲而強大的氣勢頓時使他魂飛魄喪，加速利用倒卷的氣流向後逃逸。

我手腕微動，以「煙霞」的刀刃面向著他斬去，全力催動下，「煙霞」發出嗚嗚的低鳴，刀罡所至無堅不摧，我幾乎可以看見連空間也被劈成兩半，摧枯拉朽的力量令陰陽法王連一絲反抗的念頭都不敢有。

在我的意念下，「煙霞」快速的增大、增長。陰陽法王跑得再快，竟然不及「煙霞」的增長速度，刀罡及體，陰陽法王來不及哼一聲頓時被破體而過，我收回「煙霞」，陰陽法王仍保持著站立的身體頓時從中分開，鮮血狂噴飆射。

「轟隆！」木製房屋轟然倒塌，我隨手揮動，將向我和少主砸下來的木樑給擋到身外，瞬間，陰陽法王的屍體被木石給掩埋。

少主怔怔地望著陰陽法王被掩埋的地方，恩仇竟在一瞬間煙消，沒有了負擔，沒有了牽掛的她非常不適應地望著前方，陰陽法王的突然死去令她感到無所適從。

半晌後，她忽然「哇」的一聲大哭起來，神情哀傷、受氣的可憐模樣讓人心疼不已。我嘆了口氣，事前沒想到陰陽法王竟然心狠手辣連自己的恩人也殺死了。

我走過去扶起她，想要安慰她幾句，卻又不知該怎麼說。

「嘎——」這是「似鳳」遇敵的聲音。我心中大訝，這裏竟然還有令牠感到威脅的人嗎？即便是陰陽法王自己恐怕也對這隻賊鳥毫無辦法，難道陰陽教中另藏高手不成？

或者是幕後指揮者出現了，想到這，我心中一緊，對少主道：「殘月遇到了危險，我馬上出去看看，你留在這裏千萬小心。」

她聽我說到殘月，眼神一動，止住了哭聲。我不再管她，向著來的入口迅速飛去。

數具焦若木炭般的屍體散發著臭味，熱氣漂浮。這大概就是之前進來時守在門口的那幾個陰陽教的高手。我四下一看，剛好看到殘月蜷縮著身子，眼睛訴說著恐懼。我皺了皺眉道：「發生了什麼事，『似鳳』呢？」

殘月有些遲鈍地道：「我們聽到屋裏發生好大的聲音，你給我的那隻小鳥變成了大鳳凰，把幾個守衛都燒死了，後來忽然出現一個奇怪的人，說了幾句莫名其妙的話，突然變成了一隻大鳥，好厲害，好厲害！」

我有些著急的道：「他們人呢？」

殘月道：「往那邊飛走了。」

我往她指的方向望了一眼，果然四周有被火燒焦的痕跡，應該是被鳳凰身體的高溫給燒的，我道：「陰陽法王那老賊被我殺死，你家少主在裏面，你趕快進去陪著她。」

說完我向著「似鳳」飛走的方向飛去，一路感覺著周圍的溫差，一直向著向前追去。

待我追到海邊時才發現，天空中有兩隻大鳥在互相纏鬥，一隻鳥就是「似鳳」化身的鳳凰，而另一隻卻不知爲何物。兩鳥體型相差不大，「似鳳」略勝一籌，但是兩鳥的肉搏中，卻明顯處於劣勢。

我在心中不斷地忖度，究竟是什麼人竟能和鳳凰鬥得旗鼓相當。

另一鳥亦是一身彩衣，羽毛絢爛無比，光彩照人，喙尖爪利，動作靈敏，而且力氣巨大，每一次撲擊都會撕下鳳凰一大片羽翎。

就連「似鳳」最拿手的火球攻擊在對方的攻擊下也無機會放出，然而身體四周自然釋放的熾烈火焰卻不能給對方造成一丁點傷害。

我大大納悶，這是什麼鳥？難道又是一隻上古神獸，身爲上古神獸的鳳凰論實力只有神龍才能勝牠一籌，難道牠是……？

望著兩隻罕見的大鳥上下翻飛，果然大爲眼熟，難怪連鳳凰都得吃癟，不愧是遮天大帝！

不錯，這隻體型巨大的怪鳥，定是羽翼族的遮天大帝——孔聖，我曾在「鎖龍谷」見過他的兒子，當時他的兒子帶著大軍妄圖剿滅我和聖王，最後卻敗在「通臂猿」族的長老手下，並且現出孔雀真身。

沒想到我在此得見妖精族中有著赫赫威名的遮天大帝，遮天大帝體型龐大，比起他兒子的真身不知大了多少，九彩扇尾在背後閃爍著惑人的光芒，扇尾上每片大的羽翎都有一個形似眼睛的彩斑，望之頓使我感到心神恍惚。

我心中大震，萬沒想到他的扇尾竟還有迷人心志的異能。遮天大帝當真不可小覷。兩鳥啄殺不斷升級，鳳凰卻已明顯地落於下風，兩次拚著受創而吐出的火球都被一陣怪風給刮得飛向海中。

突然遮天大帝化身的孔雀鳥疾撲而下，身上的翎羽倏地從牠身上分離出來，猛的化作萬千箭雨隨著孔雀鳥一塊向著鳳凰飆射，氣勢駭人至極！鳳凰兩翅疾扇，大風蜂擁而起卻對那些翎羽無濟於事。

「似鳳」怒鳴聲中，已經被孔雀大鳥仿若鐵鉤重重地抓在背部，無數跟隨而至的羽翎深深地扎在「似鳳」身上。

眼看只不過幾息的工夫，強大無比的神鳥鳳凰就慘遭重創，我心中又驚又怒，望著「似鳳」不斷跌落，我怒吼一聲，駕風而起，擋在「似鳳」身前，將孔雀大鳥給攔著。手中「煙霞」掄轉起來，劍光四射，頓時將所有羽翎給絞得粉碎。

孔雀大鳥也被我的威勢所震，停下巨大的身體，兩眼透出謹慎的意味。

我見他沒有繼續進攻的意思，我收回「煙霞」，望著他冷冷地道：「傳聞妖精一脈中的孔雀族遮天大帝，冷僻孤傲，常以情義自詡，卻不想背地裏竟是卑鄙無恥出賣族人的小人！」

見我指出他的身分，龐大的孔雀鳥頓時在我眼前化為一個貌似三十許、白淨面皮的中年人，四肢修長，面龐頗有威儀之相，尤其那對細長的鳳眼，不時閃出一道精光，令人不敢直視。

一身白衣，顯得風流倜儻，我怎麼也想不到傳聞中以吃人出名的孔雀大鳥竟是這樣一個美男子。

遮天大帝孔聖面色發青，表情頗為不快，望著我道：「你是什麼人，既知本王的威名，為什麼還敢在本王面前胡說八道！難道不怕我吃了你嗎？別的妖精不敢惹你們人類，我可不把你們放在眼裏。」

我反身飛了下去，往病奄奄的「似鳳」嘴中塞了十數粒靈丹，穩定了牠的傷勢後，我望著盛氣傲人的孔聖道：「好，既然你不敢承認，我就把你的惡行一一列舉出來。」

我頓了頓，清理了一下思路，道：「近日東海一族中，常有海狗精突然消失，後來被發現是被人類給抓走，你知道牠們的下場是什麼嗎？」

孔聖淡淡地哼了一聲道：「關我何事？」

我緊緊盯著他的臉，想從他的表情中發現點什麼，可是這個老奸巨滑的傢伙不愧是活了幾千年的老怪物，臉部表情沒有一點波動，只是不動聲色地看著我，好像對我說的話一點興趣都沒有。

我不禁有些懷疑，難道說他不是這件挑撥東海與人類的陰謀的背後指揮者？他如常的神色令我不敢妄下判斷，我接著道：「這些可憐的海狗精一身的修煉道行都讓人給吸個精光，枉費一番苦心從畜牛修煉成人，卻爲別人做了嫁衣，可憐他們臨死都不知，他們是被同族的人給出賣的。」

孔聖的瞳仁瞬間變大，眼中射出駭人的異光，隨即又恢復如常。

我悠然道：「你不想知道那個卑鄙無恥的小人是誰嗎？」

孔聖冷漠地道：「恐怕你口中所指的小人就是我吧！本王爲什麼要做這種事？我乃羽翼族的王，麾下千軍萬馬，本王的道行雖然稱不上獨步天下，但能勝本王者又能有幾人，本王擁有凡人所想有的一切，又豈會做這種於本王毫無利益之事。」

沒想到他會主動道出我話中的意思，我微微一怔，隨即道：「『龍宮寶藏』財寶無數，兵器充足，幾百年一出世，誰擁有了『龍宮寶藏』誰便擁有全天下，這個就是你的利益！」

「哈哈！」孔聖忽然大笑起來，頗有豪氣干雲的意味，他望著我道：「『龍宮寶藏』在你們眼裏是無價之寶，在本王眼中卻僅僅是毫無用處的金塊，本王若有心稱霸天下，早在幾百年前就能輕易統治人間界，又何需區區『龍宮寶藏』！」

「吹牛吧！」我道，「先不說人類，就是妖精族中一后四帝又有幾個弱於你了，哪一個不是道行精深，統治一方水土，擁有萬千屬下，你要想統一人間界，恐怕不是那麼容易吧！」

孔聖肅容望著我，道：「你究竟是何人，爲何對妖精族如此瞭解！」

我淡淡道：「你先回答我問題，我自然會解答你心中疑惑。」

孔聖瞪了我半晌，忽然開口道：「好，既然事情到了這種地步，本王也不怕告訴你，妖精族中，慣例由聖猴族統治，但是在幾百年前，聖猴族的統治就已經名存實亡，正如你所知，妖精族的全部實力分爲一后四帝所有。在這一后四帝所統治的實力中屬本王的羽翼族最爲強大。羽翼族統治天空下的所有領土，水系一族統治所有有水的地方，土系一族分爲獸族和木族，統治天下所有土地。」

我不置可否地道：「既然大家都一樣，爲什麼說羽翼族最強！」

孔聖道：「羽翼族與水系族的妖精是天生夙敵，他們不敢從水中出來，我們不敢進入水中，但是相較之下，我們族類更加靈活不受限制。而獸族就更不是我們敵手了，我們進退自如，他們卻奈何不了我們一分，木族雖然強大而且根深蒂固，但是他們的缺點是大部分妖精都無法靈活移動，只有少部分道行較高的木族妖精可以移動。本王若想統治人間界難道不是輕而易舉嗎？即便是統治妖精界，也只是時間長短的問題。」

我道：「聖猴族呢？聖猴族不是妖精族中最強大的嗎？」

孔聖漠然道：「聖猴族是最強大的，可惜上萬年的安穩歲月已經磨光了聖猴族的銳氣，而且聖猴族中最勇猛的幾支族系也消失了，現在的聖猴族就是老到掉光了牙的老虎，還有何強大可言！」

我心中暗道：「『通臂猿』族已經復出，更有兩大修爲直追一后四帝的『通臂猿』長老護駕，再經過新一代聖王的勵精圖治，現在的聖猴族已經一洗頹氣，不再是以前積弱的聖猴族了！」

孔聖盯著我道：「你又是什麼人？」

我望著他淡淡地道：「我是聖族派出的聖使。」

「聖使？」孔聖質疑道，「你身上連一點妖氣都沒有，竟然敢自稱聖使，當本王是瞎子嗎！想必那些遭害的東海海狗精都是被你所殺，今天本王就殺了你替那些族人出一口惡氣！」

我驚訝得目瞪口呆地望著他，他不但不承認自己是幕後之人，反而倒咬一口誣陷我是殺害海狗精的兇手，頓時令我火冒三丈！

我心中默念「合體」，火猴化作數道金光，在我身邊飛舞纏繞，金光隱入我的體內，四肢百骸的力量隨之急速提升，身體外表也長出了毛茸茸的寸長金毛，兩道金光霍然從眼中射出。

強大無匹的氣勢向外席捲而去，在我刻意之下，在我背後隱然出現一個高大的猴像，形象威武，肌肉健碩，更增添我的駭人之勢。

孔聖好像嚇了一跳，喝道：「火眼金睛，你果然是聖猴族？」語意中懷疑的成分已經大大減小。

我一手拿著「煙霞」，指著他道：「我的聖使身分，你還有什麼懷疑嗎？」

「煙霞」受到我合體的刺激，自動地釋放出五彩氤氳，在我身邊繚繞，彩光流淌，刀罡霍霍、劍氣森然。

這一切都襯托得我擁有無上威嚴，身為一方之主的遮天大帝竟為我的氣勢所震懾，忽然改變了之前的強硬態度，恭敬道：「原來是聖使大人，本王剛才有所不察，冒犯了大人，還請聖使大人見諒。」

我冷冷道：「我來問你，東海海狗精一事，你是不是主謀！如果不是，你為何出現在這裏？」

孔聖道：「本王只是經過這裏罷了，聽到廝喊聲，有感應到本族鳳凰之氣傳出，我才起了好奇心前去一觀。」

我哼聲道：「當真是巧了，我剛進入捕捉海狗精的人類老巢，你就出現了，天底下竟有這種巧合嗎？」

孔聖並不為我的話所動，堅持自己是巧合才會出現在這裏。

我冷冷地道：「聽聞叛臣聖后與你一同來到東海，不知道聖后何在？」

「本王不知。」孔聖不卑不亢地道，「本王只是收到風聲說海人族與東海邊的人類多有摩擦，而最近人類中的高手都聚集到東海中來，我怕他們會對海人族不利，所以前來幫忙，並不知聖后也在東海。」

果然是老奸巨滑，簡單幾句話，竟把所有責任都推得乾乾淨淨。

「如果聖使沒有其他的事要問本王，本王就先行一步了。」

第十章　兩帝陰謀

孔聖很快就消失在東海廣袤無垠的上空。我恨恨地望著他消失的地方，心中十分不甘就這麼簡單的讓他離開了。

「似鳳」恢復了嬌小的身體，神情看起來有些萎靡不振，剛才的一場惡戰令牠受了不輕的創傷，雖然我及時餵牠吃了一些靈丹，卻無法馬上恢復如初，身體仍很虛弱，我將牠封印起來。

我在心中整理著這兩天的思路。

種種跡象表明海狗精一事的得益者就是聖后和遮天大帝。可是剛剛孔聖的態度又不大像是背後兇手，難道是我估計錯了？他們真的不是幕後指揮者？可是又有誰會挑撥海人族與人類之間的戰爭呢？

難道真像孔聖所說，他是剛巧路過被「似鳳」鳳凰的氣味所吸引。這個念頭剛起，我立即否決掉，世上哪有這麼巧的事，絕不會是像他說的那樣巧合。

原本清晰的思路在腦海中亂成一團，我眉頭深鎖，重新整理紊亂的思路，倏地靈光一閃，我好像抓住了什麼。換個角度來想，如果孔聖和聖后真的是無辜的，當他們發現了海狗精被抓這件事後，以他們的智慧一定可以想到，這會導致海人族與人類的戰爭。

進一步想，如果有一些好管閒事的人也發現了這件事，他們就會想辦法查出幕後黑手，顯然在東海這裏實力最弱的是遮天大帝和聖后，同時也是人類與海人族發生戰爭後的得利者！他們有最大的嫌疑。

這樣一想，事情就變得很清楚了。遮天大帝一定是想在戰爭爆發之前先一步解決此事，這樣他和聖后就不會暴露行蹤，而人類和海人族還能勉強保持相安無事，等到「龍宮寶藏」出世的一天，也就是兩族戰爭爆發的時候，到那時，他與聖后就可以得漁翁之利。

釐清了此事，一切都變得明朗起來。

我回到陰陽教的老巢，將殘月主僕帶出在「靈犀鎮」的小酒館中歇息了下來。等她們恢復過來，我還要和她們討論陰陽教以後的事。陰陽教是股強大的力量，現在雖然死了首惡，但如果沒有人看管的話，流竄在民間無法無天的他們將會給普通人造成很大的傷害。

陰陽教的老巢已成爲一片廢土，瓦石沙礫遍地，濃濃的煙氣不斷的從廢墟上方嫋嫋冒出。

濃煙中，忽然一個身影隱隱約約出現在廢墟上，突然出現的神秘人好像在等待誰，靜靜地站在廢墟上沒有任何動靜。片刻後，忽然一陣踏地的響聲越來越近，刺耳的破空聲由遠及近地傳來。

一頭身形高大的巨狼帶著一陣狂風停在神秘人身邊不遠，橫亙在廢墟上的木樑「匡噹」一聲被狂風捲刮跌在遠方。

神秘人這才開口，語氣中透著股譏諷，懶洋洋地道：「如何？小刀！」

「吼！」巨狼一聲咆哮，碩大的腦袋更是湊近在神秘人面前，長長的獠牙不斷向下滴著唾液，神態猙獰已極，看樣子，只要那隻巨狼願意，一口就能輕易將神秘人吞到嘴中連骨頭渣也不剩的給吃到肚子中。

「混蛋！本王警告你很多次了，不要喊我小刀！」

神秘人好像並不將對方的威脅放在心中，悠然地道：「好，不喊你小刀。朕問你，你是不是已經把那隻孔雀鳥給殺了，還是重創了？」

巨狼憤恨地搖了搖大腦袋，道：「那隻臭鳥果然厲害，先是和鳳凰鬥了半天，竟然還飛得那麼快，本王真想把那個小白臉給辛來吃，可惜本王被那個笨小子給耽擱了，沒追上！」

兩人稱孤道寡，令人很是詫異。濃煙漸被風吹去，終於露出兩人真容。那個神秘人赫然是覬覦聖王之位的樹帝——木禾，而另一隻體型巨大、青色皮毛的狼就是獸族中最兇悍的狼帝——立刀。

誰也沒想到，這兩人竟然聯起手來，其實仔細想來也不奇怪，兩人雖然都各地稱王，卻同屬土系一族，而且獸族與木族向來沒有什麼利益糾葛，兩人在這次「龍宮寶藏」爭奪中聯手倒也正常。

畢竟「龍宮寶藏」在東海中出世，兩人若單兵作戰誰也不是身為地主的海人族的對手，倘若兩人聯起手來，則有與海人族一拚之力。

木禾一愣道：「鳳凰？鳳凰一族在當年的三界大戰中，不是已經被聖祖一起帶走了嗎，怎麼還會有鳳凰出現？」

狼帝氣哼哼地道：「本王也不知道這一界為什麼還會有鳳凰出現，不過看起來，那隻鳳凰還並沒有成長起來，力量並不是很強，那隻臭鳥重創了鳳凰，自己只是受了點輕傷。」

「這就好，這就好，力量不強就好，你怎麼不趁鳳凰受傷的時候徹底將牠給解決了！難道你不知道成年鳳凰的厲害嗎？」樹帝道。

狼帝道：「本王還不想找死！」

樹帝錯愕道：「一隻受了傷的未成年鳳凰你怕什麼？」

「不是怕牠，而是牠的主人讓本王感到恐懼。」立刀一臉餘悸的道。

樹帝疑惑道：「從來沒聽說鳳凰也有主人，那人是誰？」

立刀有些頹然地道：「除了他，還有誰。」

樹帝驚道：「你是說他！可是我上次並沒有看到過他身邊有隻鳳凰啊！」

狼帝道：「我親眼看到他往鳳凰嘴中餵了幾粒療傷的藥，最後那隻鳳凰變成了一隻小鳥，被他給藏在身上。」

「難怪！」樹帝恍然大悟道，「我總覺得那隻小鳥有些奇怪，原來真身竟是隻鳳凰！既然是他手裏，你爲什麼不連他和鳳凰一起殺死，免留後患，你不是說，如果你見到聖使，一定把他碎屍萬段的嗎？」

狼帝老臉一紅，道：「朕是說過此話，只是只是，連那隻老鳥見到他都嚇得屁都不敢放一個，對他畢恭畢敬的，老子雖然比那隻老鳥強一點，但也未必是聖使的對手，朕豈可效仿那些蠢人的行爲，明知不可行而行之。」

狼帝一番話牽強附會，樹帝露出一撇嘲諷，沒有繼續諷刺他。

狼帝怕他繼續糾纏下去，又開話題道：「那個陰陽小子呢？」

樹帝淡淡道：「被一刀劈成兩半。」

狼帝不屑地道：「真是沒用的傢伙，人類都是這般脆弱，枉朕費盡心力還教他吸取妖精的功法，三百年的功力竟然被人這麼輕易就給砍成兩半……」說到最後，他好像想到了什麼，聲音越來越小。

他忽然轉頭望著樹帝問道：「你說，聖祖是不是真的離開這個空間了？」

「那當然了，」樹帝沒好氣地道，「聖祖離開這裏都上萬年了，當時，就是聖祖用無上神通破開時空，原來三界那些厲害的傢伙才離開這裏的，你怎麼會問這種蠢問題。」

狼帝咽了口唾沫，回憶道：「那個聖使突然妖氣狂飆，氣勢鋪天蓋地，當時孔聖那傢伙嚇得臉色都白了，更可怕的是，他眼中射出兩道金光，像雷電一樣嚇人，在他背後隱然出現一個巨大手持武器的猴像，騰騰的火焰在他背後燃燒。」

樹帝也被狼帝的形容給嚇得打了個戰慄，旋即強打精神安慰他道：「不要胡思亂想，聖祖幾萬年前就離開了，現在恐怕早就壽終正寢了。那些都是你的幻想而已，那傢伙再厲害，只要我們倆聯手，還會怕了他？」

狼帝嘆了口氣道：「希望吧！朕真不想和他對敵。」

樹帝道：「那隻孔雀倒也了得，竟然猜透了我們的心思，找到門上來，我們的苦心現在都被兩人給破壞。」

狼帝道：「下一步，我們該怎麼做？還不如出去明刀明槍地趁著孔雀那傢伙受傷，咱倆聯手把聖后和他一塊幹掉，我們就少了個很大的競爭者。等到『龍宮寶藏』一出世，海人族一定和人族打得不亦樂乎，我們聯手闖入『龍宮寶藏』，誰能是我們的對手！哈哈！」

「你的辦法雖然不錯，不過朕有更好的計畫了。」樹帝陰陰地道。

狼帝疑惑地轉過頭道：「你有什麼比這更好的辦法嗎？說來……」話未說完，突然腹部感到一陣劇烈疼痛，低頭望去，發現沙礫堆中一隻血淋淋的手插在他的腹部。

這點傷還不足以讓他致命，狼帝怒吼道：「偷襲本王，混蛋，本王要把你撕成十八段。」就在他要扭斷那隻血手時，倏地一股大力從他的頭頂傳進體內，瞬間將他的五臟六腑給徹底破壞。

狼帝不敢置信地望著樹帝那張笑瞇瞇的臉龐，縱橫一生的狼帝到死也沒明白，爲什麼自己的盟友會突然叛變自己。

樹帝移開自己的手，轉過身去，望著遠方淡淡地道：「你覺得聖使出現在這裏，他還會讓我們的目的這麼輕易的就得逞嗎，不犧牲你，就無法成就我的大業，你的死也算死得其所。」

腳下的廢石沙礫中，一個血肉模糊的身軀爬了出來，不斷在死去的狼帝的屍體上蠕動著。這種場面任誰看了都會感到噁心不忍目睹。樹帝卻饒有興趣地看著狼帝的身軀一點點被吞噬。

一個時辰後，一個赤身裸體的妙齡女孩，撲在一半血肉上失聲痛哭，隱約中可聽到她在嘴中念叨：「好弟弟，你放心地去吧，姐姐一定爲你報仇！」

樹帝望著她淡淡地道：「即日就去三交鎮，你應該知道怎麼做吧，朕給了你第二次生命，你要好好珍惜。」

誰能想到這個女孩竟是樹帝施展妙手從被劈成兩半的陰陽人身上救活的姐姐，而另一半血肉淒慘的則是弟弟。怪不得他自稱陰陽法王，原來一身並具兩條生命。身軀被劈成兩半後，姐姐卻僥倖活了下來。

女人從廢墟中撿起幾片破布遮蓋在身上的隱私部位，回頭向樹帝恭敬一禮，飛身遁入空中，去速之快，直叫人不敢相信，幾乎是一閃的工夫，天空就只剩下一個黑點。

樹帝望著天際，嘴角扯出一絲詭笑，淡淡地道：「『龍宮寶藏』、聖王之位都是我囊中之物，天下不久將由我木族來掌控。」

次日，經過一夜休息的殘月主僕精神也恢復了正常，只是眉眼間仍有掩不住的哀傷，看來老教主的死訊對兩人的打擊頗大，問及兩人以後有何打算，卻是滿臉的遲鈍。最後還是我出了主意先想辦法把老教主的屍骨找到，雖然人死不能復生，但總要做點事來彌補兩人的遺憾。

兩人委靡的神態總算是恢復了點精神，帶著我向著位於東海南邊的陰陽教臨時總部行去。

看著兩個如花似玉的姑娘悲悲戚戚的，我心中頗有不忍，一路上用盡各種話題來叉開她們悲傷的思念情緒。

等到了陰陽教的總部，我吃驚地發現自己竟小看了他們。陰陽教上上下下總共有近千人，大部分人的武技屬於中流水準，也有數十個修爲較高的，這樣一股力量，在人類當中已經令人不可小覷了！

陰陽教尚不知陰陽法王已死，在我的陪同下，殘月主僕向陰陽教上下千餘人宣布了陰陽法王的死訊，陰陽法王的餘孽頓時氣勢洶洶地衝上來要爲他們的主子報仇，我當即行使霹靂手段，將十數冥頑不靈的陰陽法王的餘黨給廢了武功。

形勢比人強，剩下的牆頭草和一些忠於老教主的教徒們馬上表示臣服，作爲老教主的親傳弟子，少主名正言順地繼承了教主之位。

在對幾個陰陽法王生前的親信拷打下，他們招出了老教主被囚禁的地方。老教主被囚禁在一處壁刃千尺、面朝大海的地方，四周是陡峭懸崖，只有一條危險的小路通向該處。

進入囚牢一看，地面儘是白骨，哪有一個活人。

雖然早已知道老教主的死訊，但是殘月主僕看到淒涼的景象，仍忍不住痛哭失聲。地面白骨嶙峋，光頭顱就有好幾個，看來這裏並不只是囚禁著老教主一個人，想必是忠心跟隨老教主而被陰陽法王一同囚禁在此的教中忠良。

既然分不清哪些骨頭是屬於老教主的，而這些白骨又都是教中的忠義之輩，我建議她們把所有的骨頭都包起來一塊兒葬了。也算是對死去人的一點點安慰。

剛要離開，忽然一隻體型巨大的鷹隼從天空「霍地」衝了進來，兩顆綠瑩瑩的眼珠緊緊地盯著我們，兩女被突來的這隻巨鷹給嚇得連手中的白骨也沒拿穩。巨鷹狠狠地盯著我們，見我們並沒有動靜，卻忽然叼起滾到牠面前的一根白骨啄吃起來。

看牠熟練地啄吃的模樣，我忽然明白過來，被囚禁在這裏的老教主等人，因全身修爲被陰陽法王給制住，無法抵抗而被這隻饑餓的大鷹給吃了。否則在這懸於半空的山洞之中，就算一個人死了，也不可能在短短的十多天內腐化至只剩白骨。

少主忽然掣出利劍悲恨地尖叫著向著巨鷹衝去，巨鷹沒想到在牠眼中渺小的人類會突然衝向牠，伸頭如電般猛地啄向少主。

聰慧的她一定也從巨鷹身上聯想到了洞中的森森白骨。

殘月這時也大叫一聲衝了過去，兩把利劍在巨鷹身前穿梭遊弋。

山洞本就小，再加上巨鷹體型龐大，兩翅展不開，移動不利。雖空有尖鉤一樣的利嘴和鐵爪般的巨爪，卻在兩女面前無從施展，巨鷹疼痛而憤恨地長鳴，卻終死在兩女手中。

兩女殺了巨鷹，也好像失去了力氣般，跌坐在地上痛哭起來。我走過去將兩女摟在懷中，低聲安慰她們：「你們殺了這隻巨鷹，也等於是為你們師父報了仇，咱們還是把你們師父和其他的忠義之士，葬下了吧，俗話說，入土為安，不要讓你們師父死了都不得安寧。」

雖然我看多了生離死別，然而每次我都會為此而感到悲傷，也許這是我值得慶幸的地方，至少我的心還不是麻木的。望著悲戚的兩人，我能夠深切地感受到她們心中的悲傷。最親的親人死去，而仇人也已經死了，她們幾乎失去了活下去的意義，也許她們該為自己活下去。可是在這個世上，又有幾人是為自己活著的，大多活著的人都是為了別人活下去。

雖然如此，聽起來很悲哀，為了他人而活。事實上，為別人活下去是幸福的，凡是幸福的人才為別人活著。當一個人只是為了自己活下去而活下去的時候，他基本上已經喪失了活在這個世上的意義。

我緊緊的將兩人抱在懷中，她們的悲哀我感同身受，兩人哭著哭著，漸漸的在我懷中睡著了。我靜靜的將兩人給放在地面，蓋上衣服。

天色也漸漸暗下來，望著洞外的月亮，身在這離地面千丈的高空，幾乎感到自己和月亮同在一條線上。

燃起了火，砍下一隻鷹腿，剝了毛，放在火上烤，「滋滋」的油聲將兩人給吵醒，睡了一覺，兩人精神好多了。默默地起身將滿地的白骨小心翼翼地收拾到包裹中。

看著兩人的行動，我知道她們已經接受親人不在的事實，只是仍擺脫不了悲哀的情緒。我看著兩女安靜地坐在我面前，圍著篝火。我將黃亮亮的鷹腿切成數份，遞給兩人。

望著兩人不發一言地吃著手中的鷹腿，我淡淡地道：「老人家已死，天下沒有起死回生之術，你們這般後悔，還不如做一些讓老人家感到安慰的事情。」

我瞥了兩女一眼，確信她們在聽。我繼續道：「陰陽教是你們恩師的心血，他老人家一生有什麼心願，你們想必比我清楚。願不願意做這個教主你們自己決定，但是你們要為陰陽教的兄弟姐妹們想想，若是要再落入陰陽法王這類人手中，他們的下場有多慘，你們該知道吧。陰陽教是股很大的力量！」

兩女低頭不語，但是我從她們的眼神中已經得到了答案。

第二天我們帶著一包白骨回到了教中，在教中設下了英烈祠，全教上下一千多人集體來參拜包括上任教主在內被陰陽法王害死的教眾。而昔日教中的少主也正式接下了教主之位。

我在陰陽教的總壇停留了三天，當然爲殘月主僕坐鎭，使她們可以順利地接管教中所有實力。一天天過去，「龍宮寶藏」出世的日子屈指可數，我還有很多事需要解決，不能一天天地耗在這裏。

第四天，我婉言拒絕了兩人的苦苦挽留，毅然離開了這裏，只是爲了防止我離開後有人圖謀她主僕的位子，我將養傷的鳳凰留了下來，在這裏，牠可以現出鳳凰形體吸取四周的靈氣來療傷。

同時我也將七小留在她們身邊，目的當然是保護她主僕倆和大傷未癒的鳳凰，萬一有厲害的高手出現，有了七小，我也就放心多了，即便是遮天大帝的那種超級高手，七小的實力也有機會將人救走。

想到遮天大帝，我便疑惑了。

他難道真那麼厲害？「似鳳」化作鳳凰後，連我都得讓牠幾分，遮天大帝竟然重創了鳳凰，而且看他的樣子好像並未受傷。

這令我心驚！

我記得聖王曾經跟我說過，原來羽翼族的王並非是現在的孔雀一族，乃是當時威震天下的鳳凰族，如果沒有鳳凰族的襄助，當時的妖精王恐怕也不會有氣吞天下的氣勢。鳳凰身爲百鳥之王，即便是尊貴的孔雀也得在他們面前低下頭來。

可是那天的一戰令我震驚，遮天大帝的修為真是那麼高嗎？重創了鳳凰後還恍若無事！彬彬有禮的態度更令我無法下手一試他的深淺。

「龍宮寶藏」即將出世，深情、重情卻狡計百端的聖后卻仍未出現。另外還有樹帝與狼帝，這兩個老奸巨滑的傢伙也未出現，我與樹帝打過兩次交道，深悉他的性格老辣、狡猾，亦是個難對付的傢伙！

我知道他一直垂涎聖王之位，莫非是想趁此妖精族與人類火併的機會，一舉拿下聖殿，自立為王？

我不禁又開始對聖王擔心，還好他身邊有「通臂猿」一族的兩位長老襄助，除非是遮天大帝這種超級高手親自出手，否則誰也無法動得了聖王一根毫毛。

只是聖王說會在暗中前來東海助我，可是時至今日還未出現，難道他被樹帝給纏住了？

我雖然及時解決了「海狗精」的事，但保不準海人族還會和人族發生什麼意外，何況還有藍泰和虞美兒的事，我駕起海風向著東海而去。

第十一章　龍宮收靈獸

潛入水中，我將小靈犀也給放了出來，小傢伙一出水就顯得十分活躍，雖然不會說話，但是親昵的表情顯然是把我當親人來對待的。

我們一直向著海水下潛去，耳邊也越來越靜，四周的魚兒井然有序的在海底活動著，前面有座座綿延數里的珊瑚山，大量的海洋生物在其中生息，小靈犀興奮的在珊瑚山中穿進穿出，不時的還追逐著生活在這裏的魚兒們。

小傢伙忽然含來一個大大的貝殼，我打開一看，裏面正躺著一個明亮的大珍珠，晶瑩剔透。看著珍珠我忽然想到了李石頭兄妹，那個對我很好的小姑娘，一笑就會露出兩個可愛的酒窩，她也叫珍珠。

我雖然托了藍泰幫忙找這兩兄妹，可心中卻一點底也沒有，心中忽然沒了剛才的心情，召喚出久未出來的小龜，穩穩地坐在上面。

小龜自打和鼎融爲一體後，便很少單獨出來，只有在我煉丹煉劍的時候才出來透透氣，想來我這麼多寵獸中，牠跟我最久，幫助我也最多，但是也最少出來，我不禁生出一種愧對牠的心情。

拍拍牠的大腦袋，撫摩著牠堅硬的外殼，回想少時的歲月，心中唏噓不已。耳邊忽然傳來小靈犀「唧唧」的叫聲，睜眼一看，才發現，小傢伙停在不遠處，卻不敢靠近我，顯然是怕了我座下的這個龐然大物，此時正著急的在我四周游來游去地叫著。

我啞然失笑，心中更有一種歲月流逝的感覺。小龜再也不是當年連一個小小的三級蛇寵都可以欺負的小傢伙了。現在的牠堪稱水中霸王也不爲過，接近神獸的實力，再加上和鼎合體後可以無限長大的身軀，有著天生的優勢啊。

四周的生物都遠遠地避開我們，不敢靠近。我游過去將小靈犀抱在懷中，小靈犀像小狗一樣伸出長長的舌頭興奮地舔著我。在我的幫助下，小靈犀很快就不再懼怕小黑，只是今天的小黑已有了神獸們應有的傲慢，對著食物鏈最下邊的靈犀，顯然一點都不放在心上。

沒了恐懼的小靈犀從我懷中鑽了出來，興奮的在我們前面游著。

神情恍惚中，忽然發現小靈犀不見了，我急忙鑽出水面，忽然發現這片水域十分眼熟，回想片刻，想起這裏是小靈犀的家，大概這小傢伙跑到家裏去了。

我拍拍小黑，小龜深知我的想法，潛下水去，向著小靈犀的家游過去，鑽過深深的隧道，我再一次到了這裏，四周仍沒有什麼變化。小靈犀正在一個不起眼的角落裏，輪番的用兩肢在刨，用頭在拱。

我納悶地走過去，小傢伙見我也進來了，「唧」的一聲跑回來，咬著我的褲腳，兩腳著地，使勁的把我向前拉。

我遂牠的意，走到角落前，探手在牆壁邊摸了摸。小傢伙又在牆角邊努力地挖了起來，我好奇地望著牠的行動，忽然一個東西被牠從土中挖了出來，小靈犀咬住牠，一點點的把那個東西從土中拖了出來。

「啊！靈犀角！」

我驚嘆，好大的一隻靈犀角，比起聖王給我的那隻還要大上一兩分。這個東西在別人眼中或許毫無價值，可在我眼中簡直比黃金還珍貴！我激動的從小靈犀嘴中接過靈犀角。有了牠，我和藍薇再不用受那兩地相思的折磨。

拂去靈犀角上的泥土，珍貴無比的放進了「烏金戒指」中，我蹲在剛才小傢伙挖出靈犀角的地方，暗運內息，用手將上面的土拂去，下面露出小半段骨架，從其架構上來看，與靈犀十分相似。

我明白了，這裏該是死去的靈犀的埋葬地，明白了這點，我立即恭敬的又把土給掩埋在上面，心中念叨：「我無意冒犯你的清靜，今日拿你角一用，我會替你們照顧這隻可憐的小傢伙。」

我站起身來，忽然發現，小傢伙正努力的在其他的地方挖著。在小靈犀的幫助下，我一共得到了六隻都不小的靈犀角。本來去挖死者的屍骸，是件十分不道德的事情，可是爲了我和藍薇，我也只能硬著頭皮做一件不道德的事。

畢竟活人總比死人要重要，要更值得珍惜。我雖有俠義精神，卻並不是個迂腐的人，靈犀角這種異寶被埋在這裏，如果我不取走，總有一天會被別人取走，或者隨著歲月的流逝最終化爲塵泥。

我抱著小靈犀從隧道中又退了出去，這全是小傢伙的功勞，讓我得到了這麼多寶貴的靈犀角。我一定好好照顧牠——這東海僅剩的靈犀，或許我該想想，等到有一天我回去的時候，是不是該把牠也帶上。

小龜載著我和小靈犀在東海中飄蕩，遠遠望去倒頗似異人隱士。

突然小龜忽然停了下來，我心中頓時警覺起來。在水中，小龜的靈覺要比我更爲敏感，很快我也感到一種奇怪的海水波動。

小靈犀也彷彿感覺到了什麼，不安地待在我懷中。

片刻後，眼前的海水驟然一分爲二，這種奇景頓時令我大開眼界，一隊人馬從海面下逐漸升到海面上來，海水也恢復如初。

沒想到這一隊騎著海馬的東海兵勇領頭之人竟和我有過一面之緣，並且打過交道，甚至是差點被我滅族的水猴族的族長水魅藤。

水魅藤見我高坐小黑身上，笑著遙望我向我打禮道：「聖使安康，一別數月，聖使修爲更勝往昔，真是聖王之福，東海之福啊！」

我口上隨意打了個哈哈，心中忖度，這個馬屁精差點被我滅了族，見到我不但沒有一絲怨色，反而對我阿諛奉承起來，不知他葫蘆裏賣的什麼藥。

水魅藤接著道：「不知道聖使還記不記得小人？」

我淡淡地道：「你是東海龍淵大帝的第一謀臣，在上次護送小公主回聖殿時我們曾有過一面之緣，你做的那點事雖不光彩，畢竟也是爲了咱們妖精族，我早就不放在心上了。你來這有什麼話就說吧。」

水魅藤笑嘻嘻地道：「聖使寬宏大量，小人不如！既然聖使直言快語，小人也就不繞彎子了，我來這裏是龍淵大帝的命令，大帝聞聽聖使大人特意從聖殿趕來這偏僻的東海，心中十分感動。大帝他老人家知道，聖王仁慈，得到我海人族受人族威脅的消息後，特遣聖使大人前來襄助，所以大帝他老人家讓小的把您請進宮中當面感謝。」

感謝？動機恐怕不是如此簡單吧，他請我的目的肯定不在此，不過我也正要去海人宮一趟，就趁此機會去拜會一下這位龍淵大帝。

我悠然一笑，道：「龍淵大帝相請，焉有不去之理啊。東海浩浩蕩蕩，南北相隔不啻萬里，不知大帝如何得知我身在此處？」

水魅藤擺了個請的姿勢，聞言呵呵笑道：「東海雖大，皆為水族，又有什麼事可逃過大帝的法眼。」

我心中暗道此言恐怕誇大居多，人的精力和時間總是有限的，東海這麼大，每天發生的事不計其數，龍淵大帝就是再有閒暇，恐怕也不會過問這麼多的事吧！

不然海狗精也不會被人類捕殺了那麼多，海人族也仍然絲毫不知。

不過我倒是相信，東海之內處處都會有海人族的眼線。

我漫不經心地道：「龍淵大帝怎麼知道我從聖殿到了東海？」

水魅藤先是嘿嘿的神秘一笑，隨後一帶身下的海獸來到我身邊，在我耳邊低聲道：「聖使大人，你還記不記得你有一次在東海之中遇到一個自稱是龍三太子的人，此人乃是龍淵大帝的三子！」

「哦！」我淡淡地點了點頭，原來是這樣，難怪他那麼囂張。

他接著道：「龍三太子為人頑劣，倚仗自己是大帝之子，將東海之內攪得是烏煙瘴氣，當我們得知聖使大人替我們教訓了這個小王子之後，我們都非常感謝聖使大人呢。」

我擺了擺手，道：「他在東海中名聲這麼差嗎？你們大帝不管嗎？」

水魅藤道：「他是大帝的親子，誰敢告他的狀啊！不過那天龍三太子被聖使大人您教訓了之後，就向大帝哭訴，結果大帝知道他衝撞了聖使大人，不但沒答應他的請求，反而將他關押起來面壁思過。」

我點了點頭道：「子不教父之過！」

水魅藤見我將過錯歸於龍淵大帝的身上，臉上頓時尷尬的說不出話來。看著他的樣子我心中暗笑：「龍三太子修爲極高，他這種級別的高手絕對不是一個倚仗父親的小惡霸所能修煉到的，更何況你水魅藤乃是龍淵大帝極爲器重的寵臣，還不至於怕了龍三太子吧！」

沉默了一會兒，水魅藤又道：「聖使大人，你身下的這龜好像不是一般的海龜啊。」

我瞥了他一眼，不置可否地道：「何以見得？」

水魅藤呵呵一笑道：「聖使大人，你可知道我身下這頭海獸是什麼獸嗎？」

我掃了一眼，較大的骨骼，血色的長毛在水中飄蕩，頭若獅子，兩隻眼透露出兇狠的光芒，看起來頗爲兇悍，我搖了搖頭。

水魅藤道：「我這乃是名列東海十大凶獸第三的血靈獸。」

看這海獸的樣子，說是位列第三的凶獸我倒是深信不疑。

水魅藤又道：「雖然我這隻坐騎非常兇猛，但是看到聖使座下的那隻海龜，仍是十分畏懼，所以我想聖使大人坐下的這隻龜肯定來歷不凡。不知大人能否相告啊！」

我望了他一眼，摩挲著小龜結實的殼，淡淡地道：「一般的海龜而已，只是體型大了點罷了，你那隻血靈獸可能膽子有點小。」

水魅藤見我不肯相告，乾笑著道：「是啊，這隻血靈獸膽子太小了。」

我雖是不懼怕他，但是在別人的勢力範圍中，小心點總是好的。

不久我們來到了海人族在海底的洞府，宮殿十分氣派、豪華，在海底綿延不見盡頭，正門有十數米之高，高大寬闊的玉石匾額掛在正門的門楣上，上書幾個字──「龍宮神殿」！

昔年龍族乃是四海之王，東海海人族以龍宮自詡，雖是霸氣十足，倒也合適。兩邊不知何物所製的十六根柱子高聳而立，整個水府顯得莊嚴巍峨。站在跟前，頓時令人感覺自我的渺小。

水魅藤從血靈獸上下來，擺出邀請的姿勢，道：「聖使大人，這就是海人族的水府。雖比不上聖殿的氣派、金碧輝煌，住在裏面倒也逍遙。」

我一拍座下的小龜，四周的水流在小龜的控制下，帶著我們悠然的向著宮殿裏面飄去。剛走沒幾步，突然七八個蛙兵手中拿著叉子擋在小龜的面前，大喝道：「來者站住，龍宮水府不得亂闖！」

這時候，水魅藤忽然道：「你們幾個都下去，沒看到這是大帝盛情邀請的貴賓嗎？」令我驚訝的是，水魅藤呵斥過後，幾個蛙兵不但沒有順從的後退，反而持著武器向我慢慢走過來。我奇怪的向水魅藤望去，卻發現了他眼角內隱藏的一種怪異的微笑。我暗哼一聲，想試探我的實力嗎？

望著不斷逼近的蛙兵，我心中道：「昔日我送蟠桃回聖殿，一柄神鐵木劍殺得你水猴族狼狽逃竄，今日竟敢派人試探我，當真是好了傷疤忘了疼。我就不動手，看你出什麼招！」

幾個蛙兵也奇怪我爲何動也不動，卻猛地躥上來，幾把叉子向我狠狠地戳來，我大怒，本以爲他們只是裝樣子，並不敢動手。水魅藤應該深知我的實力，怎會派這幾個兵勇送死！

我用神識掃去，感應到這幾個看似守門的兵勇，實力卻並不低，七八把叉子攪動著水流向我擊來，他們的攻擊來得很快，彷彿絲毫不受水的阻力限制，我剛要有所行動，忽然身下傳來低微的振動。

眼看幾個蛙兵要登上小龜身上時，突然幾道亮光在眼前驟然閃過，小龜身上竟生出堅硬的條狀物，將我護在當中。

身體四周長滿了仿若荆棘的刺，幾個蛙兵的攻擊被龜刺擋住，彈了回去，受到意外阻攔的蛙兵並不氣餒，又一次衝了上來。速度和力量更勝剛才。我望著他們，心中並沒有一絲驚慌。我在等小龜發威。

作爲水系的寵獸，牠的級別已經接近神獸，牠就是水中的霸主，對於有人敢在牠面前攻擊自己的主人，小龜有種不同往日的憤怒。

四周的水流驟然劇烈震動起來，水中傳來彷彿悶雷的聲音，使聞者心驚。

四周的水流忽然好像一堵非常厚的牆橫亙在我和他們之間，蛙兵們拚命想打破這堵牆的阻隔，向我衝來。

水牆忽然「抖動」起來，蛙兵瞬間陷入了水牆中卻無法從裏鑽出去，在他們努力掙扎的時候，水牆轟然爆裂，四周的水流急劇地震盪起來，八個蛙兵被炸得暈頭轉向，身體被水流拋得遠遠的。

水魅藤忙上前道：「這幾個該死的東西，跟他們說了您是大帝的客人，還敢這麼放肆，您對他們的這點懲罰實在是太輕了，請您放心，這幾個東西，我會好好教教他們禮貌的。」

我似笑非笑地瞥了他一眼，漫不經心地哼了一聲，道：「他們不認識我倒也罷了，難道不認識你嗎？」他雖然強作鎮定，但是臉上仍有難以完全掩飾的震驚和恐懼。

我心說你還真拿我當傻子，以為我看不出嗎，有你堂堂族長引路，又事先申明，我是龍淵大帝請來的客人，他們如果不是你們事先安排好的，有幾個腦袋敢這樣對我。

再說，他們這等修為，真的會派來看大門嗎？不就是想試試我的斤兩嗎，幸好我的小龜不負我望，否則今天還真丟人！

我摸著小龜身上的龜刺，透著股溫溫的熱意，今天要不是碰巧把牠召喚出來，還真不知道牠已經進化出這種東西。

水魅藤假裝聽不懂我話中之意，唯唯諾諾地領著我繼續向前走。

他的坐騎血靈獸，好像剛才被發威的小龜給嚇到了，色厲內荏地對著小龜發出吼聲，卻不敢靠近小龜。水魅藤翻身上來自己的坐騎，卻沒想，血靈獸腿打軟竟把他給摔下來了。

我望著他呵呵笑道：「你的小傢伙好像被我的小龜給嚇著了。」

水魅藤乾笑道：「聖使大人的坐騎確實不凡，確實不凡。」

他硬拖著自己的坐騎向前走去，等到離開了小龜一段距離，血靈獸才抖擻精神重拾丟失的威風，載著水魅藤在前面走著。

小龜背殼上的刺櫛比鱗次地佈滿了一圈，把我襯在中間，倒像是一個蓮花座一般，小龜悠然地穿行在隊伍中，水魅藤帶來迎我的那些騎著海馬的兵勇，在剛剛小龜的發威中都受到了極大的震懾，小龜經過時，所有的海馬都情不自禁的向後退去。

我邊走邊猜測，他們這麼做的用意。

難道他們真的想測試我的實力嗎，水魅藤對我的修爲最有體會，畢竟我殺了他不少族人——那些吃人的水猴！我和東海的大元帥虞淵也曾交過手，難道龍淵大帝不相信他們的話，想要親自測試我嗎！

可是他這麼做的原因又是什麼呢？

我不禁暗暗皺眉，莫非是想拉攏我？龍淵大帝自是非同一般的人物，或許他也看出了當今的形勢，所以想拉攏我替他效力，但又怕我沒真才實學，所以特意安排了這場好戲。

我有些弄不清他們的用意，不管他們用意如何，我來此的用意是想辦法將海人族和人族說和，也免去了一場災難，兩族一旦交戰，死傷在所難免，倒楣的還是普通老百姓和東海眾多水族！

東海雖然人多，但是普通的蝦兵蟹將又怎可能是修武人的對手。

另則，我心中一直惦記著藍家的大公子藍泰和海人族的公主虞美兒之間的戀情，若能撮合兩人，我亦欣甚。只怕龍淵大帝難講話！不到萬不得已，我不能得罪這位大帝！

對於自身的安全，我反倒並不擔憂，且不說剛才小龜展現出來的水中之王的氣勢，一且情況危急，我化身爲龍，東海水族就算再多一倍，又有誰能擋我！何況龍族才是東海的真正主人，待到他們見到我的真龍之身，誰還敢褻瀆神龍之威呢！

行了一段時間，水魅藤停了下來，指著前面不遠的另一座水府道：「這裏名叫『水晶宮』，是我們龍宮水府專門招待貴賓的地方，請聖使大人在這裏稍事休息，我去請大帝！」

我跟在水魅藤身後進了這座水晶碧玉般的宮殿，從未想過在水下也可以建出這麼華麗龐大的宮殿，一切事物都浸在水中。

我從小龜身上下來，坐在一邊。

水魅藤上來道：「聖使大人您先歇息著，看看歌舞解解悶，我這就去請我家大帝。」隨著他的拍掌聲，一群美人魚游了進來。

這些美人魚個個貌美如花，肌膚若白玉般嬌嫩，只是卻少了一股虞美兒的高貴氣質。美人魚在我面前翩翩起舞，不一會兒，忽然不知從哪冒出來的一群五顏六色、形狀相似的小魚湊熱鬧似的爲美人魚伴舞。

美人魚在魚兒們的襯托下愈發顯得嬌豔欲滴，不斷變換著舞陣，優美的舞姿連一向見多識廣的我都大爲讚嘆。

這水中的建築確實與地面大不一樣，「水晶宮」中連假山與珊瑚都移進了宮殿，不但沒有一絲累贅之感，反而別具一種神秘的美。珍珠連著貝殼一塊放在水晶宮中，夜明珠閃閃發亮。

不知何種生物的水草彷彿是絲帶一般整齊的漂在水晶宮上部，錯落有致，在夜明珠的光芒下反射著淡淡的彩光。爲水晶宮營造出另一番韻味，要是藍薇和我在一起該有多好，她也能夠欣賞到如此獨特、奇異卻一樣美麗的神奇宮殿和海人族的舞蹈。

我摸了摸烏金戒指，裏面有六根靈犀角，我真恨不得馬上就使用靈犀角，和藍薇一訴衷腸，告訴她，我這段時間所經歷的奇奇怪怪的事物。一想到她，心中馬上湧起一股難以表達的甜蜜感！

時間過了好大一會兒，水魅藤還沒有出現，龍淵大帝也沒來。

只有眼前的這群海人族的舞娘們一直在跳個不停，宛如永遠感覺不到疲勞一樣，我皺著眉站起身來，心中忖度：「水魅藤這麼久不出現，莫不是又在玩什麼花招！」

我向面前的舞娘們道：「你們下去吧！」

舞娘們倒也聽話，一時間走得一乾二淨，連魚兒也不見了，剛才熱鬧萬分的水晶宮眨眼間只剩下我一個，冷冷清清。

我在寬敞華麗的水晶宮中踱步，四周皆以獨特的海洋生物裝飾，匠心獨運，令人拍案叫絕。然而水魅藤遲遲不歸，使我無法安心地欣賞這人間難得一見的奇特美景。

又等一會，我逐漸變得不耐起來。在一邊閉目養神的小龜好像也感覺到我的煩躁，頭從龜殼中伸出，睜眼向我看來，玩累了在牠腦袋上休息的小靈犀也被牠驚醒，打了個噴嚏，一個很大的氣泡從牠嘴中噴出，小靈犀游到懷中，把我當作牠的媽媽一樣撒嬌。

我撫摩著牠滑膩膩的小腦袋，心中暗道：「我倒想看看，你能玩出什麼花樣！」一絲微笑從心中升到嘴角。

龍淵大帝既然把我請來，肯定不會避而不見，不過就算他現在不想見我，恐怕我也不會答應了，諺語有云：「請神容易，送神難。」我這尊神又豈是誰都可以請的！

我就趁此機會，好好一飽水晶宮的眼福。傳說在數萬年前，東海龍王佔據此地，富甲天下，金銀財寶數之不盡，玉液瓊漿用之不完，神兵利器車載斗量，當得上是三界第一富有。

海人族在龍一族離開此地，而佔據東海，想來得到的好處應該不會少，如此富饒的東海，各種尚未發掘的寶藏更是應有盡有，我不趁此機會一睹「水晶宮」全貌，以後想想都會後悔。

「唧唧！」我剛起身，忽然發現小靈犀不知何時從我懷中跑出去了，現在正被一隻海蚌給夾住了鼻子，急得四隻小腳亂蹬，疼得直哼哼，我微微一頓足，便來到牠身邊，一把抓起海蚌，一股純陽內力傳了過去，海蚌熬不住，終於打開了殼，小傢伙忙不迭的把頭縮回來。

蚌殼裏面露出一顆半透明亮晶晶的小珠子，說是珍珠，卻有不小的差異，我探手將小珠子從裏面攫出，將海蚌放回原處，將珠子拋給小靈犀，道：「你把我的小寶貝給夾傷了，這個小珠子就當補償了。」

小傢伙一口把小珠子給含在水中，吐進吐出，小珠子在海水中放出淡淡的光芒，小靈犀玩得不亦樂乎。然而原來那隻兩隻手掌大小的海蚌突然化作一個半人大小的海蚌，卻沒有其他的變化。

我大感詫異，東海中果然奇怪之事頗多。殊不知，那個倒楣的海蚌卻因爲小靈犀一時的好玩，失去了修煉了數百年的根本——元魂珠，失去了這個東西，即將幻化成人的海蚌精只能再努力修煉一百年，才能恢復今天的元氣，凝成元魂珠！

所以牠現在失去了根本，無法再保持現在的模樣，變回本體！

「水晶宮」確實豪華奢侈，以夜明珠鋪路，珊瑚作牆。我一路欣賞著五顏六色、花團錦簇般的珊瑚、水母，真像是進入了皇家的苑囿，心曠神怡、眼花繚亂。

在四大星球時，即便是最齊、最大的海洋館中的生物也沒有達到這裏十分之一。更沒有這裏的奇秀美麗，變化萬端。

就因爲這個，如果以後水魅藤那個傢伙欲要對我不利，當可饒他一次，沒有他，我又哪能欣賞如此奇景。

一條十數米的電鰻，倏地從我眼前滑過，電花彷彿美麗的焰火，一瞬即逝。我滿心歡喜的在海洋生物花園中徜徉。

再往前百米，秀麗的景色漸漸結束，巍峨、莊嚴、詭怪的假山代替了奇小溼巧花園秀景，怪石嶙峋，嵯峨挺立，就連擺放的位置也大有講究，高高低低，錯落有致，更利用視覺的幻覺，使人產生無數幻想。當真是發前人所未發！令我頗有驚喜不已的心情。

待我走近，才發現這並不是什麼假山，而是真真正正的山，卻是長在海底，從這些山叢的位置來看，顯然是經過有心人的修葺，這些山群才如此瑰麗，山群中更有古怪的魚群逡巡其間。

更有一些聞所未聞、見所未見的物種或蟄伏、或遊弋，或捕食、或逃竄。雖沒有聲音，也不見任何人，卻絲毫不予我有寂靜的感覺。

小龜亦步亦趨地跟在我身後，龐大的身軀因爲在剛才的海洋花園中不方便而縮小了很多，小靈犀更是調皮的不斷的在我身旁撲騰著。

讚嘆著罕見的美景，我在山群中越走越遠。忽然我發現山群漸漸動了起來，我立即將小靈犀抱在懷中，小心地警戒著。

山群移動得很慢，不斷的在我眼前變換著方位，原本山群所形成的景象卻在移動中忽然產生了變化，彷彿一幕動態的動畫在我眼前播映。

山群移動的循規蹈矩，一點也不會對我造成傷害。我這才慢慢放下心來，放著小靈犀在我身邊游動。

真是走到哪裏，都會得到新的驚喜，此行東海不虛啊！

我放步向前走著，偶爾有一兩座山迎面或橫向與我相遇，也都讓我輕鬆避開，再往前山群速度也逐漸的變快，但景色亦沒有讓我失望！

沒有想到這些山群竟然能夠移動，我原以爲它們已經在原來的位置生下根來，不會隨著水流移動，看來是「水晶宮」的主人故意想在這裏給別人驚喜吧！

我下意識的向著腳底望下去，想看看一座座山的底部是怎麼樣的，這才發現腳下的地面很平整，一點不像剛才經過的「花園」，地面有高有低，這裏卻幾乎是水準般的平整，正適合山群移動。

我心中疑念大起，驟然一股水流洶湧向我捲來，小靈犀把持不住水流的衝擊，「唧」的一聲被捲了出去。

我抬頭時，心中猛的一頓！四周景象大變，山群以出乎意料的速度在快速移動，規律也同時發生了變化，讓人無法一眼看出其軌跡，甚至還會有小山隱藏在大山之後。

我顧不了那麼多，向著小靈犀游了過去，失去我的保護，任何一座山都能讓牠粉身碎骨。跟隨在那股洶湧的水流之後，是一座六七米高的山，一路撞開幾座小山，餘勢不歇的向著我衝來。

我霍地一拳打出去，按照正常情況，這座山必定應聲而化爲碎石，然而令我意外的，大山只是被我打去了上面一部分，山的底部依然向著我撞來。

四周的山群都瘋了一樣橫衝直撞，小靈犀更是被駭得連動也不敢，只是眼巴巴地望著我，渴望我去救牠。時間來不及多想，我決定硬受衝過來的山底的一擊，也要把小靈犀給救下來。

決心只在千分之一秒在心中決定，我縱身向著可憐的小傢伙飛快地游過去，在把牠抱在懷裏的同時，全身運力於背部，等著重擊。

「轟匡！」背後響起劇烈的響聲，水流一陣動盪！我大訝轉身望去，驚喜地發現小龜在緊張時刻已然現出巨大的身體，強壯的背殼竟將山底撞個粉碎。

我剛要說句讚賞小龜的話，只是這刹那的工夫，又有兩座山分別從前後撞了過來，我迫於無奈向上游去，卻駭然發覺，有幾個小若磐石的山倏地從底下呼嘯著衝破水流向我擊來。

我只好再游下去，躍到小龜背上。此時水流變得十分詭譎，在群山中激湯，由於在水底既受水壓的作用，又有水流的阳力，我一身絕高修爲竟然無法正常發揮，被幾塊破石頭給逼得灰頭土臉。

想來這就是水魅藤給我擺下的鴻門宴了，我騎在小龜的脖子上，群山沒有規律的胡亂衝撞，不過擊中我們的機會仍是大得無法可避，我不斷地耗費自己的內息將大山給推開，但仍有照顧不及的山石撞上來，雖然統統被小龜的殼給擊得粉碎，我卻心疼小龜的身體！

我們好像處在群山的中央，走了半天也看不見路！

我對著不斷飛衝的山群大喝道：「龍淵大帝，既然你不出來，我就把你的水晶宮砸個天翻地覆，區區幾座小山就想把我克制住，你也太妄想了吧！我就讓你看看聖族的實力！」

水波陡然在我身邊被映出七彩光芒，「煙霞」已然握在手中，在水光中若隱若現，呈現半透明狀，如果不是四射的光芒，誰也不知道在我手中竟有一把如此近乎透明的神器。

望著四周狂亂的山群，心中有種近乎狂傲的心情在不斷上升。

我大聲怒喝：「給我長！」「盤龍棍」的部分在我意念下不斷地膨脹，一條粗大金光燦燦的長棍在水中依然晃眼！

一座剛接近的大山，被「煙霞」重重砸了下去。這種直接攻擊，多一絲內力都沒有浪費，全部被大山完全接受了！

「轟隆」聲中，大山化爲漫水的石雨，一些小山受到衝擊也改變了方向，小龜悠然地爬動著自己龐大的身軀。

我站在小龜的背上，山中一條金光四射的「盤龍棍」左挑右擋，一會兒工夫在我前後左右都堆滿了石頭，水流中混合著漫天的石屑。

我如一尊不可侵犯的天神，在小龜的背上舞動著「煙霞」。

水流漸漸不是那麼激烈，周圍的群山也慢慢靜了下來，我雙手仍握著「煙霞」，小心翼翼防範著突發的變故。

山群果然停了下來，卻突然有怪魚從山中不斷衝出，向我們襲擊。

各種奇怪的海洋生物都將我們當作敵人，不斷的對我們發出攻擊。只是作爲海中當之無愧的王，小龜對牠們的攻擊並不在意，而那些奇怪的攻擊對牠也只若隔靴搔癢，根本無法對牠造成傷害。

偶爾有一兩隻不長眼的想衝到背上來攻擊我，卻被小龜伸著長長的脖子當作食物給消滅，即便是牠脖子不及的地方，小龜也有絕招，長開大嘴猛的一吸，攻擊者無法抗拒的被牠吸到嘴中！

我一邊觀察著四周，一邊在心中想著：「水魅藤呀，水魅藤，你這個可惡的東西，竟然用這麼卑鄙的手段偷襲我，不過我既然說過要饒你一次，剛才的群山的攻擊，我就饒了你，如果後面還有什麼花樣的話，我就不能饒你了！」

嶙峋的怪石遍佈左右，四周漸漸的靜了下去，我們邁入另一個廳內，地面用玉石砌成，光滑平整。兩排高粗的柱子整齊地排列著，支撐著大廳的重量和海水的壓力。

廳內靜悄悄的，正要邁步向前，忽然一隻怪獸一步步從一個大柱子後走出來，搖頭晃腦，凶光霍霍。我一眼便認出，這隻海獸就是之前水魅藤的坐騎，碩大的獅子頭既兇狠又有點恐懼地盯著我們。

我淡淡一笑，自己猜的沒錯，果然是水魅藤在暗中搗鬼，水魅藤自己絕對沒有這麼大的膽子，而能指使他的人也不過寥寥幾人而已，背後策劃之人呼之欲出。

我和小龜並未被突然出現帶有敵意的血靈獸所震，悠然向前走去。血靈獸倏地往後退了幾步，顯然牠對小龜的威勢心有餘悸。

我呵呵一笑，對這些獸類，我天生便有好感，陡然心生一個念頭，把這隻血靈獸給收服了，「哈哈！」一想到水魅藤看到自己的坐騎背叛了自己卻成了我的坐騎，不知會作何感想。

我取出兩顆血參丸，運力擠碎一顆，充沛的靈力頓時在海水中飄溢開。等到血參丸的靈氣擴散到血靈獸身前，我捏起另一顆血參丸向牠晃了晃道：「小傢伙過來，我這裏有好吃的。」

血靈獸不斷舔著舌頭，但又有些害怕，想過來剛走了兩步，又害怕地退了回去。我望著牠又饞又怕的樣子，就知道自己已經成功了一半。這招還是從「似鳳」身上學來的，用靈氣充沛的藥丸對付這些小傢伙真是屢試不爽。

想當年，我在神劍中收服大地之熊也是用的這一招，連神獸都無法抵擋，何況區區一血靈獸。

血靈獸終究抵不過自己的天性，「呼哧呼哧」地舔著舌頭，慢慢向我試探地移過來。看著牠那小心翼翼，卻饞相十足的樣子，我不禁大感好笑。走了一半，血靈獸便停了下來，不願再走過來，只是貪婪地望著手中的那枚小小的血參丸。

我知道不能逼牠太急了，將手中的血參丸向牠拋了過去，血靈獸張開大大的嘴巴，一口吞了下去，看牠「吧嗒，吧嗒」非常用力的大口咀嚼，我忍俊不禁地想，這小小一顆血參丸用得著這麼大力地吞咽嗎！

血靈獸打了個「飽嗝」，望著我的日光也「柔和」多了，沒有先前欲擇人而噬的兇悍，片刻後，血靈獸忽然渾身顫抖起來，同時發出痛苦的低吼，血靈獸似乎難以支持突然出現的痛苦，拚命地搖晃著腦袋，發狠的狠狠撞擊著身邊的一根柱子。

每一次撞擊都使整座「水晶宮」跟著顫抖一下。

我驚訝地望著突然而來的狀況，不知道為何牠吃完了血參丸會發瘋。

我驀地往前游了過去，小龜和小靈犀也隨之游了過來。血靈獸見我們游了過來，雙眼綻射出兇狠的神情，強忍著痛苦，低吼著瞪著我。

見我無視牠的警告不斷向牠游過去，倏地張開血盆大口，對我狂吼。水流彷彿也受到牠的指揮向我噴湧而來，巨大的阻力，令我驚訝地感覺到牠的力量彷彿比之前要強很多。

我望著牠身體上的血色愈發濃烈，心中頓時閃過一道靈光，莫非牠受到血參丸中靈氣的益處要產生蛻變了嗎？

想到這，我不理牠的敵意，輕鬆躲過牠的攻擊，翻身躍到牠背上。

血靈獸頓時暴跳如雷，縱躍著想將我弄跌下來。我不疾不徐的將一道柔和的靈氣輸入到牠體內，幫牠舒緩體內激烈湧動的能量流。

漸漸的，血靈獸老實下來，乖乖地趴在地上，一動不動。

看著牠老實下來，我也鬆了一口氣，同時心中好笑，一顆小小的血參丸雖然說所含靈氣不菲，但是僅一顆就能讓這個大傢伙蛻變進化，實在大出我的意料之外。

「似鳳」那傢伙小小的身體，吃了不計其數的靈丹、靈果、靈藥、靈液都沒有進化，看來神獸和普通的獸類相差確實很大。

「啪啪，」拍掌聲從遠處一根石柱後面傳了出來，接著便是令我備感熟悉的囂張聲音，「果然厲害，輕易就能把聞名東海的十大凶獸之一給收服了，我是不是小看了你呢！」

聲音之後，一個人出現在我視野中，此人竟是怎麼也沒想到的龍三太子，望著他似笑非笑卻異常得意的笑容，我皺了皺眉，暗自忖度這傢伙怎麼突然出現在這，他來幹什麼呢？不過看他的樣子，不像是代替他父親來招待我這個貴賓的。

心念電轉，我悠然從血靈獸走下來，望著他，淡然道：「原來是龍三太子，沒想到龍三太子竟然神通廣大到知道我迷路在此。這『水晶宮』大得驚人，本聖使迷戀美景，一不小心迷路走到此地，還好有龍三太子來給我引路，否則本聖使還真不知該如何是好了！」

龍三太子並未爲我的話所動，望著我凶芒四射，突然又轉變成笑容可掬的樣子問候我道：「那日東海一別，本太子可是無時無刻不想念聖使啊，不知聖使大人一向可好啊，今日既然做客我海宮，本太子自忝爲半個東海的主人，當然要一盡地主之誼，好好招待您一番！」

說到「招待」二字，故意加重了聲調。

只看他兇狠的樣，就知此事善了不得。現在我並不想和他有大的衝突，要知道我來此地，一是要盡力勸說海人族不要同人族開戰，其二是勸說龍淵大帝同意虞美兒與藍泰的戀情。

我要是將這小兒給打傷，勢必要和龍淵人帝讓成僵局，這非我所願。

龍三太子邊向我走過來，邊道：「聖使大人給本太子上了一課，要本太子認識到天外有天的事實，自那日後，本太子勤加修煉，最近道行又有精進，今日見到聖使，還請聖使不吝賜教！」

說到最後一字，他的手陡然放出一片亮光，水波一陣湧動，一團水流化作猛獸狀，輕易衝破重重水流向我撲過來。尚未到我身，我便感到一股兇猛的水壓先一步向我擠壓而來。

海人族本是海中生物，在他們熟悉的環境自然是威力倍增，我不敢怠慢，陡然一掌劈出去，一道凌厲的刀氣將我眼前的水流一分爲二，連那個水流凝成的猛獸也被劈爲兩半，一片真空狀態在刀氣之後形成。

龍三太子略顯驚訝地望著我，眼角卻閃過一絲狡猾之意。

被我劈成兩半的猛獸在刀氣過後，陡然又合在一塊繼續向我撲了過來。這讓我吃了一驚，這是什麼功法，聞所未聞，被我劈成兩半竟然還能合二爲一，繼續攻擊我。

思念間，猛獸已經撲到身前，我迅速伸手在中間凝固了一片水幕，猛獸卻毫無阻礙地穿過水幕向我襲來，我這才意識到水性攻擊對這個由水流合成的猛獸是沒有任何用處的。

我怒喝一聲，心中暗道：「看我將你凍成冰塊，看你還能作何變化！」

至陰之氣瞬間將撲襲而至的猛獸給凍成冰塊。我還沒來得及得意，異變又生，冰塊在極短時間融化，來勢不變的依舊撲了過來。

我意識到自己犯了一個錯誤，自己想要在東海之底將一部分水給凍結，豈不是癡人說夢嗎，我若要將部分水給冰凍，除非讓整個東海的水都達到冰點，就算我本領再大一倍也不可能做到此事。

沒想到，在東海之內，龍三太子只是輕鬆地施展了一個小本領就把我弄得如此狼狽，我不禁心頭火起。

我若連他都奈何不了，以後如何面對龍淵大帝，如何與龍淵大帝在東海之內爭奪「龍宮寶藏」！

我冷哼一聲，一圈氣罡將猛獸給套了進去，將牠與周圍的水流隔開，我瞬間把手插進氣罡中，至陰之力剎那間將猛獸凍住，我微一發力，猛獸化爲片片碎冰，我撤去氣罡，碎冰融化在水流中。

我望著龍三太子道：「雖是雕蟲小技，不過亦看出龍三太子的修爲確實有所精進，不過若只有這點本事，還不足以做一海之主啊！」

龍三太子神秘一笑，道：「聖使大人教訓的是，如果本太子只有這點本領，又豈敢在聖使大人前賣弄。」

龍三太子大喝一聲，雙手充盈青色毫芒，在身前的水流連點，片刻間，十幾頭比先前那隻大了許多的猛獸穿過水流向我撲過來。

望著這些大傢伙，我猛地咬牙，看來這次氣罡要再大些才行，雙手擺動，淡淡的白光在我手間躍躍欲試。

第十二章　十獸困境

我正要有所行動，忽然一直靜靜待在我身邊的小龜倏地從我身後衝到我身前，只見小龜面對正面攻來的十來隻體型不小的怪獸，猛地張開大口，一股絕強的吸力在牠口邊形成。

一道漩渦迅速地吸引著那些怪獸，拖曳著將牠們一個個吸到口中。

「咕咚！」在吞下最後一隻怪獸後，小龜誇張地做了個吞咽的動作。

龍三太子目瞪口呆地望著小龜，好像現在才真正注意到小龜的存在，半晌後，龍三太子動容地道：「這是何物，東海中從未見過如此兇悍的猛獸！」

我笑吟吟地望著他，道：「如果龍三太子只有這點手段，那麼還是算了吧，請帶我去見龍淵大帝，龍淵大帝差水魅滕請我來東海，我不想因爲我的一點私事，耽誤了龍淵大帝的要事。雖然你是大帝的子嗣，恐怕要是讓大帝知道你耽誤了他的大事，你也不會好過吧！」

簡單的兩句話，說出了我此來的用意，並且告訴他有人知道我來此地，萬一我出了意外，會有人知道是他所為，隱約的警告他不要耍花樣。

龍三太子微微一愣，視線不捨的從小龜身上移開望著我道：「父王尚武，如果他老人家知道本太子向聖使大人請教武學，不知道有多高興哩，聖使就不用擔心了，等你領教了我的能耐，我自會讓你見到父王。」

我心中一怔，暗道：「好傢伙，好大的膽子，我提出龍淵大帝來壓他，他都不為所動，水魅藤說的倒真是實情，這傢伙仗著父寵，在東海內無法無天。」

龍三太子嘿嘿笑望著我，道：「剛才只是活動筋骨，現在才是動真格的。」他頓了一下，目光又瞟到小龜身上，道：「不過，你要是能把這隻海獸送給我，我也許會放過你。」

我心裏很清楚，他已經被小龜剛才所展現的威力弄得有些心癢難耐了，只可惜妄圖讓我把珍若性命的寵獸送給他，簡直是白日做夢！

我淡淡地瞥了他一眼，抱著懷中的小靈犀微一縱身，盤腿坐在小龜的背上，我摩挲著小龜背上縱橫的條紋，不置可否地道：「想要我的寵獸，那得看你是否有這個資格了。」

龍三太子搓了搓手道：「那是當然的，一般人又怎麼能配上這麼厲害的海獸呢，不知道如何才有此資格。」龍三太子還真以爲我怕了他，打算割愛於他，並沒有醒悟到我是在諷刺他！

我哈哈大笑道：「那就得看你能否打敗我了！」話聲中，我已以急快的速度破開水流向著龍三太子襲去。水中不比陸地，阻力太大，雙掌無法幻化出太多的幻影，只能純以速度力量取勝。

龍三太子對我的襲擊並不太放在心上，雖然吃驚我在水中的速度，卻更相信自己在水中所佔有的優勢。

張口驀地吐出一口唾液似的液體，雙掌連揮，在我攻來之前，一道水幕已經隔在我們之間。我暗暗冷笑，想憑區區一道水幕就要阻擋我的去勢，實在太幼稚了。

雙掌猛又增加兩分力氣，向著水幕撞去。雙掌甫一接觸到那道水幕，心中便知這道水幕是加了特殊的料子，薄薄一層水幕卻堅韌得很，我一擊上去，水幕便被我打得向後擴展開去，但並未裂開。

我一收手，水幕跟著我的拳勢也向我收來，我立知要糟！

那層水幕以迅雷不及掩耳之勢將我包裹在裏面。我困在裏面望著外面不無得意的龍三太子，心中責怪自己太不小心了。

在水中與他打，實在太吃虧了，我們雙方雖然都沒拿出真本領，我卻被他古怪的手段弄得狼狽不堪。不過這卻激起了我在水中戰勝他的鬥志。如果我連他也敵不過，我還有什麼本領和龍淵大帝談條件，龍淵大帝遠勝於他，我若敗在他手中，恐怕龍淵大帝正眼都不會看我。

我要以此戰立威！

心念轉動間，我迅速地釋放自己澎湃的內息，小小的古怪氣圈不斷的向外膨脹，我望著龍三太子，心中道：「看你的氣圈能有多結實。」

讓我意想不到的是，此氣圈竟然隨著我的滾滾能量不斷的向外擴大，卻無絲毫破裂的跡象，我望向龍三太子，這傢伙正瞠目結舌地望著巨大的氣圈，料想他被我擁有的巨大能量所震駭。

他見我向他望去，不由得露出得意的笑容，好像一點也不怕自己的氣圈被我撐暴。

我心中一怔，陡然想起了個中原由，這個氣圈一定可以不斷地吸收四周的海水來補充自己的不足，所以不論我怎麼用力，始終無法把牠給撐破。

這些妖精族都有特別的本領，而且他們都有真身，一旦變回真身就會發揮出更強的實力。上一次目睹孔雀族的王遮天大帝與鳳凰一戰，就可以自由控制風向，最終以此優勢戰敗了自己的天敵鳳凰，給我留下了深刻的印象。

像鳳凰就可以自由控制火的力量，這海人族應該是可自如控制水的力量，在水中想要戰勝他，還真要使出真本領啊。

微一思索，我便想出一個打破這個怪圈的方法，我停止向外釋放能量。至陰化純陽，瞬間的功夫，青色的三昧真火頓時在我身邊燃燒開，藉著遍佈圈內的真氣，一時三刻，偌大的一個怪圈中充滿了滔天大火。

望著一臉震驚的龍三太子，我敢打賭，他一輩子也沒在水底見過這麼大的熊熊火焰，只是在一瞬間的功夫，那個怪圈使消失不見。

四周的海水傾瀉而下，普通的海水遇到我的三昧真火，不但沒將其撲滅，反而在轉眼的功夫便被蒸發，我就那麼凜然地站在火的當中，幾息的工夫，龐大的蒸汽在我身邊形成，奇怪地形成了一個護圈，阻擋住周圍的海水，形成了一個熊熊火焰的火圈。

蹈虛而行，海水在我面前紛紛化爲蒸汽，龍三太子艱難地咽了口唾液，望著滔天的火焰，幾欲將東海的水都給煮沸了，龍三太子振作精神，狂喝一聲，四肢在水中舞動起來，彷佛在作一項舞蹈。

附近的海水隨著他的動作攪動起來，一股透明且閃動著異樣的光芒的特殊水流不斷在他身邊凝結起來，他的動作越來越慢，彷佛背上壓著沉重的大山。

一個渦旋逐漸在他手中形成，彷佛是一個一端小一端人的柱子，不斷的延伸向上方，他雙手托住低端，聲嘶力竭的狂吼一聲，抱起渦旋向我砸來。

「好大的氣勢！」我抽了一口冷氣，這廝在水中確實將自己的優勢發揮得淋漓盡致，看他筋疲力盡，額頭青筋暴跳的樣子，這應該是他最強一擊了。我心中不禁也熱血沸騰，決定以強對強！

我大喝著，圍繞在我上下左右的三昧真火，陡然凝聚成一柄大刀，正面向著渦旋劈了下去。「嘶嘶」水聲在耳邊響個不停。

「烏龍攪柱！」龍三太子大聲狂吼，旋動的水流因為渦旋的吸引力的緣故，逐漸化作一頭猙獰的龍頭，張開大大的嘴巴向我吞下。

兩強相遇，我的火焰大刀，把烏龍一口吞下，烏龍身體顯示著通體的青色，一條青流在烏龍身體中流淌，光芒驟然外射，烏龍破體消失，龍三太子驚恐地望著青色的刀芒帶著粉碎一切的殺氣向自己撲來。

我不得不讚嘆龍三太子這招確實厲害，兩股強大能量的碰撞，帶動著海底的水流紊亂起來。激流四撞，詭波翻湧，連我也把持不住自己的身體，被帶著晃來蕩去。

龍三太子卻意外受到了混亂水流的好處，沒有力量的身體被水流帶動著向外游去，恰巧避開了強大的一擊。

當然這也是我有意放他一次，我還不想殺了他，引起龍淵大帝對我的怒氣，所以破開了烏龍後，向前撲殺的由三昧真火聚成的刀氣只是保持著強大的殺氣，力量卻已被我降到了最低，只保持了個空殼而已。

龍三太子臉色蒼白，被我強大的一擊所震懾。

我淡淡笑著望著他，調侃道：「對我的表現，您還滿意嗎？」

龍三太子兀自嘴硬道：「這還沒完！」

「哦，是嗎？」我如一條箭魚似的倏地向著他衝了過去。

龍三太子轉身便逃，幾聲奇怪的低嘯從他口中傳出。幾根柱子後立即出現一隊持著劍戟的海人族士兵，大概數十人應聲而出擋在我倆之間。

我冷哼一聲，這小子倒是聰明，早有逃命的準備。

我厲聲喝道：「讓開！」雙掌化刀，凌厲的刀氣帶著三昧真火橫身擊去，數人的兵器被刀氣瞬間給劈成兩半。

一掌擊出，滾滾怒流席捲而去，將海人族的士兵們給捲了出去。

我大笑道：「龍三太子，還是讓我帶你一塊去龍淵大帝那吧！」

話未說完，我更是加速向著他游去，我要將他當作我的「禮物」送給龍淵大帝。就在我想著如何利用龍三太子讓龍淵大帝承我一個人情時，忽然水波中傳來意外的波動。

龍三太子驟然轉過身來，哈哈狂笑道：「看你這次還能奈我何！」話雖說得囂張，但蒼白的臉色慌亂的眼神將其出賣，現在他恐怕仍心有餘悸吧！

嘯聲順著水波在四周響起，我聞聲停了下來，一條凶獸踏著水波出現在龍三太子的身後，這隻凶獸長相十分奇特，龐大的身體，長著一顆大大的像是麒麟一樣的腦袋，兩眼不時閃動著金光，四蹄踏動時，水波自動的向兩邊分開。

我正在仔細觀察著這隻凶獸，忽然身後又傳來一聲尖利的怪聲，我轉過身望去，竟又是一隻怪獸，怪獸若馬，長有一個大大的龍頭，頭上有角似牛，雙眼陰冷似電若蛇，一望便知是極兇狠的怪獸，身上長有鱗片，反射著淡淡的光芒。

我望著牠，心中忽然有種熟悉的感覺，這隻凶獸好像以前在哪裏見過，仔細想了想，記起之前送蟠桃回聖地時，第一次見到水魅藤時，他坐下有一獸，與這隻一般無二。

難道天下有兩隻一模一樣的凶獸？我心中大生疑惑。

龍三太子見我沉吟不語，以爲我害怕了，臉上頗有得色，他得意地道：「雖然東海十凶獸沒有聚齊，但是這幾隻已足以讓你俯首了。」

說話中，又有幾隻怪首分別從我四面八方出現。

左前方與右前方分別有一隻凶獸互爲犄角之勢攔在龍三太子身前，這兩隻凶獸長相貌似血靈獸，只是身上的皮毛顏色不同，一隻爲淡淡的紫色，另一隻爲濃烈的火紅色，毛髮隨著水波浮蕩，好像跳躍的火焰，兇神惡煞地盯著我。

在左後方和右後方也分別有兩隻凶獸擋住我，一隻貌似百獸之王，唯獨頭上長有一犄角，模樣頗有獸中之王的氣勢，而另一隻彷彿傳說中的守護地獄的神犬，神情兇悍無比，通體墨色，白牙森森。

唯一與普通犬類不同的是，在身後拖著一條長長的尾巴，尾巴上長有堅密的鱗片，不時地甩動一下，看起來應該頗為靈活。

犬類是對主人最為忠心的動物，是以，在這六隻凶獸中牠對我的表情最為兇狠，我毫不懷疑，只要龍三太子一聲令下，牠會第一個向我撲來。六隻兇悍的所謂的東海十大凶獸將我團團圍在當中，從牠們的表現來看，確實都有不凡的力量。

龍三太子好像忘記了剛才狼狽鼠竄的尷尬，得意洋洋地望著我。

我收回目光，淡淡地望著他道：「就憑幾隻小貓小狗就想勝我，你不覺得自己有些太武斷了嗎？」

他見我在幾大凶獸的包圍下，仍敢誇下如此海口，怔了一下，心裏頓時不安起來，強作鎮定地道：「雖然六隻少了點，可惜那隻血靈獸被你給打傷了，不然一定可以勝你。」

經他這麼一說，我才想起了血靈獸，跟他打了這麼長時間，不知道血靈獸有沒有蛻化完。我轉頭向著趴在地上的血靈獸望去，血靈獸在我們驚訝的目光下，搖晃著站了起來，血色的毛髮鮮豔欲滴，兩隻眼睛大而有神采，望向我時，目光頓時和馴起來。

「哞！」血靈獸引頸在水中發出了驚天動地的吼叫，氣勢比之前強了很多，圍在最後面的水魅藤的那隻坐騎頓時不安起來。

血靈獸的甦醒令龍三太子大爲驚喜，在他想來，有了這隻血靈獸，他憑著這七隻東海十凶獸一定可以報先前的仇。他忙不迭地發出呼喚的特殊嘯聲，卻不想，血靈獸只是向他望了望，並沒有按照他的意思站在他那邊去，龍三太子心中大愕。

「嗚！」他以爲自己剛才太激動發錯了嘯聲，又急忙再次呼喚了幾次。血靈獸卻仍是不爲所動，虎視眈眈地防範著水魅藤的那隻坐騎。

我悠然一笑，道：「是不是很失望，妄圖倚仗幾隻鱗蟲就想勝我，你以爲我這個聖使是假的嗎，好！既然你喜歡用這種方法來解決，我就陪你玩玩，我就用我的寵獸對你的東海十凶獸！」

我身上具有攻擊力的寵獸只剩下大地之熊、小火猴和小龜，如果七小和似鳳在此便好了，不論七小還是似鳳都能夠輕鬆取勝這幾隻凶獸。

龍三太子愕然地望著我，想不通我爲什麼在大爲有利的情況下，放棄生擒他的機會，願意以獸對獸。

就算他是瞎子也能看出來，血靈獸已經不爲他控制，恐怕還會幫助我對付他的凶獸，另外還有一隻極爲厲害的海龜，再加上我自己，他幾乎沒有一分勝算。

我向血靈獸招了招手，血靈獸聽話的向我這跑來，匍匐在我身邊表示自己的臣服。即便龍三太子早料到血靈獸投向了我這邊，但是現在看到血靈獸向我表示臣服，心中仍是一陣不舒服。

我跨身坐了上去，血靈獸立即站了起來，甩甩了腦袋，發出歡愉的吼叫。我安坐在血靈獸身上，將小熊和小火猴給召喚了出來。

雖然不是在陸地，但是這些神獸一般都可以自由來往水陸之間，只不過在不同的環境下發揮的實力不同，所以我才放心將兩小給召喚了出來。我怕兩小不適應，有些緊張地盯著兩個小傢伙。

小火猴甫一出來就嗆了兩口水，猴爪亂抓，一把抓住了血靈獸腦袋上的毛髮，頓時好像找到了救命稻草，死活不放手，血靈獸被抓痛得拚命甩動自己的腦袋要將牠給甩下去。

幸好，嗆了兩口水後，小火猴平靜下來，睜著一雙猴眼好奇地打量著陌生的環境，見我穩坐在牠身後，賊笑兩下，抓著血靈獸的毛蕩到牠腦袋上，兩腳猛一蹬，想攀到我頭上來。

沒想到水壓太大，剛向上升了一段就停了下來，只好手腳並用地游到我腦袋上來。

小熊顯然比小火猴鎮定多了，吃了一口海水，身體放出微微的黃光，毛髮中不斷地冒出氣泡，迅速適應了海底的環境，見到身邊一隻犬一樣的大怪物正狠狠地打量著牠，毫不示弱的人立而起，露出小小的尖牙，揮舞著熊掌，發出低沉的「嗷嗷」聲。

小火猴不安分的在我腦袋上蹦來跳去，見小熊一副故作兇狠的模樣，才發現自己周圍立著幾隻看起來很大、很凶的大傢伙。

「吱吱，」小火猴以極可笑的姿勢游到小熊身邊，同仇敵愾的向著那隻凶獸齜牙咧嘴，兩手捶胸表示自己的強壯。

先前那隻犬一樣的凶獸還好奇地打量著從未在海底見過的兩隻動物，這刻見兩個小不點向自己示威，不屑地轉過頭去，頗有勝之不武的鄙夷。

小火猴見牠不再看自己，又尖叫了兩聲，兩手狠狠地揮舞了兩下，轉頭向著我眉開眼笑，頗有討功邀寵的意味。

我笑罵道：「人家是看不起你，小笨蛋。」小火猴見我罵牠，頗是搞不懂地撓著腦袋，滿臉的疑惑。小熊游動著胖乎乎的身體朝我而來。

我將牠抱在懷中，感受著牠身體中不斷冒出的氣泡，知道牠自有一套辦法能夠在這萬丈海底和體內交換空氣，使自己不至於窒息而死。小火猴身上也不斷地冒著小氣泡，飄飄搖搖向上升去。

小火猴好奇地打量著在我懷中的小靈犀，奇怪這個看起來怪怪的傢伙，怎麼能夠讓主人這麼寵幸。小靈犀雖然不是強大的力量物種，但卻有獨特不凡的本領，敏感地覺察到兩小身上蘊藏的強大的靈力，有點怕怕地躲在我懷中。

龍三太子驚訝的連續吞著口水，以他的眼光，當然看得出我召喚出的這兩隻看似普通的小動物並不簡單。

陸上生物能夠自由的在海底活動，這已經是極大的不凡，而且兩個小傢伙對「蛟龍颶犬」的兇悍沒有一絲懼色，又對我表現的十分機靈，一切都表明這兩隻動物絕非凡俗。

我望著龍三太子，欣然道：「我的幫手都到齊了，開始吧，看看你的所謂十凶獸厲害，還是我的寵獸厲害。」

龍三太子色厲內荏地道：「就算父王在此，也不敢輕言取勝十凶獸。」在他厲嘯下，六隻早對我虎視眈眈的凶獸各自施展本領向我襲來。

我輕身而起，血靈獸轉頭迎上了身後的水魅藤的坐騎。小龜靈活地游動著龐大的身軀對上了最前面的三隻凶獸，

小火猴和小熊分別迎上了左後方與右後方的兩隻凶獸。

血靈獸蛻化後，明顯實力大增，穩勝水魅藤的坐騎一籌，小龜迎上正面的三隻凶獸也輕鬆自在的很，左右兩邊貌似血靈獸的兩隻凶獸對小龜造成不了任何攻擊，只有前方在龍三太子後面出現的凶獸好像要強一些，令小龜分出更多的精神來對付牠。

小火猴與小大地之熊力量稍顯弱，再加上個頭比對方小很多，總體實力要弱對方一籌

多，不過兩小有很大的潛力，這是絕好的鍛煉牠們的機會，我也把視線集中在兩小身上，以防牠們受傷。

小熊對著的是長有獨角的虎一樣的凶獸，小火猴是和剛才犬狀的凶獸在交手。

獨角虎不但體型龐大而且更有一項本領，可以吞下一口海水，然後將其如一顆炮彈樣射出來，速度很快，攻擊力也頗爲可觀。

小火猴的對手，好像稍微弱一些，只是仗著體大力強不斷追咬著小火猴，小火猴幾次想使用自己擅長的火焰，卻連個火花也沒見到，急得直抓耳撓腮。

第十三章　錯結鴛鴦譜

相對小火猴的狼狽逃竄，一向沉著的小熊形勢也不容樂觀，在獨角虎的水彈攻勢下，疲於奔命，無法找到反擊的機會。

我偷眼看了一下小龜和血靈獸，均處於絕對的優勢下，龍三太子的表情是又驚又怕，想逃又不甘願，希望會有奇蹟出現。

龍三太子與我有過一次交手，並且被我毫不留情的打敗。他對我的實力有相當的瞭解，他應該知道與我相鬥很難有勝算，難道他真的會天真的以爲憑藉所謂的十凶獸和佔據地利就能勝我嗎？

我不這麼認爲！但他又有什麼依恃敢明目張膽的向我叫板呢？更何況，他很清楚我是他父王請來的貴賓，難道他不怕龍淵大帝遷怒於他嗎！

這一切都透著蹊蹺，讓人看著生疑。

思前想後，究竟會是什麼原因促使他這麼不智呢，排除種種原因，終於讓我想出了一個非常充分的理由。我望著膽戰心驚的龍三太子，心中冷笑：「把我當傻子嗎，看看誰才是真正的傻子。」

瞥了一眼小火猴和大地之熊，兩小雖處於劣勢，卻仍可支撐一段時間。

我一聲呼嘯，一柄火焰刀已然握在手中，倏地向前躍去，身體迅速在水中扭動前進，速度並不比生長在水中的魚兒稍慢。龍三太子見我毫無徵兆的突然向他游去，速度之快，好像一點也不受到水力，頓時駭得臉色煞白，口中呼叫著。想要指揮他身邊的凶獸來阻攔我。

奈何小龜一個已經夠三隻凶獸忙活的，又怎麼能騰出空來攻擊我。

眼看我越來越近，他勉強保持鎮定，取出自己的隨身武器，一柄龍牙似的龍槍也綻放著點點毫光。

識破了他那點伎倆，我並不將他的那點修為放在眼中。身體疾速前行，手中的火焰刀光芒越來越旺，幾乎掩蓋了廳中上百顆夜明珠的光芒，離他尚有數十米遠時，熾熱的熱量已經令他感受到火焰刀的威力。

我有意立威，火焰刀一揮，身前頓時形成滔天的火焰流，以排山倒海之勢向著他壓去，龍三太子面對我強悍的攻擊，不禁臉色發白，面頰抽搐，勉力用手中的龍槍來抵擋我的攻擊。

他的奮力阻擋在排山倒海的火焰中形同虛設，瞬間即被火焰給包住。

雖然他現在在我的火焰中十分危險，不過畢竟是海洋中，龍三太子沒有那麼容易就在我的火焰中屈服。

透過燃燒的火焰，我果然覷見他的龍槍釋放著一圈淡青色的光華，將他籠罩在內，阻擋著火焰的侵襲，雖然暫保無恙，但他仍是一臉緊張。我在心中淡淡一笑，暗道：「還不出來嗎？就讓我再加一把火好了，看你們能忍到何時。」

我雙手握刀，不斷催發內息，點燃著已經十分旺盛的火焰，火焰刀在我的意念下越變越大，我大喝一聲向下劈去。突然一道金光倏地從下後方驟然向我擊來。我沒想到還會有人偷襲我，防備不暇，頓時被擊中，幸虧身上的護罩及時啓動，並沒有受傷，只是被擊打的部位有些酥麻。

我憤然向下方望去，剛好看到長有麒麟頭的那隻凶獸的眼中閃過一道金光，我恍然大悟，原來一不小心讓一個畜生給偷襲了。

龍三太子趁著這短短的時間，不斷的左衝右突，仗著那把龍槍護身，想要逃出我的火焰。他那龍槍想來也是一柄神兵，在我三昧真火分出的火焰中，仍能夠安然護著龍三太子。

小龜見我被那隻凶獸偷襲，頓時大發脾氣，本已龐大的身軀頓時又長大不少，猛地移動身體重重地撞在左邊的那隻凶獸身上，重逾千斤的力量傳到那隻凶獸身上，頓時被生生撞飛出去。

這一撞之下，周圍的水域也跟著搖晃起來。小龜重重地踏在地面，水晶宮的這個廳也隨之地動山搖，另一隻凶獸機靈地躲過小龜大力的一擊，退至一根巨大的石柱後面，凶光四射卻又畏縮不前。

石柱有三四人合抱那麼寬，高達十數米。小龜逼退長有麒麟頭的凶獸，迅速來到石柱前，突然橫過身體，用自己的背殼狠狠的一下撞在寬大的石柱上，大廳瞬間一陣山崩地裂的震盪。

「嘩啦，嘩啦！」石柱吃不住小龜的重擊，頓時被折斷，歪歪斜斜的向前倒下來，碎裂的石塊下起了一陣石雨。

我唯恐小火猴和小熊被崩裂的石塊給砸到，將牠們召喚到我身邊。

龍三太子剛從火焰中突圍而出，卻又碰到了一陣石雨，來不及逃走，勉強用龍槍左挑右擋，護住自己不被亂石誤傷。

小火猴照樣蹲在我腦袋上，看著大塊塊的碎石從上方「劈哩啪啦」地落下，砸得那些海中生物「雞飛狗跳」，在我頭上興奮得又蹦又跳。少了兩小的牽制，那隻獨角虎似的凶獸和地獄犬狀的凶獸結伴向著小龜衝來，五隻凶獸圍在小龜周圍。

我望著五隻凶獸虎視眈眈地盯著小龜，心中忖度接下來將是一場龍爭虎鬥，我倒想看看，小龜究竟進化到何種程度，對付這五隻凶獸是否仍能夠遊刃有餘。

小龜望著五隻凶獸，眼中並無絲毫的懼色，當先的那隻長有麒麟腦袋的凶獸一聲厲吼，四隻凶獸同時向著小龜撲了上去。

小龜望著衝過來的東海凶獸們，出乎意料的並沒有躲閃或者攻擊，等到牠們游近了時，突然張開大嘴，一個氣泡冒了出來，氣泡一遇水迅速漲大，地獄犬似的那隻凶獸速度最快，也是第一個碰到氣泡的。

牠隨意地揮動著爪子，想要將其擊破，令人意外的是，牠的爪子一沾到氣泡便倏地沒了進去，氣泡迅速擴大，瞬間將牠給套到裏面。

地獄犬在氣泡咆哮著爪撕牙咬，卻無法將氣泡破開，接著剩下的凶獸無一例外的被小龜給套到氣泡中，氣泡在水中悠忽飄蕩，隨波蕩漾，升在我們的頭頂上，眾凶獸空有一身勇猛的力量卻無從施展。

我記起這曾在小龜很小的時候就表演過一次，沒想到今天又能再次看到小龜施展。只是同樣的本領現在施展開來卻比當時強上不止百倍。望著六隻兇狠不可一世的凶獸像是鑲嵌在海水中的圖騰，栩栩如生，卻對我們無可奈何，小火猴有些不明白地搔了搔腦袋。

龍三太子瞠目結舌地望著凶名昭著的東海十凶獸，輕鬆被小龜給制服，等到醒過神來時，卻發現我正好整以暇的微笑著望著他。

他頓時心中發虛，手中龍槍虛晃一招就想逃。

我如影隨形地跟著他，手中慢慢凝聚了一柄火焰刀，火焰刀逐漸變長，無論他速度多快，對我來說都是觸手可及。

我高舉火焰刀，向著他重重劈下去，口中大喝：「看你還能跑到哪去！」

龍三太子充分感受到背後火焰刀的威力，卻是有苦說不出，被我追趕的連換口氣的機會都沒有。

「聖使大人請住手！」一個熟悉尖利的聲音在恰當的時候傳出。

我心中冷笑：「終於肯出來了嗎？」雖然知道他出現的意圖是什麼，但是我並沒有打算按照他的意思來做。

龍三太子聽到有人出聲，好像鬆了一口氣，無視我的強大攻擊，筋疲力盡地停了下來，轉頭時，發現我並未如他想像中那樣住手，凜冽的殺氣破開海水從身上刮過。

龍三太子被我的攻擊嚇得腿腳發軟，臉上血色瞬間褪盡，驚恐地望著我，眼神中透著向強者的臣服和乞饒。

我望著他震駭莫名的驚狀，不但沒有停下反而更加一把勁向他劈去，望著他，我眼中射出淡淡的嘲諷，如果他知道我已經窺破他們的陰謀的話，他一定會知道我在嘲笑他弄巧成拙。

來人在千鈞一髮的時刻攔在我和龍三太子之間，一柄丈八蛇矛，釋放著淡淡的烏光，險之毫巔地擋住了我幾乎必殺的一擊，在他的矛與我的火焰刀相碰的瞬間轟然炸開，烏光繚繞，如一條條烏黑的巨蟒穿梭在火光中。

竟生生將我的火焰刀給撞散，潰成萬點火光，轉眼間湮沒在海水中。

我悠然道：「水魅藤兄來得好恰當，水魅藤兄好修爲啊。竟能在匆忙之中正面擊散我三昧真火凝聚的火焰刀，以前當真小覷了水兄啊！不知水兄所爲何來？」

水魅藤被我奚落得臉色發紅，不過瞬間就恢復了正常，我不由大贊這隻老狐狸臉皮夠厚。

這一切從頭開始就是個徹頭徹尾的陰謀，可恨我還以爲龍淵大帝真是有心請我，幸好我反應得快，及時醒悟，才沒有上了他們的圈套。

龍淵大帝請我來並未安好心，以我的猜測，他是真心想將我擊殺在海人族的宮殿中，只要做得乾淨利索，又有誰會知道是他所爲呢！

他們先是找了一個四下無人的時機，由水魅藤出面以龍淵大帝的名義將我請來宮殿中。

不論我是誰的人，有什麼目的，都不可能得罪東海的主人，不給他面子。正如他們所猜想的，我一口答應下來，來到了宮殿。

接下來的就是一個精心佈置好的陷阱等著我往下跳。

不論我是聖王的人還是聖后的人，擁有強大修爲的我都已經是龍淵大帝獨佔「龍宮寶藏」的一大隱患。

雖說東海是他的地頭，但是真正能夠進入到「龍宮寶藏」的都是修爲如他般的高手，他的百萬海人族根本無法幫上忙。難得我這個潛在的敵人有落單的機會，此時不除去我，豈不是養虎爲患。

但是龍淵大帝也有個疑慮，就是我的修爲。水魅藤、虞淵、龍三太子等人都見識過我的實力，知道我的修爲非常強。萬一殺不死我，反爲自己惹上一大強敵，這是對他們極爲不利的結果。

這也就是爲什麼龍淵大帝沒有親自動手的緣故，乃是爲自己留條後路。在水魅藤於東海邊邀請我時已經布下後路，當時他漫不經心地說出龍三太子倚仗父勢在東海横行霸道的事實。

所以當龍三太子沒有辦法殺掉我，或者落入我手中時，我不至於有藉口和海人族翻臉。畢竟龍三太子本身是個桀驁不馴之輩，幹出這種事，只是他私人恩怨罷了，和海人族一點關係都沒有。

這時候我除了打掉牙齒往肚子裏咽，還能說什麼！想到這，我心中暗暗冷笑，好一條奸計，我總算認識到這一后四帝誰也不是易與之輩，均是老奸巨滑的老狐狸。

我不等水魅藤說話，頗有深意地望了他一眼，微微笑道：「水兄深藏不露，修為精深得很啊。」

水魅藤尷尬一笑，知道自己剛才攔住我的一擊暴露了自己的真功夫，勉強笑道：「聖使大人過譽了，還請大人手下留情，饒恕了太子！」

龍三太子站在水魅藤身後，半晌才回過神來，臉上漸漸有了半分血色，不似先前般煞白，只是不時瞟向我的眼神透露出對我的恐懼。

我淡淡一笑道：「水兄一去時間頗久，我久等不耐，四處走走，卻不料，這富麗堂皇的海宮中步步殺機，若不是我還有點本領，差點就將性命丟到你們海宮中，及到此處，更是遇見這小兒。」

說到這，我略微一停，瞥了眼龍三太子，無視他的惶恐，接著道：「我尊敬他是東海的少主，多番禮讓，卻不料他逼人太甚，先是利用自己在水中的種種異能糾纏於我，後來更是倚仗什麼東海十凶獸陷我於危險之地，若不是我有此異獸，僥倖勝之，豈不是要魂歸東海。」

東海十凶獸個個被困在小龜的氣泡中，浮於眼前，可謂是人贓並獲，他們就是想狡辯也乏善可陳。

水魅藤被我強硬的口氣所懾，可能他沒有想到我會如此咄咄逼人，一副不肯甘休的模樣，愕然道：「太子是年輕氣盛，之前又與聖使大人有過矛盾……」

我打斷他道：「本來我也如水兄一般所想，年輕人年少好勝在所難免，但是我見到水兄後，卻覺得另有事實，否則何以水兄來得如此巧合，水兄又怎麼知道我在此地，我想大帝的水府還不至於這麼小吧！」

水魅藤面色頓時難看，沒有正面回答我的問題，故作感慨地道：「怎麼說龍三太子都還年輕，做一些過分的事，還希望聖使大人不要記在心上，我們大帝會記得您的好！」

我心中好笑，這會已經搬出龍淵大帝來壓我了。我冷冷地望著水魅藤肅穆道：「之前水兄不是也向我訴說深受龍三太子之苦嗎，不是說東海萬千水族被他給搞得烏煙瘴氣嗎？」

水魅藤被我說得語塞，結巴地道：「我，我，是這麼，這麼說過，可……」

我一揮手打斷他，道：「有水兄這句話就夠了，你不用動手，看著就行，今天我就爲東海的兄弟姐妹們出一口惡氣，你讓到一邊。」

說著話，兩柄火焰刀已經出現在我手中，彷彿有生命般，跳動閃躍著。

龍三太子已經被我的火焰刀嚇破了膽，見我一副兇神惡煞的樣子，驚恐萬分地拉著水魅藤，指著我，斷斷續續地道：「他要，他要殺我，快阻止他，快！」

我輕蔑地道：「放心吧，我不會殺了你。」說完，故意在嘴角扯出一抹邪惡的笑容。兩人均被我的邪笑弄得毛骨悚然。

水魅藤道：「這不大好吧，怎麼說他也是大帝的兒子。」龍三太子躲在他身後瘋狂地叫道：「你敢殺我，父王不會饒了你的。」

我哈哈大笑道：「龍淵大帝名動妖精族，若要人知道他因此事袒護自己的兒子而與聖王作對，則威名盡喪你手！我想龍淵大帝不會做此不智之事。何況我並不殺你，只是廢你武功而已。」

「我和你拚了！」龍三太子狀若瘋狂地掣著手中的龍槍。水魅藤也謹慎地盯著我，手已經搭在了蛇矛上，兩柄神兵利器淡淡地釋放著自己的靈光，看來水魅藤已經相信我要堅定的廢了龍三太子，決心要保護龍三太子。

看著水魅藤肅穆的神色，我一揚火焰刀，火焰四濺，狂喝道：「今天我就替東海萬千水族廢了你的修爲，水魅藤你讓開，大帝那，我自會去交代，不用你費心了。」

緊張的氣氛一觸即發，就在這時，一陣聽起來極爲豪邁的聲音傳來，聲音不大，卻彷佛就在耳邊，字字清楚，我心中暗驚來人修爲不凡。

「聖使說得不錯，這等孽子，留之何用，只會敗壞本帝的名聲，有聖使大人替本帝教訓了孽子，本帝心中感激之極啊！來人啊，將這孽畜給我抓起來，關押海牢，沒本帝之令，誰也不准探看這畜生！」

話語凜然，正氣磅礴，在情在理。

我心中知道正主終於出來了！從來人的口氣和修爲可推測出定然是龍淵大帝無疑。龍淵大帝不愧是成名已久的老狐狸，只是兩三句話，就想把你兒子給救走，哪那麼容易，我還要用他討一個人情，換虞美兒一個自由婚姻，哪能讓你這麼輕鬆的就把人帶走。

龍淵大帝發話後，幾個精壯的海人族水兵就準備將龍三太子給押走。

我心念一動，指使蹲在我腦袋上看笑話的小火猴和憨態可掬的小熊擊退那幾個海人族水兵。

小火猴和大地之熊比起那幾個十凶獸雖然略有不如，但是對付幾個普通的海人族士兵還是非常輕鬆的。

龍淵大帝驚訝地道：「聖使大人這是爲何？」

我嘆了口氣道：「妖精族盛傳東海之王龍淵大帝最爲公正，今日一見，頗覺傳聞多有不實。龍三太子雖然貴爲東海少主，卻多行不義，今有貴屬下向我訴苦，而本聖使也差點遭了令郎的毒手。我身爲聖族之使，職責就是檢查天下妖精族的苦痛。龍淵大帝簡單的幾句話，就想把令郎給帶走，這不免有縱容之嫌。」

龍淵大帝聽我說完，出奇的並沒有動怒，只是苦笑了兩聲道：「聖使大人是不知啊，這畜生在東海中惹是生非本帝難道不知嗎，只是這畜生將本帝的老母哄得十分開心，倚仗老母的寵愛，本帝家中又有母老虎一隻也十分疼愛這逆子，所以才令他桀驁不馴，實則他的本性並不壞，本帝也是無奈啊。」

「真是家家有本難念的經啊。」我故意感嘆地道，「只是以私人之欲，而損整個東海之利，今天是大帝大義滅親之時了。」

龍淵大帝從遠處走近，一身紫袍，滿臉赤髯，骨骼粗大，面相豪邁，一雙龍目，精光閃閃，舉手投足氣勢不凡，不愧是一方之王。

龍淵大帝目不轉睛地望著我道：「如真要處死此子，本帝后院恐怕就得天翻地覆，本帝也無寧日，聖使果真這麼殘忍要本帝家中不睦嗎？」

頓了一頓，他又道：「聖使大人有何條件不妨說出來，只要本帝能做到的，一定幫忙，還請聖使大人饒了這畜生。」

我心中哈哈大笑，暗道：「就等你說這句話呢，早說也不用我費了半天的口水，陪你們玩口水戰。」

我微微笑道：「龍淵大帝既然如此為難，本聖使也不能強人所難，更不能破壞他人家庭和睦，只要大帝答應我一個條件，我就答應大帝，不再追究太子之事，聖王那我自然也會隱瞞不說。」

龍淵大帝面現喜色，道：「本帝就知道聖使大人不會爲難本帝，夠爽快！有什麼條件只管提出來，只要你不要我的水府，什麼事我都答應。」

我也呵呵笑道：「大帝說笑了，我要你水府何用，君子不掠人之美，何況這是大帝的居所，大帝取笑了。」

龍三太子見我和龍淵大帝基本達成了協定，終於鬆開緊緊抓在手裏的龍槍，鬆了一口氣，這才感覺到自己的生命沒有了威脅。

龍淵大帝豪氣地道：「聖使大人有什麼要求只管說。要寶物？本帝水府中多的是，看中什麼只管拿就好。要金錢？要多少，本帝吩咐手下給聖使送去。還是要女人？看中東海哪隻小妖精，本帝立即送給聖使，在別的地方本帝不敢說，只要聖使要的是東海之內的，本帝都能滿足聖使。」

我呵呵笑道：「大帝豪氣！既然這樣我也不客氣了，本聖使的條件正是和女人有關的。聽說大帝有個女兒貌似天仙，名爲虞美兒。」

龍淵大帝沉吟了一下，哈哈大笑道：「不錯，本帝確實有這麼個女兒，既然聖使大人垂青，以她的平凡之姿，算是她的榮幸！」

我愕然道：「大帝誤會了……我……」

龍淵大帝一揮手道：「就這麼說了，還不把這畜生押到海牢中去！」

「靈虛殿」與之前的「水晶宮」多有不同，最大的分別是，這裏如同陸地一樣，並沒有海水充盈，就彷彿人間的宮殿一樣。

「靈虛殿」比起「水晶宮」更加雄偉瑰麗。台閣相對，千門萬戶，瑤草奇花無所不有。殿柱是用白璧琢成，殿階是用青玉鋪砌成，龍床鑲以珊瑚，簾子串以水晶，碧綠的門楣上嵌著琉璃，五彩的樑棟上飾著琥珀，奇景秀色深遠不盡。

我糊裏糊塗地跟著龍淵大帝一行人來到了「靈虛殿」，望著龍淵大帝煞有介事的向著一干人宣布我與虞美兒的婚事，當真令我哭笑不得。

自己明明是要幫藍泰娶得虞美兒，現在卻成了我和虞美兒的婚事，這位威名顯赫的龍淵大帝是裝糊塗還是假明白，一時令我無從猜起。但是這招亂點鴛鴦頓時令我尷尬起來。如果不馬上說清楚，以後還讓我怎麼與藍泰兄見面。

當下我將藍泰與虞美兒的事，半真半假地說與龍淵大帝聽。龍淵大帝聽了這段事，臉色頓時沉了起來，虞美兒與藍泰的事情，他多半知道，或者是早有耳聞，否則那日也不會有他弟弟虞淵親自帶兵去捉偷偷出去約會的虞美兒了。

看著他陰晴不定的樣子，我暗罵自己太糊塗。之前實在應該把事定下來，就算是逼著他，也要他同意，我有龍三太子在手，不愁他不答應。

據虞美兒所說，龍淵大帝有子女數十，在他眼中一個略有姿色的女兒怎麼也不及一個修爲高強，作爲未來接班人的兒子重要。

「可惜了！」我心中大嘆，我只是盼望他是個遵守諾言的人。說實話我自己都很難相信他是個遵守諾言的人！能混到他這種一方爲王的地位的人，信奉的是強弱守則，利益至上，又怎麼會把諾言放在心上。

我在心中急速轉著念頭，想想看能用什麼話來打動他，使他相信將虞美兒嫁與人族的藍泰對他來說是件好事。

龍淵大帝始終不發一言，我也不催他，只是在心中想著要是他否決我的要求，我該怎麼來勸說他。

不大會兒，一位中年美婦領著虞美兒來到了「靈虛殿」。

美婦身著紫衫，氣度從容，舉止優雅，面帶微笑，實在高貴得很，我心中暗罵龍淵大帝狡猾，如此妻子竟被他稱爲悍婦，果然他的話不可信，他答應我的諾言多半也不會兌現。

虞美兒膚色如病態的蒼白，臉色有些憔悴，想必這段日子她都被龍淵大帝鎖在家中，無法出東海與藍泰見面，所以眼神頗多幽怨。

她見到我時，眼神中閃過一絲驚訝，卻沒有說什麼，只是向我作了一福。我打量了她一番，雖然心病令她看起分外憔悴，仍然難掩天生麗質。心中心疼，剛要安慰她幾句，忽然瞥見那美婦，正以奇怪的眼神看著我。

那表情，好像是在替自己的女兒審查未來的丈夫是否合格。

我本已到了嘴邊的話又生生咽了回去，勉強的向她一笑，便端起旁邊的香茶飲了一口，遮擋自己的尷尬。

龍淵大帝望了一眼病奄奄的虞美兒，忽然好像想起了什麼，訓斥道：「別想本帝會答應將你送給那個人族的小子，除非他脫離人族！」

虞美兒頓時低聲哭泣，掩面跑了出去。中年美婦神情也為之一愣，納罕地道：「做父親哪有你這樣的，一見面就罵自己女兒。剛剛不是還好好的嗎，你不是要將女兒嫁給這位聖使大人嗎……」

我聞言差點沒忍住，一口將嘴中的茶水給噴出來。

美婦接著道：「聖使大人儀表堂堂，修為不凡。我都聽水魅藤說了，聖使大人的修為比你還要強一些，你還有什麼不滿意的，哪壺不開提哪壺，偏偏當著聖使大人的面提人族的那孩子，莫不是要讓聖使大人看咱們家的笑話！」

她一番話，龍淵大帝沒什麼表示，我倒弄得尷尬萬分，臉上已滿是紅色！龍淵大帝與我對視一眼，先是嘆了口氣，可能是為了顧忌我的面子，並沒有馬上說出我是來為藍泰說媒的，不耐煩地瞥了她一眼，罵道：「女人家懂什麼，本帝決定的事，還輪不到你來說三說四！」

美婦狠狠地白了他一眼道：「老不死的，等聖使大人走了，我再與你算帳，不管怎麼說，聖使大人我看著喜歡，我的女兒我說了算！」

接著又轉過頭向著我，語氣轉為和藹道：「聖使大人，你放心，虞美兒就是有點死心眼，我再幫你勸勸，」接著低聲道：「唉，要說，那個人族的孩子也蠻不錯的，怪不得美兒那麼死心。」

臨走前又狠狠瞪了龍淵大帝一眼道：「聖使大人這個女婿我要定了。」

四周安靜了下來，我和龍淵大帝面面相覷，誰也沒說話。

我乾咳了一聲，道：「那個，虞美兒……」

龍淵大帝道：「聖使大人放心，不用把那惡婦的話放在心上，她那邊自有我擔待。她也只是說說罷了。」

我點了點頭，強笑道：「呵呵，那就好，那就好。」

龍淵大帝忽然又道：「要不你再想想，我還有很多女兒，個個國色天仙，絕世佳人，比起虞美兒絕對要強，也許你會改變主意。」

我剛喝到嘴的茶再也忍不住一口噴了出來，望著他一副熱衷的面孔，我不禁打了個冷戰，婉言拒絕道：「家有悍妻，家有悍妻，娶不得，辜負了大帝的一番好意。」心中思念著藍薇，希望著她能原諒我這無奈的一句托詞。

龍淵大帝頗有同感的重重點了點頭，口中直道惋惜，表情一副心有戚戚焉的模樣。我試探地道：「那個，大帝，我之前所說藍泰他……」

龍淵大帝一揮手道：「今天不談此事，唉，讓那惡婆娘弄得本帝心情不爽。想必水魅藤已經將酒宴安排好，走，讓聖使大人欣賞一下我水族獨特的風情，看上哪個女子，只管和本帝開口。」

正在這時，一個武士上前報告道：「大帝，水大人命我來告訴大帝，大帝吩咐安排的酒宴已經安排妥當，問大帝何時入席。」

龍淵大帝向我哈哈大笑道：「聖使大人，咱們這就入席如何。」說著話，拉著我向著酒宴的所在──「凝光殿」走去。同時吩咐那武士道：「你去告訴水魅藤，酒宴立即開始。」

那人領命而去。我也隨著他一塊向著「凝光殿」行去。

龍淵大帝在我身前乘著那隻麒麟腦袋的凶獸向前行去，我也坐在血靈獸身上跟著向前而去。

龍淵大帝給我一種豪邁、大氣、粗豪的印象，但是越是這樣，我越是感到他難以揣測，不曉得他是真的天生豪邁，還是刻意裝出來的假像，好讓我對他產生輕視的念頭。

從我被他迷迷糊糊帶到「靈虛殿」，到他妻子的出現，硬要把女兒塞到我身上，這一切好像都有一點巧合在內，我懷疑這是他故意安排的另一場陷阱，我有些拿捏不定，心中更疑惑！

「凝光殿」與之前的宮殿同樣極盡奢華之事，傳聞龍宮富甲天下，我雖然看不到真的龍宮，但是從海人族這還是可看出一二，確實富麗堂皇，擁有天下財富，這並非誇大之辭。

堂前排列著盛大的樂隊，席上安排著美酒，陳設著佳餚。

龍淵大帝老實不客氣地坐在首位，拉我坐在身邊。低聲對旁邊一人低聲吩咐道：「開始吧。」

堂前頓時響起了胡茄號角，打起了戰鼓，旌旗招展，劍戟森森。龍淵大帝看著激昂的舞蹈歌樂，心情顯得非常愉快，敬了我一杯，一飲而盡，哈哈大笑道：「此舞乃是『破陣樂』，聖使大人覺得如何。」

我微微一笑道：「豪氣！」

龍淵大帝不再說話，把注意力轉到堂前的舞樂中。旌旗交舞，劍戟爭輝，氣概英武雄壯，顧盼馳驟，彪悍威嚴。

我一邊看著舞蹈，一邊在思考如何勸說他能答應下來藍泰與虞美兒之事，我也算了卻一個心病。我不可能長期待在這裏，一旦「龍宮寶藏」出世，我就不得不把全部精力放在「龍宮寶藏」上。

到那時我根本沒有餘力閒暇去顧及別的事，如果我拿到了「定海神針」，我也會儘早趕回去與藍薇團聚，讓那些爲我擔心的朋友們放下心了，我更不可能在此長留。

「聖使，我這群歌姬如何？」龍淵大帝湊在我身邊問。

我從思考中回過神來，望著眼前的舞蹈，原來剛才的「破陣樂」已經結束了，換作另一批美女在舞蹈。金石竹絲等八種樂器齊奏，滿眼綾羅珠翠，清音宛轉，餘韻繞樑，當得上絕妙二字。看著這些異族歌姬，我不禁又想到了風笑兒，她的歌舞也是一絕。

越想得多，心中越發地思念這些朋友，恨不得馬上就能回去。

小火猴大大咧咧地坐在我的桌上，雙手捧著一個不知名的果子吃得唾沫四濺，不時對著小熊和歌舞群中的美女一陣手舞足蹈，頗有秀色可餐，與桌中的美味相得益彰之意。

我笑罵地拍了牠的腦袋一下道：「你這色猴，這麼囂張，『似鳳』在時，怎麼不見你這麼放肆。」小火猴對我齜牙一笑，模樣搞怪，一手抱著果子，一手拍著胸脯，表示自己並不怕「似鳳」。

我斜睨了牠一眼，打趣道：「既然你不怕『似鳳』，以後再被牠欺負，我就不幫你了。」

小火猴搔著腦袋想了想，忽然一把抱著大地之熊，眉開眼笑的將果子塞到牠懷中，向我示意牠是有幫手的。可惜小熊並不在意牠的討好，厚實的手掌拍在小火猴的臉上，想把牠給推開。

一猴一熊頓時在我的桌上展開了拉鋸戰，推拉撕扯令人噴飯。

被牠們這麼一鬧，我心中的思念之情也好過了不少。席間的菜肴都是稀罕之物，琳琅滿目見所未見。我放開心情把注意力集中到菜肴上，品嘗著這難得一見的美味。

美妙的歌舞，精美的菜肴，香醇的美酒，倒真的是帝王享受。

龍淵大帝忽然湊近我，先是望了一眼在桌上撕打的兩小，然後道：「本帝原先只知聖使修爲不凡，沒想到還身具異能。」

我停下餐具，納悶道：「不知大帝所指……？」

龍淵大帝感慨道：「聖使竟然具有降龍伏虎的異能，血靈獸本是東海十大凶獸之一，桀驁難馴，就是本帝親自動手降伏牠，並讓牠這麼馴服也需要幾個月的時間，聖使竟然極短時間內就讓牠臣服，不是具有異能又是什麼，本帝看你這兩隻陸地動物也是非凡之物。」

我心中暗道：「想探我的底，我又豈是笨蛋。」我故作神秘的一笑：「呵呵，真讓大帝猜到了，這是天生異能。」

龍淵大帝見沒能問出什麼，有些不甘心地追問道：「不知聖使那隻海龜是何物種，本帝看牠的厲害，猶在本帝的金睛分水獸之上。」

我裝作不在意的呵呵一笑道：「這倒沒有什麼出奇之處，那隻小龜是我從小得到，只是聖域中靈氣充足，所以才會變得這麼厲害吧。只是我見你的東海十凶獸頗爲厲害，先前我對付的那幾隻都有什麼名堂嗎？」

龍淵大帝見我仍沒有說出他想知道的東西，眼中閃過一絲難掩的失望，清了清嗓子道：「本帝的坐騎叫作金睛避水獸，與血靈獸非常相似的那兩隻獸叫作紫靈獸和火靈獸，和你那隻血靈獸屬於同等級別的，只不過本帝看那隻血靈獸力量要超過另兩隻不少了。長有一隻犬頭的名爲蛟龍颶犬，那個長有虎頭的名爲破天獨角虎，東海十大凶獸雖然厲害，比起你那隻小龜可差多了。」言下頗爲感慨，竟會有比十凶獸更厲害的獸類。

龍淵大帝頓了頓，又感嘆道：「兄弟身具如此異能，稱爲獸王也實至名歸啊。」

我不置可否，淡淡地道：「『王』字我可不敢當，普天之下，敢稱王的，除了聖王，誰人有此資格！」說完大有深意地瞥了他一眼。

他見我似有所指，乾笑了一聲，道：「聖使大人說的是，除了具有聖祖血統的聖族人才配稱王，餘者皆不足道也。」

我漫不經心地舉起美酒喝了一口，回味他的話中之意。前面一句，敬意十足，後面一句卻頗有譏諷之意。我所接觸的妖精族人，不論是誰，有沒有野心一律都對聖祖敬佩有加。

我放下酒杯，道：「我這次從聖域中出來，身上擔著聖王的任務呢。我不說，大概大帝也能猜到一二吧。聖后叛亂，幸好陰謀沒有得逞，被扼殺在搖籃中，陰謀敗露後，從聖域中逃了出來，杳無所蹤！後來打聽到聖后曾在東海出現，目的自然不言而知是爲了『龍宮寶藏』而來，你身爲東海之主，聖王希望你務必助我捉拿聖后，讓她得到應有的懲罰，使天下人知道聖王之威是不容褻瀆的！」

龍淵大帝聽我說完，苦笑道：「我與聖使一見如故，也就不瞞你了。兄弟啊，你不知道本帝的苦啊！聖后是什麼人？別人不知道，你還能不知道嗎，幾百年前上一代聖王在時，幾乎聖族的事就都全交給她了，不但智謀無人能比，而且修爲極高，老哥哥我哪裏是她的對手啊！」

我默不作聲，看著他不斷地拉近我和他之間的關係。

龍淵大帝見我沒有作聲，接著道：「你可能不知道，聖后逃出聖域後，並非是一個人，她有一個極厲害的幫手。」

我隱隱猜到他說的是羽翼族的遮天大帝孔聖。果然，龍淵大帝蓄意壓低聲音道：「事實上，羽翼族的那個孔聖一直在暗中幫助她，一個聖后本帝都不是對手，再加一個與她相差無幾的孔聖，本帝連一分勝算都沒有。唉，羽翼族與我東海十萬水族乃是天敵……」

我故作驚奇地道：「孔聖自為一方之王，逍遙快活，又怎麼肯犯大忌幫助這個叛婦呢。難道其中另有隱情？」

龍淵大帝欲言又止，等吊足了我胃口，始吞吞吐吐地道：「孔聖暗戀聖后雖然不是機密，卻也極少人知道。在幾百年前，那時聖后剛得道，貌美如花，修為又出奇的高，當時無數人被她所折服，孔聖就是其中之一，可惜，無論他們怎麼費盡心機去討好聖后，她都不屑一顧。」

我配合地問道：「這又為什麼，孔聖貴為一方之王，佔有妖精族的半壁江山，修為不凡，人又風流倜儻，為什麼她看不上眼呢？」

龍淵大帝嘿嘿笑道：「那是因為有史好、更強的人早他一步奪取了聖后的芳心，那個人就是聖王，你想，整個天下都是聖王的，誰又能爭過聖王。可惜，三個人都是死心眼……嘖嘖……」

我再次配合的，裝作著急地追問道：「後來呢？」

龍淵大帝頗為得意地道：「孔聖是個死心眼，見聖后只喜歡聖王仍是不願死心，單戀著聖后，暗地裏為她做了不少事。聖后喜歡聖王，可惜聖王對她卻沒有產生感情，聖后卻幫他治理妖精族，希望有一天可以感動聖王，她不知聖王是個專情的人，一心只愛著早就逝去的妻子，雖然感動聖后的真情，卻無法動情，三個人就這麼糾纏著。」

我假裝恍然大悟的樣，道：「難怪孔聖願意幫助聖后，原來是舊情復燃。」

龍淵大帝搖頭道：「舊情復燃倒未必，只是可以肯定的是，聖后來到東海，背後一定有孔聖那個傢伙襄助。」

我點點頭道：「這麼說來，這兩人一定是在一起的。」

龍淵大帝狠狠地灌了一大口酒道：

「兄弟，我太苦了！因為一個『龍宮寶藏』，我是四面楚歌，處處難為人，到處是敵人！聖后和孔聖自不必說，來到東海當然是為了『龍宮寶藏』，狼帝與樹帝聽說也在東海露過面，其目的當然也是『龍宮寶藏』。這些都是我們妖精族的人，東海邊上在一個月前已經聚集了人族中六成以上的高手，為了是什麼？當然也是『龍宮寶藏』。我是懷璧之罪啊！你想這些人雖然各有企圖，但是都把我當作最大的敵人！以為我是東海之主，有近水樓台之利，是他們搶奪『龍宮寶藏』的最大敵人，天地良心啊！『龍宮寶藏』神出鬼沒，有龍族設置的最強禁制，誰也不知道它在哪出現，不到時間，誰也無法開啓！就算我宣布不會獨佔『龍宮寶藏』，又有幾人會相信啊！聖王新登基，我身爲東海之主，爲天下水族妖精之首，現在又有『龍宮寶藏』出世，恐怕聖王也怕我得到寶藏，對我想必早已生出剷除的念頭了。你想想，我一人之力，卻要面對整個天下，看著『龍宮寶藏』出世對我好像有莫大的好處，其實是最大的災禍。你總該明白老哥哥我的苦衷了吧！」

精彩內容請續看《馭獸齋傳說》卷九　龍神回歸

【同場加映】

出場寵獸特色簡介

豬豬寵：粉紅色的皮膚，嬌小精緻的身體，不具有任何攻擊力，是一種輔助性質的寵獸，平常喜睡，但是因為其憨厚的模樣受到女孩子們的喜愛。可以進行時間和空間的跳躍，非常神奇的寵獸。因為有了這隻寵獸，依天才能安然穿過時空隧道，不至於死在強大敵人的手中，雖不具有攻擊力，卻不可缺少。

小白狼：一個驕傲的狼族公主，依天體內的狼之力凝聚而成，天生的神獸，擁有非凡的力量，可以離開依天獨立存在，最後成長為依天最強大的三種力量之一。

小樹人：植物系寵獸，處幼年期，看不出有何功用，寄居在主人的身體中。有四肢宛如人類，像是個木頭小人，具有一定的智慧，很害羞，不敢在陌生人面前露面，暫時不具有任何攻擊力。但是最後成長為依天最強大的三種力量之一。

小龍：半枚龍之魄在依天體內幾經輾轉，最後終於成長化龍，成為寵獸之王，但是由於尚在幼年期，力量並不成熟，幾次與遠古凶獸的戰鬥中都未能一展龍的威勢。是依天最強大的三種力量之一。

七小：七隻幼年狼寵，是飛狗與母狼王的孩子，聰明而強悍，擁有無窮的潛力，更從父親那裏繼承了龍丹的力量，是狼原中無數小狼的王，七個小傢伙調皮可愛，最喜歡吃魚，粉嫩的腳掌卻快速有力，連似鳳也深受七個小東西的虐待，粉嘟嘟的鼻子靈敏無比。最後隨依天離開了第四行星。逐漸成長為無可匹敵的天狼！

小黑：依天第一隻寵獸，得自一隻野生龜寵的卵，孵化後隨著依天一塊成長，為依天立下汗馬功勞，成就依天「鎧甲王」的尊號。乃是水中的霸者，後被依天煉為鼎靈，從奴隸獸進化至七級護體獸鼎級行列。在成長過程中屢次幫助依天渡過劫難。

似鳳：最接近鳳凰的種族，是鳳凰的旁支，體形嬌小，形似鳳凰而得名，身披鳳衣，在頭腹胸尾背分別有五種顏色鐫刻著「仁義禮智信」五字，善百音，可以將音樂轉化為克敵的強大武器，智慧無比，可懂人言，可惜貪玩、貪吃，是個狡猾的小東西。速度極快，任何一種寵獸都無法比擬。是讓依天又喜歡又頭疼的小傢伙，也是依天極為重要的寵獸之一。

狼蛛：事實上狼蛛是狼精與蛛精的合體，生命力強悍，屬於狼精的那一部分生命被蛛精吸收逐漸產生了蛻化。狼蛛幻化為一隻磨盤大小的蛛精，背部縱橫著各種顏色構成的奇形怪狀的圖騰，粗長的四肢長著粗而黑的毛，像是鋼針，刺立著。四對腳攀在泥土中，前部有一個很小的頭，三對大小不同的眼睛閃著仇恨和詭異的綠芒，那是種平靜的殺戮之光，一張嘴占了頭部的很大一部分，獠牙交錯，散發著淡淡的毒氣。

大地之熊：熊系寵獸中最強大的一種熊寵，赭黃色的皮毛，形象憨態可掬，平常像是個可愛的孩子，但是發起怒來，足以使大地震顫，為了脫離神劍的控制，動用龐大的力量使自己恢復到幼年時代。五大神劍之一土之厚實的劍靈，具有汲取大地力量的本領，號稱只要踩著大地就永遠不敗的上古神獸，後為依天收服。

火猴：依天從第四行星獲得的猴寵蛋所孵化而出的火屬性猴寵，機靈可愛，愛欺負大地之熊，但卻又經常被似鳳欺負。

小靈犀：東海的奇特動物，因為雄性靈犀獸頭頂的那隻角而得名，卻也因此角遭到人類與妖精的捕殺，現存東海的靈犀已經寥寥無幾。

血靈獸：血色的長毛在水中飄蕩，頭若獅子，兩隻眼透露出兇狠的光芒，看起來頗為兇悍。乃是東海十凶獸之一，被依天收服。

分水獸：這隻凶獸長相十分奇特，龐大的身體，長著一顆大大的像是麒麟一樣的腦袋，兩眼不時閃動著金光，四蹄踏動時，水波自動的向兩邊分開。

【同場加映】

出場人物簡介

依天：依天以龍丹之力硬闖五大傳世神劍，在第四行星，歷經數次生死，在眾多朋友和寵獸的幫助下，斬殺魔鬼，蕩平邪惡城堡。在后羿星除掉為害甚大的魔羅，又幫助梅魁登上家主之位，除去為禍后羿人民數十年的飛船聯盟組織。歷經各種磨難，終於獲得藍薇的青睞，暢遊方舟星太陽海，卻意外的驚醒了一個絕世兇惡的人物……

妖精族一后四帝：一后四帝乃是妖精族最強悍的人物，聖王在時，這五人尚能安分守己。聖王一走，五人立刻覬覦聖王之位，摩拳擦掌搶奪龍宮寶藏。妖精族的千年和平由此結束。

狼精族：狼帝立刀，統一天下獸類，凡是在陸地上的妖精皆歸狼帝管轄，居住在石湯山，聖王在時小心翼翼，聖王破空而去，立刻站出來搶奪聖王之位，是一位兇悍絕倫的霸主。然而在他尚未見到聖王寶座的那一天，就慘死在樹帝手裏。

樹精族：樹帝木禾，獨霸雲陽谷，管轄天下植物類妖精，一身奇功異法十分厲害，是位野心勃勃，智謀無數的霸主，一心想謀奪聖王之位，聯合了狼帝與人族的力量妄圖奪下龍宮寶藏，最後血染龍宮寶藏，斃命於另一位大帝之手。

孔雀族：遮天大帝孔聖，居住在小西天，孔雀族的王，統管天下羽翼類妖精，善於玩弄風的力量。為人淡泊，雖能看破名利卻為愛情所累，一生跟隨在心愛女子左右，然而自己心愛之人卻另有所愛之人。一個讓女人感動，讓男人欽佩的悲劇英雄。

海人族：龍淵大帝虞天，居住在東海，海人族的王，天下水族皆為其子民，富可敵國，在一后四帝中實力最強，妄圖獨佔龍宮寶藏，成為人族和其他妖精族的共同敵人。在族譜中發現一個驚天秘密，為恢復本族的榮耀努力經營，最後被困在龍宮寶藏中，永世無法出來。

猴族：聖后蕭仙貞，居住在赤霞山，福天洞中，與聖王一脈，苦戀聖王，在聖王破空離開之後，由愛生恨，第一個發動篡奪聖王之位的戰爭，由此而拉開了妖精族內亂的序幕。

虞美兒：海人族的公主，長相嬌美，與人族藍家的大公子藍泰癡戀。不過因為龍宮寶藏即將出世，利益關係使海人族與人族藍家交惡，使得兩人姻緣多受折磨，最後終於苦盡甘來，美夢成真。

藍泰：人族藍家的大公子，脾性敦厚，深得父親「海浪搏岩」功的真傳，是下一代藍家家主的繼承人，卻因在龍宮寶藏出世在即之時，與海人族的公主產生戀情，遂為大家主不喜，甚至因此而遭到囚禁。和依天是好朋友，後在依天的幫助下順利繼承家主之位，圓了他的愛情夢。

蟠桃：猴族的小妖精，天真可愛的小女孩，上一代聖王之女，在聖王破空而去後成了聖族的小公主，但卻因聖后之亂，被迫從聖域中逃出，在人間流浪，後在一個意外的情況中，救下正為冰塔之光困擾的依天。

陰陽法王：陰陽教的教眾，因為出生時陰陽同體，家人以為是妖怪，將其扔在荒野，為陰陽教主所救，然而此人不思報恩，反而試圖篡奪教主之位，並與妖精族的樹帝搭上關係，成為樹帝成功的踏腳石。

幻獸志異 ⑧陰陽法王 (原名：馭獸齋傳說)

作　　者：雨　魔
發 行 人：陳曉林
出 版 所：風雲時代出版股份有限公司
地　　址：105台北市民生東路五段178號7樓之3
風雲書網：http://www.eastbooks.com.tw
官方部落格：http://eastbooks.pixnet.net/blog
信　　箱：h7560949@ms15.hinet.net
郵撥帳號：12043291
服務專線：(02)27560949
傳眞專線：(02)27653799
執行主編：劉宇青
美術編輯：吳宗潔

法律顧問：永然法律事務所　　李永然律師
　　　　　北辰著作權事務所　蕭雄淋律師
版權授權：蔡雷平
初版換封：2015年11月

ISBN：978-986-352-222-5

總 經 銷：成信文化事業股份有限公司
地　　址：新北市新店區中正路四維巷二弄2號4樓
電　　話：(02)2219-2080

行政院新聞局局版台業字第3595號
營利事業統一編號22759935

定 價：280元　　特價：199元

國家圖書館出版品預行編目資料

幻獸志異 / 雨魔 著. — 初版. —
臺北市 ： 風雲時代, 2015.07-
冊 ；　公分
ISBN 978-986-352-222-5(第8冊 ： 平裝). —

857.7　　　　104009473